시카고의 봄

한 이민자의 이야기

권희완

좋은땅 · SEOUL · 2024

시카고의 봄

ⓒ 권희완, 2024

초판 1쇄 발행 2024년 3월 20일

지은이   권희완
펴낸이   이기봉
편집   좋은땅 편집팀
펴낸곳   도서출판 좋은땅
주소   서울특별시 마포구 양화로12길 26 지월드빌딩 (서교동 395-7)
전화   02)374-8616~7
팩스   02)374-8614
이메일   gworldbook@naver.com
홈페이지   www.g-world.co.kr

ISBN   979-11-388-2855-0 (03810)

Spring in Chicago

시카고의 봄
한 이민자의 이야기

권희완

좋은땅

My Loving Family

행숙

Alan, Sandy and River

Yuri, Mike, Magnolia and Nelson

에게 이 책을 바칩니다.

아주 막연하게만 생각했던 책을 낸다는 가능성에 대해 조금이나마 현실감을 가지게 된 것은 2017년 7월 처음으로 「시카고 타임스」에 수필을 싣기 시작한 지 2년여가 되었을 즈음, 당시 편집장이었던 배미순 시인이 등단의 가능성에 대해 얘기했을 때였다.

기연가미연가하면서 세 편의 글을 LA에서 발행되는 「해외문학지」에 보내었는데 뜻밖에 그해 신인 수필가 상을 받게 된 것이 2019년이었다. 이후 글 쓰는 것에 대해 조금은 자신을 갖게 되었고 틈틈이 글을 써서 120편의 수필을 게재하게 되었다. 이제 내 삶의 막바지에서 작은 책 한 권을 묶어 내는 것은 후일, 나의 자식들이 아버지의 평소 생각과 이민자로 살아온 모습을 번역 앱을 통해서라도 접할 수 있는 기회를 남겨 두기 위함이다.

어려서 한국말 배우기를 강요하지 않아 아이들은 한국말이 서투르고 이민 세대의 영어 실력으로 자식들과 깊은 대화를 나눌 수 없어 답답한 때가 꽤 있었다. 이민 세대 부모가 영어를 제 나라 말로 하는 아이들과 밀도 있는 대화를 하기가 어려운 것은 누구나 겪는 일일 것이다.

게다가 미국에 이민 와 거의 반세기를 산 사람으로서 그동안 살며 겪은 이야기와 생각들을 정리해 보고도 싶었다. 나의 미국 생활과 평소의 생각들이 한인 이민들 일반의 모습을 대변하는 것은 아닐지라도 한국계 미국인이라는 정체성을 가진 내가 오랜 세월 이 나라에 살며 필연

적으로 비교해 보게 되는 두 나라 문화의 차이와, 한국에서 보낸 소년
기, 청년기에 걸친 기억과 추억들이 선연히 살아 있어 그 기억의 많은
부분들이 나의 글 속에 녹아들게 되었다.

　글 쓰는 것이 만만한 일은 아니어서 글 한 편 쓰는 데 많은 시간과 정
성을 들이게 되는 데 일단은 「시카고 타임스」가 지면을 할애해 주어 신
문에 실린다는 기대감이 나의 글쓰기를 부추겨 준 것은 부정할 수가 없
겠다. 그런 면에서 항상 들쭉날쭉한 내 글의 분량을 융통성 있게 배치
해 준 배미순 편집장과 김영훈 대표에게 깊은 감사를 드린다.

　더불어 글을 게재한 4년 동안 내 글을 좋아해 주시고 성원해 주신 독
자분들께도 따뜻한 감사의 마음을 전하고 싶다.

2024년 3월 1일, 권희완

목차

1장 시카고의 봄

2장 코민스키 메소드(The Kominsky Method)

3장 나의 어머니

4장 소소한 관찰

5장 코로나의 봄

6장 이민자

◆

1장

시카고의 봄

Magnolia Blossoms in my Garden

여름 정원

여름이, 여름의 한가운데를 관통하고 있다.

불볕이었다가, 찌푸렸다가, 폭풍을 동반한 비가 세차게 내리꽂혔다가, 또 반짝이는 날이었다가, 종잡을 수 없는 시카고의 여름이 7월의 중심을 꿰뚫고 있다. 내 뒤뜰의 정원이 무수한 꽃들을 생산해 내고 그 꽃들을 지키려는 듯 방대한 수의 모기떼가 윙윙댄다.

정원을 시작한 지 어언 15년이려나. 큰아이, 작은아이가 모두 대학으로 떠나고 텅 빈 뒤뜰에 잔디 깎을 일만 남았는데 저놈의 잔디밭을 내가 왜 머리에 이고 살아야 하나라는 생각이 문득 들어, 에이 꽃이나 좀 보고 살자고 시작을 하게 되었다. 15년 전엔 나도 아직 젊어서 기운이 왕성했으므로 아침저녁으로 정원에서 보낸 시간이 적지 않았었는데 이젠 제법 꾀가 나고 모기떼에 탓을 돌리기를 다반사로 하니. 정원에서 보내는 시간이 점점 줄어드는 것을 어쩌랴.

해마다 정원 한 귀퉁이에 야채밭을 가꿔 본답시고 요것도 심고 조것도 심고 했었는데 풍성한 수확을 못 얻다가 이른 봄에 작심하고 가지, 오이, 호박, 고추, 토마토를 큰 화분에 따로따로 심고 꽃만 있던 화단 한 귀퉁이를 걷어 내고 흙을 뒤집어 거름을 하고 상추 종류대로 케일 종류대로 심고 아침마다 물 주기를 밥 먹듯이 했더니 웬일이야, 6월 중순부터 심심찮게 따먹을 만큼 농사가 되질 않던가. 그뿐인가, 헛간 뒤에 얻어다 심은 깻잎과 돼지감자는 어떻고. 처음 시들 새들한 깻잎 모종과 돼지감자 모종을 심었을 때는 저것들이 저러다 어쩌 일어서려나 싶은 의구심이 일어 매일같이 기를 쓰고 물을 주었더니 며칠 안 가 배들배들하던 몸뚱이들이 쓰윽 일어서지 않던가. 특히 돼지감자는 무서운 속도로 자라 한 달여 만에 뒷담을 넘는 크기로 늠름하게 자라 있다. 깻잎은 깻잎대로 내가 왜 질쏘냐는 듯 키와 몸체가 준수하게 자리를 잡아 어찌 그리 잽싸게도 잎을 일구어 내는지 그동안 따먹은 것만 해도 돈으로 치면 얼마려나?

세상에 사람 몸에 좋다는 것들은 모두 잡초같이 생명력이 강하다는 걸 새삼 느낀다. 비싼 채소가 무슨 대순가. 우리 주위에 흔하고 널린 채소들이 제일 좋다는 것이 작은 농사를 지으며 내가 배운 진리이다. 다운타운에 사는 아들네를 비롯해 주위 친구들 후배들이 들리면 올개닉이라고 모두들 얻어 가기를 원하는데 쑥쑥 잘라 들려 보내는 재미 또한 쏠쏠하다.

다년초로만 시작한 정원이 15년 세월을 거치는 동안 틀거지를 잡아 초봄에 매년 심은 자리에서 뾰족하게 새싹을 내밀고 늦은 봄 초여름을 거치며 제각기의 아름다운 모습으로 한 커트를 먹고 사라졌다 가는 그 이듬해 어김없이, 배반하는 법 없이 내 앞에 모습을 드러내니, 그 아니 예쁘고 소중하지 아니한가. 나는 꽃들의 변함없는 의리를 소중히 여긴다. 똑 고 자리가 아니어도 약간 자리를 비켜서라도 반드시 그 이듬해에 나를 만나러 나와 주고 어떤 애들은 친구들을 몰고 나오기도 하고 때가 되면 반드시 꽃을 피워 짧은 한때라도 나의 정원 어딘가를 화려하게 또는 조촐하게 장식해 주고 간다. 다년초 정원의 아름다움이다.

어떤 이들은 왜 힘들게 그런 걸 하느냐고 말하기도 하고 골프를 치시지 그러느냐고 은근히 회유를 하기도 하더만 나는 "아유 모르시는 말씀"이라고 해 드린다.

꽃과의 대화에는 계산이 필요 없다. 꽃은 주인을 반기는 강아지같이 순수하다.

어느 날 이른 아침, 정원에 나가 첫 꽃을 피운 도라지나 아니면 참나리나 양귀비꽃을 발견하고 느끼는 기쁨과 희열을 누가 어찌 알랴. 물론 정원을 하시는 분들이면 아시겠지만.

장대같이 비가 쏟아진 밤을 지내고 정원에 나가 보면 고목에서 떨어진 죽은 가지들이 정원을 시작할 때 한 토막 남겨 놓은 잔디밭에 그득하다. "아유 이 귀찮은 것들."이라고 중얼거리며 그것들을 집어내는 나에게 조용한 행복감이 스며든다. "아이 이놈의 허리는 왜 이렇게 아픈 거야, 늙나?"

포도알만 하게 맺혔던 호박이 빗발을 얻어맞고 떨어졌는가 하면 웃자란 상추와 일본 머스터드꽃, 지금 한참 흐드러진 핑크빛 플럭스 무더기가 몸을 못 가누고 쓰러져 있다. "에이 저 쓰러진 것들은 어쩌누? 그래, 마누라가 열심인 성당의 봉사 그룹 미팅에 공양을 해야겠구나."

둘째 손가락 마디만 한 어미 새가 높은 가지에 올라 찍찍 찌익직 화닥닥거리며 몸부림을 친다. 낮게 매달아 놓은 새집에 어찌어찌 둥우리를 틀고, 사람이 그 곁을 지나치면 갓 알에서 깬 새끼들을 어찌할까 봐 전전긍긍. "아무러기로 너희들을 어찌하겠니 걱정 말아." 곧 새끼들이 날아 나가면 저 둥지도 텅 비겠지. 그게 삶의 이치 아니던가? 정원 후미

　　　　　　　　　　　　　　　　　　시카고의 봄

진 구석 여기저기 너구리가 싼 똥들이라니. 치다꺼리하기 싫어 개도 안 기르는데 무슨 팔자에 시시때때로 너구리 똥을 치워야 하나. 와이어로 된 뒷담 너머로 어미 사슴 한 마리가 흰 점이 뽀르르 한 새끼 두 마리를 거느리고 먹을 것을 찾아 서성거린다. 경치는 좋은데 내 집 뜰에 들어오시는 건 사절이다. 먹을게 좀 많은가. 꽃에서 꽃으로 나팔나팔 옮겨 다니는 나비들, 윙윙거리며 겁을 주는 벌들, 호박꽃 접이나 좀 부쳐 주지. 우후죽순이라더니 비 끝에 정원을 둘러보면 요 틈새 조 틈새 웬 놈의 잡초들은 그렇게 기승을 하는지. "아이 모기 땜에 못 나가겠네."

　나의 여름 정원은 이렇듯 꽃과 잡초와 모기들과 해가 지면 존재감을 떨치는 반딧불들로 그득하여 작은 우주를 이루고 있다. 여름은, 시카고의 여름은 이렇게 흘러가고 나는 그 여름 속에서 고요한 행복을 맛본다.

　"이 양반이 뭐 저만 행복한 줄 아나?"

시카고의 봄

아침에 일어나니 흰 눈이 소담스레 내려 세상이 온통 하얗게 변해 있었다. 눈은 아침 내내 끈기 있게 내리더니 정오쯤이나 되어서 우물우물 자취를 감췄다.

4월도 한참 들어서 이게 무슨 경우란 말인가? 우리말에 '아니나 다를까'란 표현이 있지만 시카고에 오래 사신 분들이라면 아무도 이 시카고의 변덕스러운 날씨에 놀라지 않을 것이다.

5월 들어서도 어떤 때는 냉기 가득한 날씨 때문에 꾸려 넣었던 겨울옷을 꺼낸 적이 많았다. 혈기왕성한 젊은이들은 반바지에 티셔츠를 입고 나대는가 하면 어떤 이들은 다시 겨울 점퍼를 입고 웅숭그리게 되는 것이 변덕이 죽 끓는 시카고의 날씨이다.

그냥 그러런 하다가도 얄밉고 괘씸스러운 것이, 봉오리가 탱탱하던 개나리 목련 등의 초봄 꽃들이 느닷없이 쳐들어오는 냉랭한 날씨와 눈발에 휘둘려서 지글지글하다가, 제대로 활짝 피어 보지도 못하고 닝닝하게 피다 말다 하다 보면 또 어느새 한여름 같은 날씨가 여봐란듯이 밀고 들어와 봄이 오는 둥 마는 둥 하다가 한여름으로 들어서고 마는 것이 이곳의 기후 아니던가?

은퇴하고 적지 않은 사람들이 온난하고 변덕 없는 날씨를 찾아 서쪽으로 남쪽으로 이주를 하는 것도 당연하다고 생각된다. 또 때로는 실없이 나도 그래 볼까 하는 생각이 들기도 한다.

그러나 날씨를 미워미워 하면서도 시카고의 봄은 나를 붙잡고 놓지를 않는다. 우여곡절을 겪으면서도 봄은 찾아와, 잠시 왔다가 서둘러 떠나는 반가운 손님처럼 나의 정원에 후딱 머물렀다가 부랴부랴 떠나간다. 벌써 3월 중순부터 크로커스, 수선화 등이 뾰족이 연녹색의 머리를 내밀고 뒤이어 히아신스와 튤립이 부스스 꽃봉오리를 밀어내는가 하면 온갖 다년초들이 화답이나 하듯이 언 땅을 조용히 밀고 올라와, 나의 정원은 서서히 공연 전 악기 조율을 하는 교향악단 단원들같이 눈부시게 빛날 봄을 준비하고 있다.

겨울이 깊고 길수록 잠깐 머물다 가는 봄의 향기와 내음은 속절없이 나의 마음과 영혼을 그러쥔다. 봄이 가면 여름이 올 것을. 짙은 녹음과 흐드러진 여름 꽃들, 매미 소리와 새소리, 나비들, 잠자리들 이 너울거리는 눈부신 여름날들의 전주이기에 봄은, 시카고의 봄은 비교 불가한 아름다운 계절이다.

아, 뒤뜰을 내다보니 아침에 그토록 새하얗던 뜨락의 눈이 반나마 녹아 버렸네. 눈 녹은 물이 스며들어 땅속에 숨어 있는 꽃 뿌리와 구근들을 재우쳐서 곧 밖으로 내보내지 않겠는가? 벌써 2, 3주 전부터 뾰족이 내밀어 온 쪽파, 돗나물, 양귀비, 일본란, 서양란들이 여봐란듯이 자리를 잡기 시작한다. 아이구 저 신기한 것들. 인간의 삶이나 식물의 삶이나 생명이 있는 존재들의 텃세라니. 곧 야채 모종도 심어야겠고 일년초들도 몇 가지 사다가 화분에 심어 모양을 내야겠는데, 아이구 이놈의 시카고 날씨 또 언제 변덕을 부릴지 모르니 좀 참았다가 이달 말에나 어떻게 해 볼까나?

　봄은 어디에서나 아름답지만 시카고의 봄은 너무도 짧고 예측 불가하므로 더 귀하고 살뜰한 계절이다.

계절

　계절은 흘러간다. 흐르는 물처럼 쉬임 없이 끊임없이. 작은 계곡에서 시작하여 큰 냇물로, 장장한 강으로 굽이굽이 돌며 깊어졌다가 얕아졌다가, 바윗돌에 치이기도 하고 잠시 폭포가 되기도 하며. 계절 속에서 우리는 그렇게 물굽이 치듯이 이 일 저 일 겪으며 살아간다. 기쁜 일, 슬픈 일, 절망스러운 일 등 특별히 기억 속에 남는 날들이 있는가 하면 어제가 오늘 같고 오늘이 어제 같은 느린 강의 흐름같이 그냥 그리 흘러가는 수많은 날들이 있다.

　나이 먹어 가며 언제 어떤 일이 있었는지 정확한 달 수는 기억을 못해도 대체로 계절감으로 지난 일을 되짚어 내는 일이 많아지게 되었다. 생노병사라니, 지난여름 75세로 생을 마감한 바로 위의 형과 9월 들어 간암 말기 판정을 받은 82세 맏형의 소식이 스산한 가을바람같이 한국에서 날아왔다. 위로 이미 몇 년 전에 세상을 떠난 2명의 형들이 계신데 5형제 중의 막내인 나도 줄을 섰다는 느낌이 들이닥친다. 이런들 어떠하며 저런들 어떠하리. 세상사가 어디 내 뜻대로 되던가? 닥치면 닥치는 게지. 흐르는 물처럼 흘러 흘러 어디 가는 데까지 가 보는 수밖에.

　꼭 무슨 철학적 사고를 하는 하는 사람이 아닐지라도 사람이 어느 정도 나이를 먹으면 살아온 경험과 경륜으로 그럴듯한 소리 한두 마디쯤 할 수 있게 된다. 내게 있어 그 그럴듯한 소리는 '물 흐르듯 살자'이다. 흐르는 물은 멈춰 서게 할 수가 없다. 아무리 둑을 높이 쌓아도 종국에는 넘쳐흐르게 되어 있다.

부부간의 갈등, 자식과의 관계, 밖에서 겪는 타인과의 충돌 등, 정도의 차이는 있어도 살아가며 예측할 수 없이 닥치는 문제들이 많은데 스스로 예방이 가능한 경우는 드물다. 그 일들이 생겨난 근원적인 요소가 바로 나 자신이기에. 내 입장에서, 내가 앉은 자리에서 타인과 세상을 바라보게 되니 그 나와 부딪치는 상대편도 그러할진대 어찌 쉽게 합치점이 나오겠는가? 세상사와 부딪치며 해결을 해 나가는 과정에서 스스로 가진 지식과 기준, 타고난 성격이 그 해결 방법을 결정하는 중요한 요소가 되는데 무엇이든 억지로 되는 게 없으니 물 흐르듯 유연하게 대처할 수밖에. 특히 자식 문제가 그렇다. 내가 원하는 자식의 모습과 자식이 원하는 자기의 모습이 다를진대 어거지로 자식을 휘어내려들면 갈등이 생기는 것은 불을 보듯 뻔하다. 전공 선택, 배우자 선택 등 인생의 중요한 길목에서 자식과 싸우는 사람들을 많이 보았다. 부모자식 지간이라고 다 좋질 않은 것이 현실의 모습이다. 계절이 바뀌며 상황도 달라지고 생각도 변하므로 시간이 해결해 주는 문제들도 있지만 어거지로 물을 막듯이 상황을 움켜쥐고 있으면 고인 물같이 썩게 마련인 것을.

여름이 어느새 어디론가 물러갔다. 에어컨을 켜고 있던 때가 며칠 전인 것 같은데, 비가 몇 번 오고 나더니 밖에 나가면 어느새 썰렁하고 긴팔 셔츠가 생각나는 날씨로 바뀌어 있다. 누가 알겠는가 변덕스러운 시카고 날씨, 이러다가 또 여름 날씨가 쳐들어와 며칠 더운 날이 있겠지. 그러나 계절은 이미 성큼 9월에 들어와 있으니 8월 같기야 할려고? 더우면 더운 대로 써늘하면 그런대로 살아 내면 될 것을. 이 변덕스런 날씨를 어쩌겠는가? 그저 흐르는 물같이 적응을 하는 수밖에. 여름살이 꽃들로 그득하던 꽃 농장들과 Home Depot의 디스플레이 주 종목이 어느 틈에 국화꽃들로 바뀐지가 꽤 된다. 끝물의 풀 죽은 다년초들이 세일 딱지를 붙인 채 주인을 기다리고. 예서 제서 애플픽킹이 시작되고 머지않아 단풍 관광도 시작될 테니 가을은 소리 없이 찾아와 뒤뜰에 가득한 다년초들의 겨울나기를 채근하고 있다. 그 화려하던 여름꽃들의 향연이 멎고 몇 남은 늦여름 꽃들이 수군수군 마지막 꽃들을 피워 내고 있다.

떠남 보냄

어제 어떤 지인의 장례식엘 참석했다. 금년 들어 가장 더운 날(7월 20일) 100도를 넘나드는 뜨거운 날 치러진 장례는 광활한 묘지에 내리 꽂히는 한낮의 불볕으로, 셔츠 속으로 줄줄이 흐르는 땀으로 하여 한증을 하는 듯하였다. 드넓은 묘지는 우리 말고도 서너 군데에서 치러지는 장례로 이곳저곳의 묘역들이 사람의 무리와 주차한 차들로 분주해 보였다. 이 뜨거운 날 하필 이 많은 장례가? 문득, 죽음을 마음대로 조정할 수 있다면 계절이 좋을 때를 택해 갈 수도 있으련만 하는 되도 않는 생각이 스쳐 지나갔다.

성당에서 치러진 발인미사에서, 고인의 영정 사진을 들고 들어오는 아들과 딸, 그들의 배우자들, 6명의 손자 손녀들, 미망인의 모습을 맞닥뜨리니 가슴이 메어지며 눈시울이 뜨거워졌다. 내가 냉담을 해서 오랫동안 못 보고 지낸 가족인데 이민 초중기에 성당에서 같이 봉사활동을 하며 10여 년을 가깝게 지낸 분들이었다. 떠난 분은 수년간 메리지 엔카운터(Marriage Encounter)의 수장으로, 오랫동안 부부간의 사랑을 실천해 온 강 다니엘 교우였다. 성당에서의 오랜 봉사활동으로 교우들의 대다수가 참석하여 그의 가는 길을 애석해하였다. 그가 남긴 6명의 어린 손자 손녀들이 그의 영생을 보장하는 천사들 같아 보였다면 신부

시카고의 봄

님에게 야단맞을 생각일까?

　우리는 살아가며 수없는 떠남과 보냄을 겪는다. 죽음이 아니더라도 셀 수 없이 많은 만남과 헤어짐 속에서 떠남과 보냄을 감내하며 살아가게 되는데, 이사나 직장 문제 등, 실천적인 이유로 떠나기도 하고 사람 관계가 어그러져서, 또 사랑이 식어서 떠나기도 한다. 그중 죽음으로 떠나는 것이 가장 가슴 아픈 떠남일 것이다. 믿는 사람들에게 있어 죽음은 영생으로 가는 길목이라고 하지만 보내는 사람들에게 있어 보냄은 현세에서의 이별을 의미하니 내가 죽어 고인의 곁으로 갈 때까지는 정처 없는 이별인 것이다. 떠나기 전에 이별의 말이라도 제대로 할걸, 무엇무엇을 같이 했었더라면 좋았을 것을 등, 보내는 사람은 사람대로 제대로 보낼 준비가 안 된 경우가 대부분일 것이다. 우리의 삶 속에서 후회는 필수 과목 같은 것일까?

　떠남을 제때에 제대로 준비하고 가는 이가 몇이나 되겠는가? 또 보냄을 제대로 준비한 이가 몇이나 될 것인가? 어마지두에 들이닥치는 떠남과 보냄을 겪으며 우리는 슬픔을 딛고 쉬임 없이 내일의 삶을 이어 나가야 한다. 누군가가 말하길 사람은 태어나는 순간(생)부터 죽음(사)을 향해 쉬임 없이 다가가는 여정이라고 했는데 그렇다면 죽음도 삶의 일부일 터이니 그닥 슬퍼만 할 일도 아니라고 하면 궤변일까?

　장례는 아름답다. 한국에서의 장례와 미국에서의 장례가 형식과 절차에서 조금의 차이는 있겠으나 미국에서의 장례는 많은 화환과 꽃바구니와 주물 장식이 화려한 관과 가슴에 와닿는 찬송가, 장중한 오르간 음악과 목사나 신부의 고인을 기리는 강론, 또 오랫동안 볼 수 없었던 지인들과의 만남 등으로 짧은 사교의 장이 되기도 한다. 고인이 묻히기 전 마지막으로 뿌려지는 성수와 조문객들이 바치는 붉은 장미꽃들이 관을 뒤덮고 드디어 관이 내려지면 상주들의 흐느낌이 흘러내리고.

　내 마음속엔 한 조각 파편같이 남아 있는 순간의 정지 영상 같은 이미지가 있다. 사변 때 돌아가신 할아버지와 할머니의 상여가 나가던 모습. 다른 것은 기억을 못 해도 선연히 내 마음속에 박혀 있는 그 한 프레임의 꽃상여 이미지는 나에게 장례는 아름다운 것이라는 고정 관념이 되어 남아 있다.

　호사를 다한 꽃상여에 시신을 모시고 베옷 굴건제복에 몸을 싼 상주들이 뒤를 따르고, 출렁이는 만장을 따라 상두꾼의 요령 소리와 선 소리가 뜰 녘 가득히 울려 퍼지는 그 절절한 아름다움이 다니엘의 장례에 오버랩 되어 내 앞으로 다가왔다. 편히 가소서 다니엘 형제!

여름 단상

8월 중순, 여름이 어느새 반턱을 훨씬 넘어섰다. 예년 같으면 머지 않아 각급 학교들이 개학 모드로 들어설 것이지만 코로나 사태로 대면 수업이 어려워진 지금 온라인 수업으로 대체되는 모양이다. 몹시 더운 여름이었지만, 여름의 계절다움은 아무래도 더운 날씨 아니겠는가? 사계절 모두 각각의 특징이 있으나 여름이 주는 매력은 무엇보다 일상이 캐주얼해지는 느낌이 아닐까 싶다. 여름은 휴가철이고 학교는 모두 방학 중이며 일반 직장들도 약간은 긴장이 풀리는 모드로 변한다. 미국 직장은 직원들의 휴가를 존중해 주고 직원들은 열심히 저축했던 돈을 아낌없이 쓰고 돌아온다. 다시 일할 에너지를 충전하고 오는 것이다. 나는 사계절을 다 좋아하지만 특히 여름의 한유함을 사랑한다. 괴괴잠잠 하다고 해야 할까? 우거진 가로수들과 해묵은 정원목들이 엮어 내는 숲속 같은 분위기, 내가 사는 이 시카고 동네의 조용함과 잘 정돈된 주위가 마음을 편안하고 느긋하게 한다. 때로 한국의 친지들이 와서 느끼는 점도 바로 그것이다. 한국에서 맛볼 수 없는 여유와 한가로운 느낌이 부럽다고 한다. 생성된 지 오래된 교외 지역에 사는 분들도 대부분 방문하는 친지들에게서 같은 말을 들었을 것이다.

내게는 여름이면 생각나는 어린 시절의 추억이 있다. 소학교와 중

학교 시절, 여름 방학 때면 사변 통에 돌아가신 내 어머니의 친정 경기도 용인에서 멀지 않은 '독고개'라는 산마을에 한 일주일씩 다녀오곤 했다. 지금 같으면 한 시간 반이면 족하련만 그때는 청량리에서 시외버스를 타고 이천까지 가서 다른 버스로 갈아타, 먼지가 풀풀 나는 신작로를 굽이굽이 달려 4시간여를 걸려 가야 했다. 지척에 옹기 굽는 가마가 서넛 있었던 독고개 정거장에서 내려 밭두렁과 논두렁 길을 터벅터벅 걸어 야트막한 산을 두 개 넘고, 맑은 내에 놓인 징검다리를 건너 세 번째 산 중턱엘 오르면 장대한 느티나무가 울창히 그늘을 드리우고 있는 성황당 고개에 이르고, 세상 떠나가는 매미 소리에 한숨 땀을 식힌 뒤 고개를 내려가노라면 바로 고개 밑 멀지 않은 샘가에서 찬거리를 씻고 있던 사촌형수가 소스라치는 소리로 "아이구 대련님 오시네에, 어무니 이 대련님 오세요오!" 하고 시어머니를 불렀다. 외숙모님이 부리나케 달려 나와 "아이구우 희완아 네가 오는구나, 에구 이 불쌍한 것", 베 적삼 소매로 눈물을 찍어 내며 보듬어 주셨다. 난리 통에 죽은 시누이의 막내아들이 못내 가여웠던 것이다.

외삼촌 네는 첩첩산중이었다. 이른 아침이면 병풍 같은 주위 산자락에 자욱이 안개가 내렸고, 이슬 머금은 산 길섶엔 이름 모를 들꽃들과 참나리, 산도라지, 달맞이꽃, 엉겅퀴 등이 발에 챘다. 산을 넘다 보면 군데군데 무덤가에 할미꽃들이 수줍게 고개를 떨구고 있기도 했다. 산길을 따라 흐르는 또랑엔 올챙이들, 도룡뇽 알들, 개구리, 맹꽁이, 청개구리에 물사마귀, 잠자리 등이 지천이었고 황톳길을 가로지르는 뱀도 심심치 않게 보였다.

계곡을 흐르는 맑은 물에서 조카들과 멱감기, 가재 잡기, 냇가에 소끌고 가 방파제 둔덕에서 풀 뜯게 내버려 두고 기다란 대나무 끝에 실을 묶어 지렁이 미끼로 낚시하기, 돌아오는 길에 원두막에 들러 노란 참외, 개구리참외랑 수박 먹기, 동네 갓 변두리 상여막 속에 모셔진 괴이히 아름다운 꽃상여 훔쳐보기 등, 서울에선 맛볼 수 없는 시골 재미가 해마다 여름이면 독고개로 가게 하였다. 그리고 그 꽃들! 토담 옆에 무리 지어 서 있는 장대같이 키 큰 몸체에 다닥다닥 피어 있는 접시꽃들, 뒤뜰 장독대 주위로 흐드러지는 채송화, 봉숭아, 분꽃, 과꽃, 나리꽃, 맨드라미 등, 그 수줍고 조신하고 수수한 한국의 꽃들. 그 꽃들을 못 잊어 나의 정원에는 그중 몇몇 한국 꽃들이 자리를 잡고 있다. 뿐인가, 미국의 여름과 달리 그곳에는 항상 아련한 소리가 있었다. 사위가 고요한 산마을, 어른들이 모두 김을 매러 나간 여름의 대낮, 산꿩이 후드득 날아가는 소리, 틈틈이 울어대는 뻐꾸기 소리, 논배미에서 쫓아오는 뜸부기 소리, 냇가에서 들려오는 종달새 소리, 꽃 주위를 웅웅거리는 벌 소리, 끊어졌다 이어졌다가 하는 매미 소리, 뜰에서 꼬꼬댁거리는 닭 소리에, 정오를 알리는 장닭 울음소리, 처마 밑에 집을 짓고 알을 깐 제비 부부와 새끼들의 짹짹 소리, 게다가 날이 으스름해지면 그악스러워지는 개구리, 맹꽁이 소리 등.

새벽같이 소여물을 쑤어 여물통에 부어 주는 외삼촌, 그 구수한 여물 냄새와 배불러 흡족한 소 울음소리, 사립문 밖으로 나가 있는 초가 뒷간에서 나는 두엄 냄새, 때 되면 부엌에서 나는 형언키 어려운 밥 뜸드는 냄새(그 시절 밥 냄새는 어찌 그리 좋았을까?), 맨드라미 잎으로 끓인 구수한 된장국 냄새, 차가운 샘물에 자박자박 썰어 띄운 묵은 오이지에 무짠지, 손두부 조림, 들기름에 재운 김, 희완이 왔다고 옹기 보시기 달걀찜에 알밴 굴비구이가 상에 오르고, 샛참이 되면 소당 뚜껑에 지지는 수수부꾸미, 막걸리와 소다로 부풀려 가마솥에 찐 방석만 한 술빵, 찐 감자, 찰옥수수, 어쩔까 그 그리운 냄새들.

나보다 두 살 세 살이 어렸던 창수와 현수, 두 외조카들에겐 서울서 공부 잘한다는 형아 같은 고종 아저씨였지만 그 아이들은 내가 모르는 시골 생활을 찬찬히 인도하고 가르쳐 준 경이로운 시골 아이들이었다. 어린 나이에 꼴도 잘 베고 지개도 잘 졌다. 짙푸른 신새벽에 이슬을 맞아 반짝거리는 처마 끝의 거미줄에 왕거미가 줄타기를 하고, 해 지면 타작마당에 멍석 깔고 칠흑의 하늘에 떠 있는 별들을 세며 두런거리던 그 어린 날의 기억들!

떠날 때면 새로 친 인절미에 술빵에, 옥수수 찐 것을 보자기에 꽁꽁 싸 괴나리봇짐을 만들어 걸쳐 주며 "그려 어여 가아, 어여 가거라. 내년에 또 와아." 하며 치맛자락을 들어 눈물을 훔치던 외숙모님. 그 훈훈함, 그 알싸하게 가슴 미어지는 느낌. 그냥 안기고 싶은 엄마 같은 푸근함. 그리고 그분의 빛바랜 광목 행주치마 냄새. 이 괴괴잠잠 하고 한유한 미국의 여름 속에서 나는 독고개의 그 수묵화같이 안개 낀 아침과 여름 소리와 냄새들을 맥맥히 그리워한다.

가을 소리

가을이 짙어 간다. 아직 자지러지는 단풍을 보기엔 이르지만 뒤뜰의 정원에선 반짝이던 여름살이 꽃들이 모두 자취를 감추고, 꽃을 떨군 몸체들이 시름시름 풀기를 잃어 간다. 저 몸체들은 곧 갈색을 띠고 흐스스 주저앉겠지만 뿌리들은 땅속에서 소리 없이 영역을 넓혀 가며 여부없이 찾아올 봄을 맞이할 채비에 들어가는 것이다. 꽃이 진 뒤 끝에 씨들이 영글어 가고 단단한 씨들이 땅에 떨어져 자리를 잡으면 냉랭한 날씨와 눈 속에서도 말없이 겨울을 견뎌 내고 봄을 틔워 낼 것이다. 가을을 우수의 계절이니 고독의 계절이니 황혼에 빗대어 말들을 하지만, 가을이 빛나는 봄을 준비하는 의연한 첫걸음이라는 것을 생각하면 마음 따듯해지지 않는가?

사람이 나이 먹으면 남는 건 추억뿐이라고, 고교를 졸업할 때까지 재래식 한옥에 살았던 내게 가을은 봉당의 수돗물이 손끝에 차갑게 느껴지고 부엌의 가마솥에 세숫물과 설거지물을 데우기 시작하면서 시작되었다. 양은 주전자에 끓인 보리차가 반가워지던 계절, 교복이 동복으로 바뀌고 내복을 입기 시작하던 계절, 교정의 은행나무들이 노랗게 잎새를 바꾸고 섬돌 밑에서 귀뚜라미가 울기 시작하고 철새들이 떼 지어 날아가던 계절, 온돌방 구들에 연탄을 넣기 시작하던 계절, 늦게 들어오는 식구를 위해 밥주발을 아랫목에 묻던 계절. 하굣길, 집골목에 들어서면 된장찌개 냄새가 은은하고 뉘 집에서 굽는지 굴비 냄새가 고픈 배를 휘어 치던 시절…. 온 나라가 아직도 가난의 굴레에서 벗어나지 못하고 있던 시절이었으나 곳곳에 인정이 넘치던 시절…. 용산 미팔군에서 카투사로 군 복무를 하던 큰형이 때때로 가져오는 씨레이션 박스에 가득 찬 미제 먹거리, 쿠키, 초콜릿, 무지개색 젤리, 껌, 소세지, 국방색 패키지에 밀봉된 커피, 럭키 스트라이크에 카멜 담배 등, 천국 같은 냄새와 버리기도 아까운 포장들…. 게다가 미군부대에서 가져온 각종 잡지와 책들 중에 소학교 교과서들도 있었는데 아마 국어 교과서였을까? 삽화 속의 아름다운 가을 풍경, 어스름한 저녁, 앞마당에 낙엽이 가득한 아름다운 집, 창문으로 따스한 불빛이 새어 나오고 귀여운 금발의 소년 소녀가 낙엽 속에서 커다란 펌킨을 가지고 장난을 하는 모습(아마도 할로윈) 등. 아마도 이 시기가 미국이라는 나라에 대한 호기심과 강렬한 동경이 싹튼 시절이었던 것 같다. 결국 그 동경하던 미국 땅에 와 자식들을 낳고, 아이들이 어린 시절 뒤뜰의 낙엽 속에서 뒹굴고 할로윈이 되면 동네 집들을 다니며 Trick-or-Treating으로 한 보따리씩 캔디를 얻어 오고 하던 시절이 있었다. 이제는 세월이 변해 초저녁에나 부모들이 따라다니며 잠깐 다녀가고 마는 세상이 되었다. 아이들이 장성하여 제 갈 길을 가고 이제 은퇴를 한 노인이 되어, 때때로 이리 글을 쓰게 되면 이렇듯 옛날 추억만 꺼내게 되니 무슨 까닭이지? 까닭은 무슨? 글밑천이 떨어진 게지.

미국의 가을은 9월 초 노동절 연휴가 끝나고 각급 학교가 개학을 하며 시작된다고 하겠는데 보통 9월 한 달도 제법 덥다가 10월 들어서며

시카고의 봄

기온이 떨어지기 시작, 10월 말의 할로윈을 고비로 겨울 모드로 옮겨 가기 마련이다. 시카고 날씨가 워낙 종잡을 수 없어 10월 말까지도 햇볕이 따가운 날도 있고 11월 들어서며 눈이 온 해도 있었다. 낙엽이 지고 단풍이 들고 단풍관광들을 가고 하는 것이 모두 10월 중순에서 11월 중순 한 달 사이에 이루어지는 것이다. 10월 중순의 콜럼버스 데이, 10월 말의 할로윈, 11월 말의 추수감사절, 12월 끝자락의 크리스마스, 그리고 며칠 안 가 새해 첫날. 미국은 어찌도 이리 절묘하게 한 해의 끝 무렵을 명절들로 도배를 하였을까? 사는 게 덜 지루하라는 배려일까? 아니면 어쩌다 보니 그리된 것일까? 어찌 되었든 한 해의 끝자락에 이리 명절들을 배치해 놓은 것은 우리의 삶을 조금은 유연하고 즐겁게 해 주려는 의도인 듯싶다.

겨울 풍경

　투명한 유리창 밖으로 파아란 하늘이 말갛게 떠 있고 그 하늘을 배경으로 솜사탕 같은 구름들이 미세한 움직임으로 흘러간다. 구름을 잡으려는 듯, 겨울나무의 맨 위 등 어린 가지들이 그 섬세하고 미려한 몸들을 숫구쳐 하늘을 향해 비상하고 있다. 그 여리여리한 가지들은 이미 다가올 봄에 피워 낼 꽃과 잎들을 머금고 있는 것이다. 이렇듯 아리게 청명하고 아름다운 겨울 아침에 속살을 드러내고 서 있는 나무들을 보니 문득 나를 기른 어머니의 친정이었던 경기도 용인 근처의 '뒤뜰'이라는 마을이 생각난다. 내 생모의 고향인 '독고개'는 첩첩산중이었는데 내 계모의 친정인 뒤뜰은 넓고 평평한 분지에 야트막한 동산을 끼고 위치한 마을이었다. 소학교와 중학교 시절, 겨울 방학에 뒤뜰엘 가면 신작로에서 내려 바로 국도변을 흐르는 폭넓은 내를 건너야 했는데 어른 무릎을 약간 넘을 수심에 돌로 된 징검다리를 건너야 했다. 어느 해 겨울엔 꽝꽝 얼은 내를 걸어서 건너기도 했지만 어떤 해에는 살얼음이 언 내를 징검다리를 짚고 건너야 했다. 차가운 겨울 물속을 헤엄치는 송사리 떼와 모래무지들이 정겨웠다. 어떤 돌은 위 등이 잠깐 물에 잠겨 있기도 해서 다음 돌로 건너뛰느라 느닷없이 넓이뛰기를 하기도 하면서 내를 건너 외갓집으로 향하노라면 길가에 벌거벗고 서 있는 장대같

　　　　　　　　　　　　　시카고의 봄

이 키 큰 미루나무들과 높은 가지에 앉은 새 둥지들이 그토록 예쁘고 신기하였다. 새들은 어떻게 저 높은 곳에 집을 짓는 걸까? 아직 거기 살고 있는 걸까, 아니면 새끼를 치고 어디로 날아 나간 걸까? 초가집, 기와집이 뒤섞여 있는 30여 호의 안존한 마을에 저녁밥 짓는 연기가 집집마다 검푸르게 떠오르고 길갓집에서 나는 밥 뜸드는 냄새, 된장찌개 냄새, 생선 굽는 냄새, "영석아아 춥다아 어여 들어와 밥 먹어라." 하고 밖에서 노는 아들을 부르는 엄마의 외침 소리. 나락을 걷은 논과 들판에 쌓인 짚가리와 땔감을 지고 휘이휘이 집을 향하는 노인의 굽은 허리가 안쓰러워 보이던 시절. 나의 어린 시절을 점철하는 이 이미지들은 어디에 숨어 있다 이리 뜬금없이 쫓아 나오는 것일까? 그러다 보니 먹는 얘기를 빼놓을 수가 없네. 이글이글한 화롯불에 지난가을 뒷산에서 따다 다락방 함지박에 모셔 둔 왕밤 구워 먹기, 울 밑 무꽝에 갈무리해 놓은 김장무 꺼내다가 깎아먹기, 툇마루 밑에 묻은 독에서 살얼음 깨고 쨍한 동치미 꺼내다 베어 먹기, 가래떡 구워 조청 발라 먹기, 김장김치에 도토리묵 무쳐 먹기 등, 문풍지에 살바람이 지나가는 겨울밤, 청솔가지로 군불을 넣어 설설 끓는 아랫목에서 시골 친구들과 밤참으로 먹던 그 먹거리들이 이리 따뜻한 기억으로 남아 있으니.

시카고에 이민 온 그 이듬해이던가(1978년) 기록적인 폭설로 교통이 완전 마비되고 허리께까지 빠지는 눈 속에서 걷기조차 어려웠던 겨울이 있었다. 칼바람이 이리저리 눈을 몰고 다녀 어떤 곳은 집들이 거의 절반씩이나 눈 속에 묻혀 밖으로 문을 밀쳐 열기도 어려운 집들도 많았는데, 한국에서 그토록 큰 눈을 본 적이 없는 나는 생활의 불편은 둘째로 치고 "정말 경치 하나 끝내 주네, 미국은 눈도 이리 장대하게 오는구나."라고 감탄했던 기억이 난다. 미국의 다른 곳에 살아 본 적이 없으니 나의 겨울은 항상 시카고였다. 시카고의 겨울이 길고 추운 것은 잘 알려진 사실이지만 눈도 워낙 많이 와서 겨울이면 항상 눈 치우느라 고생을 하였는데 차츰 추위의 강도가 누그러지고 지난 몇 년간은 눈도 그리 극성스레 오지는 않는 걸 보면 지구 온난화라는 말이 실감이 난다. 시카고는 깔끔하고 아름다운 도시이다. 특히 다운타운 지역이 그렇다. 도시 규모로야 뉴욕과 견줄 바가 아니지만 여타 다른 대도시에 비하면 가장 중후한 면모를 지니고 있다고 해야겠다. 다운타운 한가운데를 관통하며 미시간 호수로 흘러 들어가는 시카고 강 양안에 임립한 고풍스러운 건물들과 번쩍이는 현대식 건물들 사이를 관광 보트를 타고 도는 리버 투어(Architectural River Tour)가 한 번쯤은 해 보아야 할 구경거리이다. 맥마일(Magnificent Mile)이라고 불리는 미시간 아베뉴 쇼핑가에 상점마다 크리스마스 데코레이션이 화려해지고 가로수들이 온통 반짝이는 라이트로 뒤덮여 환상적인 12월의 모습이 시카고 겨울 풍경의 하이라이트라고 하겠다. 가든 센터마다 그득한 크리스마스 트리들과 트리를 사서 차 지붕에 싣고 가는 모습, 집집마다 크리스마스 라이트로 집 안팎을 꾸며서 동네가 밤이면 별세계처럼 바뀌는 것도 낭만적인 겨울 풍경이다. 내 어린 시절의 시골 경험 같은 은근하고 정감 넘치는 겨울을 어찌 미국에서 맛볼 수야 있겠는가만 공원과 보호림과 녹지대가 흔한 미국에서 한 발짝만 나가면 겨울 숲이 주는 알싸하고 신선한 공기를 만끽할 수 있으니 이토록 좋은 환경에서 사는 것도 우리가 누리는 복 중의 하나가 아닐까?

의송화(접시꽃) 이야기

내가 12살 때쯤까지 우리는 서울 필운동에 살았다. 사직공원 뒤쪽으로 고갯길을 따라 올라가면 내가 다녔던 매동 국민학교가 나오고 고갯길이 다 한 꼭대기에는 배화여고가 있던, 산자락에 위치한 필운동은 드문드문 적산가옥이 섞여 있는 한옥촌이었다. 우리 집은 열서너 개의 돌계단을 올라가서 층계참에 있는 집을 지나 또다시 그만큼의 계단을 올라간 층계참에 있는 평범한 한옥이었는데 계단 오른쪽으로는 높은 돌 담장이 따라 올라오고 담장 너머는 울울하게 수목이 우거진 산비탈을 등에 업고 있는 대지가 커다란 집이었다. 소나무, 단풍나무, 감나무 등의 섬세한 위 등이 담 너머로 치솟아 있는 집이었는데 무슨 집인지 궁금해 형들이 무등을 태워 들여다본즉 울창한 수풀 속에 고색창연한 한옥이 앉아 있었다. 누가 사는지 항상 고요하고 사람의 기척이 없어 불가사의한 느낌이 드는 집이었다. 어느 해 여름 그 집 대문이 살짝 열려 있었는데 호기심을 못 참아 비집고 들어가니 해묵은 정원이 나오고 저만치 본채인 기와집이 수풀 속에 숨듯이 앉아 있었다. 어린 눈에도 전지를 잘 한 소나무들과 여러 가지 이름 모를 활엽수들이 어우러져 숲을 이룬 사이에 각종 꽃들이 흐드러지게 피어 있는 정원이 숨 막힐 듯 아름다웠다. 그중 양지쪽 한 귀퉁이에 훨쑥 큰 키의 몸체를 타고 다닥다닥 꽃들이 피어 있는 꽃나무들이 무리 져 서 있었는데 그 모양새가 단박에 나의 마음속에 들어와 각인되었다. 이후 시골의 외갓집 담 곁에 무리 져 피어 있는 모습을 보고 '접시꽃'이라고 부르는 것을 알게 되었는데. 정식 명칭은 '의송화'였다. 시골에서는 모두들 '으숭아'라고 불렀지만.

아련한 소년 시절의 추억 속에 묻혀 있던 꽃, 무궁화꽃을 닮은 꽃. 하양, 분홍, 노랑, 검자주색의 꽃들이 사람 키를 넘는 기다란 몸체에 다닥다닥 붙어 일열 종대로 피는 꽃나무. 사람마다 선호하는 꽃들이 따로 있게 마련이지만 나에게는 이유 없이 마음속에 집히는 꽃이었다. 키가 쭈뼛하게 크고 말수가 적은 순박한 시골 아가씨 같은 느낌이라고 하면 어떨까? 화려하고 격식을 갖춘 정원보다는 캐주얼한 정원, 흔히 말하는 Cottage Garden에 어울리는 이 꽃은 오이 잎을 닮은 널따란 잎사귀에 항상 눈에 보이지도 않는 벌레가 꼬여 살금살금 잎을 갉아먹는데 벌레가 많이 꼬이는 것이 흠이긴 하다. 정원을 가꾸기 시작한 지 어느덧 19년. 이 꽃을 보려고 매년 사다 심은 뿌리, 모종값도 만만치 않았는데 아무리 자리를 바꿔 심어도 제대로 뿌리를 못 내리고 시름시름 하다 잎새들은 알 수 없는 벌레들의 서식지가 되어 엽록소는 다 파 먹히고 잠자리 날개처럼 미세한 손금들만 남은 잎들이 처연히 주저앉고는 하였다. 아들아이가 대학으로 떠난 뒤 무위하게 잔디밭으로만 버티고 있는 뒤뜰이 보기 딱하여 손바닥만큼만 잔디를 남기고 정원을 꾸미었다. 대강 도면을 그리고 이곳저곳 세일을 찾아다니며 목재, 자갈, 벽돌, 모래를 실어다 정원의 기본 틀을 만들고 메일 오더로 다년초 꽃모종, 구근, 씨앗들을 받아서 매년 봄, 가을로 꽃밭을 채워 갔다. 미국에서는 Hollyhock이라고 불리는 이 꽃 뿌리를 오더해서 해마다 심었는데 제대로 자라서 꽃을 본 적이 없었다. 그다음에는 집에서 멀지 않은 묘목점에서 4인치 화분에 길러 놓은 모종을 사다가 해마다 심었는데 그것도 처음엔 반짝 자리를 잡나 싶더니 결국은 여름내 제대로 꽃을 피워 보지 못하고 시들어 갔다. 언젠가 시카고 보타닉 가든의 English Garden 입구에 무리 지어 있는 이 꽃들을 보고 반색을 하였던 기억이 있다. 때로 Garden Magazine들에서 뉘 집 정원에 서 있는 이 꽃들을 보면 내 정원에서 키워 보고 싶어 안달이 났었다. 그러구러 거의 포기하고 몇 년이 지났는데 2년 전 집사람이 한국엘 갔다가 강화도에 사는 친구 집에서 마당에 가득한 이 꽃을 보고 씨앗을 구해 왔다. 작년 봄에 햇빛이 가장 잘 드는 부엌 창 밑에 버티고 있던 여타 꽃들을 딴 장소로 옮기고 흙을 갈아 준 다음 씨를 뿌렸더니 웬일이야 4월 들어서면서 미세한 떡잎들이 나오기 시작하더니 5, 6월을 거치며 힘차게 줄기가 뻗어 오르고 잎들을 무성히 내밀어 솎아 주지 않으면 안 되었다. 그러나 줄기와 잎은 무성한데 꽃이 피질 않았다. 워낙 한 해 걸러 꽃이 피는 Biannual Plant로 알고 있어서 그러려니 하였다. 그해 겨울을 나고 금년 4월 말쯤 되자 겨우내 자리를 잡은 뿌리들에서 다시 떡잎이 밀고 나오고 5, 6월을 거치며 가슴께까지 올라오도록 무성하게 컸는데 아니나 다를까 미세한 날파리들이 집중적으로 잎들 주위를 맴돌기 시작하였다. 그 바로 옆에 장미와 철쭉도 기세 좋게 잎들을 내밀고 있었는데 그것들은 거들떠보지도 않고 그저 접시꽃 잎들만 닦달질들을 하였다.

저것들이 왜 하필 내가 그토록 고대하던 꽃을 못 살게구나 싶어 미운 생각에 대뜸 생각 없이 모기 스프레이를 쏘아 대었다. 잠시 후 벌레들은 자취 없이 사라졌으나 그 씩씩하던 잎들이 금방 은회색 빛으로 변해 가며 고개를 떨구는데 추풍낙엽이라는 말이 이 경우에 쓰라는 말이 겠다. 독한 케미컬에 금방 풀기를 잃고 늘어져 재생의 기미가 안 보인다. 가슴이 덜컹한다. 아이구 그 오랜 세월 오매불망하던 접시꽃 무리들이 이제야 든든하게 자리를 잡았는데 내가 다 죽이네라고 생각하니 자신의 성급한 부주의에 기가 막혔다. 그러나 경험상 식물들의 강인한 생명력을 알고 있기에, 뿌리가 살아 있으니 아주 죽기야 하려고라는 믿음이 생겼다. 행여 죽을 걱정은 안 했지만 혹여 꽃을 못 보게 될까 봐 걱정이었다. 이미 꽃봉오리가 맺힌 줄기가 여럿 있었기 때문이다. 죽으나 사나 물이라도 잘 줘야지 싶어 아침마다 지성으로 물 공양을 하기를 2주 정도 하니 몸체의 위쪽으로 여린 새잎들이 나오기 시작하고 요 가지 조 가지에 봉오리들이 잡히기 시작한다. 저것들이 무사히 피어 주려나 싶어 아침마다 쫓아 나가 채근을 하는데 6월 말의 어느 아침에 나가니 이게 웬일이야? 하얀색 꽃송이 둘이 피어 함초롬히 나를 보고 있지 않은가. 그 희열과 기쁨이라니! 그 이후 매일 분홍색, 진 분홍색, 하얀색의 꽃들이 피어 나와 제법 어우러지는 모양새가 보인다. 워낙 많은 잎새들을 떨구어 꽃밭이 허름하기는 하지만 그토록 오랜 세월 갈망하던 꽃들을 보게 되니 사람의 행복이란 것이 가까이에 있는 작은 것에서 피어오른다는 말이 새삼 실감된다. 내년에는 분명 무성한 접시꽃 밭을 보게 되리라.

10세 안팎의 어린 시절 한국 땅에서 우연히 마음에 들어와 박힌 접시꽃의 자태가 오늘 시카고의 내 정원에서 우여곡절 끝에 아름답게 피어

나 질긴 인연을 자랑하고 있다. 나의 의송화여! 나의 접시꽃이여! 나의 그리웠던 꽃이여!

놋그릇의 추억

창고를 정리하다 오래간만에 선반 한쪽에 있는 놋그릇 박스를 열어 본다. 낯익은 놋그릇들이 오롯이 들어앉아 왜 더 이상 우리를 기들떠보지도 않느냐는 듯 은은한 광채를 발휘한다. 10여 년 전 천안에 사는 처제 내외가 안성의 공방에서 사 준 유명 장인의 놋그릇들이다. 안성맞춤이란 말이 있듯이 조선시대부터 양반 대가들이 놋그릇들을 맞춰 써서 유기공방들이 밀집해 있던 곳이 안성이다. 타 지역에서도 유기들을 만들었지만 안성 물건들이 제일 질이 좋고 주문한 대갓집들의 입맛을 정확히 맞춰 안성맞춤이란 이름이 내려오게 되었다. 더구나 궁중에 들어가는 물건들도 안성의 공방들에서 제작되어 명성을 얻게 되었는데 해방 후 전성기를 누리다가 한국동란 이후 쇠락의 길을 걷게 되었다. 연탄을 때기 시작하면서 연탄가스에 쉽게 색이 변하고 녹이 슬어 관리가 어려운지라 결국 스테인리스 그릇과 알루미늄에 밀려 공방들이 사양 길을 걷게 되었는데 다행히 옛것에 대한 재조명이 시작된 1990년대부터 놋그릇의 품위에 반한 호사가들이 많아져 명맥을 유지하게 되었다지만, 지속적인 관리가 필요한 놋그릇의 속성상 광범한 상업적 성공을 거둘 수는 없어 몇몇 고집스러운 장인들만 남아 공방을 대물림하고 있다고 한다.

시카고의 봄

그 무거운 물건들을 가져와서 한동안 폼 나게 잘 썼다. 놋 주발에 밥을 담고 놋대접에 국을 담아 놋수저, 젓가락으로 반찬을 집어먹고 먼 옛날 자랄 때의 추억을 되새겨 가며 묵직하고 번쩍이는 그릇들이 뿜어내는 호사스러운 분위기를 즐겼었다. 그릇끼리 부딪치면 댕그렁 하고 깊은 종소리가 나는 그 고급 진 느낌 하며. 그런데 한 두어 달 썼을까? 차츰 그 무게와 설거지 때마다 오리지널 광택을 유지하려고 신경을 쓰다 보니 피곤해지기 시작하였다. 아무래도 손 설거지를 하다 이리저리 부딪혀 스크래치를 내게 되니 다시 곱게 싸서 모셔 두고 가끔 손님 대접 때나 꺼내 쓰게 되었다. 이민 올 때 가져온 신선로와 놋 주전자, 30여 년 전 우연치 않게 시카고의 한 한인 백화점에서 맞닥뜨린 불고기판을 곁들인 미니 놋 화로를 더해 제법 구색을 갖춰 놋그릇들을 가지고 있었는데 매일 쓰기가 버거워 결국 뒷방 차지가 된 것이다.

옛날에는 절기가 바뀔 때마다 짚수세미에 기왓장 가루를 흠뻑 묻혀 힘을 주어 닦으면 거친 가루에 부대껴 은은한 광택이 찬찬한 느낌으로 다시 살아나 고졸한 아름다움이 있었다. 그나저나 쓰다 보면 어느 틈엔가 광택이 사라져 색깔이 변하고 때가 끼기 시작해 다시 닦는 과정을 반복해야 하는 게 놋그릇이었다. 놋그릇 닦기가 말처럼 쉽지가 않았다. 일상 쓰는 그릇들과 많은 제기들을 닦으려면 하루 종일 걸려 문지르고 닦고 해야 했는데 고된 노동이었다. 요즘에야 약이 있어서 쉽게 닦지만 우리 어머니 시대에는 오직 짚수세미와 기왓장 가루뿐이어서 그 많은 그릇들을 힘주어 닦고 나면 몸살이 날 지경이었다. 조선조 양반 대가들이 노비와 종들을 부리고 사는 덕에 항상 번쩍이는 놋그릇들을 일상에서 쓰고 제사상에 올리는 제기들도 대부분 놋그릇들이었다.

놋그릇이 갖는 장점 중의 하나가 더운 음식물들의 온도를 오래 유지하는 것이어서 밖에 나간 식구가 늦게 돌아오면 밥주발에 뚜껑을 덮어 아랫목에 묻던 시절이 있었다. 찬바람이 쌩쌩 부는 오동지 섣달에 늦게 들어온 식구를 위해 윗목에 덮어 두었던 밥상에 아랫목 이불 밑에서 뜨거운 밥주발을 꺼내 올려 주던 어머니가 생각난다. 집에서 쓰던 제기들도 모두 향로를 비롯해 주전자, 퇴주잔, 촛대, 고임 접시들 모두가 유기들이었다. 고교 시절의 어느 핸가 그 놋그릇들이 모두 사라지고 번쩍이는 스테인리스로 탈바꿈을 하였는데 그 생경한 휘번덕스러움에 정을 못 붙인 나는 두고두고 놋그릇들을 그리워하였다. 시대가 바뀌는 과정에 손 많이 가는 물건들은 모조리 치워 버리던 시절이었는데 왜 아버지가 놋그릇을 고집하지 않고 어머니의 뜻에 눈을 감았는지? 아버지의 한마디면 그 놋그릇들이 모두 살아 있었을 텐데. 세월이 변하며 아버지 눈에도 스테인리스의 번쩍임과 편리함이 좋아 보였었나 보다.

내가 좋아하였던 놋그릇들이 어머니에게는 한없는 일거리였다. 때로 형들이나 내가 거들기도 하였지만 명절 밑이나 시도 때도 없이 닥치는 기제사 때면 우선 봉당에 가마니 깔고 놋그릇 닦기가 제사 준비의 시작이었다. 닦은 지 오래돼서 거뭇거뭇 때가 탄 놋그릇들을 제사상에 올릴 수는 없었던 것이다. 놋그릇들이 어머니에게 의미하는 바는 헤어날 수 없는 일 구덩이의 전초지였을 것이다. 기독교와 같은 외래 종교와 담을 쌓고 살았던 유교 집안에서 제사가 갖는 의미는 막중한 것이다. 제사 때나 되어야 한동안 적조했던 친척들이 모여 소식들을 나누고 푸짐한 제사 음식들을 먹으며 담소하고 우의를 나누는 귀한 모임이었기에, 또 모두 한 조상의 후손들이라는 일체감을 느낄 수 있는 가족 모임의 장이 제사였던 것이다. 향나무 토막을 연필 깎듯 저며 향로에 피울 향을 준비하는 일, 생밤을 깎아 제기에 고이는 일, 지방을 쓰는 일은 남자들 일이었다. 맷돌에 녹두, 팥을 가는 힘드는 일들은 형들이 맡았고 불린 녹두를 가는데 영근 치자 열매를 넣어 빈대떡 색깔을 내는 일은 어머니 몫이었다. 소당 뚜껑에 빈대떡과 삼색전, 민어전을 부쳐내는 일, 잡채 만들기, 청포묵 만들기, 각종 나물 무치기, 탕국 끓이기, 방앗간에 가 쌀 빻아다가 녹두 계피 내어 시루에 편(얇은 시루떡) 안치기 등 일들이 너무 많아 어머니는 허리가 휘게 동동거렸다. 푸줏간에 가 등심 소고기 받아다 칼등으로 자근자근 두드려 묵은 간장에 갖은양념으로 재어 석쇠에 끼워 숯불 풍로에 굽는 '적', 큼직한 도미찜, 집에서 틔운 엿길금으로 담그는 식혜, 집에서 만드는 강정과 산자, 약과, 다식 등. 제사 때마다 겪어 내야 하는 일의 분량은 방대하였다. 그러나 타고난 솜씨와 오랜 경험으로 어머니는 그 많은 일들을 일사불란하게 진행시켰다. 제사상에 올라가는 제수들과 친척들에게 대접할 가외 음식들을 만드느라 눈코 뜰 새 없던 어머니의 모습이 떠오른다. 내 어머니의 일생이 놋그릇으로 대변되는 고달픈 것이었다고 하면 너무 억거다 붙이는 것일까? 나에게 놋그릇은 청소년 시절의 추억이며 한국 전통문화의 맥이고 나를 길러 준 어머니의 모습이기도 하다.

주름 예찬

면도를 하며 나의 얼굴을 찬찬히 살펴본다. 이마의 주름, 눈가의 주름, 입가에 틀을 잡기 시작하는 주름. 매일 보는 낯익은 얼굴인지라 새삼스러울 것 없는 주름들이다. 그런데 저 주름들은 도대체 어느 틈에 저리 자리를 잡고 늙은 모습을 형상화하는 데 일조를 하고 있을까? 밤사이 눈 내리듯, 소리 없이 내려와 슬그머니 얼굴 전체에 자리를 잡고 너 이제 꼼짝없이 늙은이야 하듯 종주먹을 댄다. 백 세 시대 어쩌구 하도 떠들어들 대서 슬쩍 10년을 깎아 내고 짐짓 아직도 안 늙은 척, 마음이 아직도 청춘인데 뭘 하며 안간힘을 써도 저놈의 노인 모습은 어째 볼 수가 없구나. 주름 뒤에 감춰진 젊은 날의 얼굴이 어슴푸레 떠오른다. 생리적인 젊음이 주는 풋풋함과 싱싱함이 가득 차 누구에게나 인상 좋다는 소리를 듣던 그 얼굴은 어디로 가고 볼이 움푹 파인 초췌한 노인의 모습이 거울 속에서 마주 보고 있다. '봄은 어느 틈에 찾아와'라는 표현을 흔히 쓰지만 '늙음은 어느 틈에 찾아와' 어찌 저리도 탄탄히 자리를 잡았을까? 세상이 온통 젊은 사람들 위주로 돌아가고 비주얼이 좋아야 어쩌고가 대중의 관심사가 된 시대에 이리 주름진 얼굴을 가진 사람들은 어찌해야 할까?

티브이 앵커들을 보면 세월의 흐름이 확연히 보인다. 자주 보는 얼

굴들이라서 머리가 회어지는 과정, 주름이 늘어나는 모습이 눈에 보이
는데 최소한 한 포지션에서 10년, 20년씩은 버티는 모양이어서 볼 때
마다 "참 오래도 해 먹네"라는 생각을 한다. 40여 년 전 이민 와서 처음
보았던 앵커들을 지금도 때때로 본다. 그동안 대부분 자리바꿈을 하여
젊은 앵커들로 교체가 되긴 하였지만 그 교체된 앵커들도 세월을 감당
할 수 없어 미세하게 모습들이 무너져 간다. NBC의 Carol Marin(72),
CBS의 Bill Curtis(80), Tom Brokaw(80) 등이 일간 뉴스에서는 사라졌
어도 Special Correspondent로 아직도 얼굴을 비춘다. 성글어진 머리
카락과 주름이 늘어진 얼굴로 젊은 시절의 샤프함을 잃어버린 이 앵
커들은 그러나 아직도 씩씩하게 일선에서 일들을 하고 있다. 유명한
배우들도 그렇다. 우리가 잘 아는 Harrison Ford(78), Michael Doug-
las(76), Sylvester Stallone(74), Glenn Close(73), Meryl Streep(71) 등
젊고 잘생겼던 얼굴들이 깜짝 놀라게 쭈글쭈글 변해 이젠 좀 그만 나와
주었으면 싶은데도 여전히 활동을 하는 사람들이 많다. 아무리 젊은이
위주의 사회라고 해도 이토록 늙은이들이 활발히 활동을 할 수 있는 것
은 미국의 사회제도와 분위기가 그것을 용납하기 때문이겠다.

　시각적인 관점에서 주름지고 늙은 얼굴이 보기 좋을 리 없다. 오스
카 와일드의 소설,『도리안 그레이의 초상』처럼 도리안 본인을 대신해
늙어 가는 초상화라도 있었으면 좋으련만, 가는 세월 붙들어 매는 수
없으니 처덕처덕 주름이 늘어 간다. 그러나 그 늙은 얼굴의 주인공들
도 아름다운 젊은 시절이 있었고, 젊었기에 향방을 모르고 불안했던
시기가 있었으며 장래 문제, 이성 문제, 가족 문제 등으로 번민하던 시
절이 있었다. 오늘의 내 주름진 얼굴이 운반해 온 내 생의 저 시작에는

청정한 유년 시절, 순진무구한 소년 시절, 예민한 사춘기, 불안했던 청년 시절, 이민 와서 분투하며 겪어 낸 중, 장년 시절이 있다. 그 모든 시절이 나의 것이었고 나의 결정으로 엮어진 세월이었다. 그 속에서 숱한 만남과 이별을 겪어 내었으며 주위에서 많은 탄생과 죽음을 경험하였다. 아버지와 어머니의 죽음, 아들과 딸의 출생, 네 형들의 죽음, 손자 손녀의 태어남, 가깝던 지인들의 죽음, 이 모든 것들을 겪어 내며 한 켜 한 켜 주름을 더해 온 나의 얼굴은 그 모든 역사를 품고 담담히 오늘을 산다.

주름진 얼굴은 꽃이 피고 진 다음에 맺히는 씨집을 닮았다. 꽃마다 제가 지닌 얼굴과 피어나는 계절이 다르다. 어떤 꽃은 초봄의 냉랭함을 무릅쓰고 땅 위로 솟아오르고 어떤 꽃은 오뉴월의 부드러운 날씨 속에서 우아하게, 또 어떤 꽃은 기승을 하는 한여름의 더위 속에서 화려하게 피고 진다. 무성했던 녹색의 자연이 조락을 맞을 때 계절의 끝을 장식하는 꽃들도 있다. 꽃이 피는 동안은 눈부시게 아름답고 사랑스럽지만 꽃이 지고 나면 먹고 난 밥상같이 흐트러진다. 그러고는 뒤미처 씨집이 생긴다. 씨집은 다음 생을 준비하는 자연의 섭리이다.

사람도 피는 계절이 다르며 생의 모양새와 사이즈도 다르다. 각자의 생이 어떤 모양이었든지 간에 얼굴의 주름들은 그 사람이 살아온 생의 모습들을 거울처럼 투영하고 있는 것이다. 사람은 얼굴 생긴 대로 산다는 말도 있고, 살아온 세월이 그 사람의 얼굴을 만들어 낸다고도 한다. 사람의 일생이 어찌 온실 속의 꽃처럼 평탄할 수가 있겠는가? 바람 부는 벌판에 피는 들꽃처럼 온갖 어려움을 겪게 되어 있는 게 우리네 삶이다. 이민자로서의 삶이나 고국에서 자신의 삶을 지켜온 사람들이

시카고의 봄

나 모두 제 나름의 어려움을 겪었을 테고 그 속에서 자식들을 낳아 키우고 손주들을 보았으며 자신들이 가진 명줄대로 생을 이어온 것이다. 노화와 주름은 생의 끝자락이 가까워진다는 표징이다. 다른 한편으로는 경험과 경륜이 쌓여 사물의 형세가 잘 보여지는 시기이기도 하다. 젊음과 늙음은 따로 분리되어 있지 않다. 한 권의 책 속에 들어 있는 다른 챕터일 뿐이다. 젊음과 비주얼이 대세인 현대 사회에서 노인들의 존재감이 옅어지는 지금, 내 얼굴의 주름이 품고 있는 생의 궤적은 오로지 나의 것이니. 내 주름이 어때서?

가을비

10월을 목전에 두고 촉촉이 비가 내린다. 비는, 특히 가을비는 나의 감성을 자극한다. 비가 몰고 오는 낭만적인 느낌은 유독 나만의 것은 아닐 것이다. 학생 때 서울 중앙극장에서 보았던 「쉘브르의 우산」이라는 프랑스 영화가 생각난다. 비에 젖은, '쉘브르'라는 작은 항구도시의 낡고 서정 넘치는 거리와 주인공 남녀의 애잔한 첫사랑이 뇌리에 오래도록 남았었다. 강렬한 색감과 영상미가 뛰어난 뮤지컬 영화였다.

이 비가 오고 나면 아무래도 잔영처럼 남아 있던 따가운 여름의 끝물이 잦아들고 소슬한 바람이 불어와 가을의 초입에 들어설 것이다. 빗물에 젖어 번들거리는 꽃잎들과 정원수들이 아직은 청청해 보이지만 미구에 닥쳐올 서늘한 기온을 피할 수가 있겠는가? 무성했던 정원이 그런대로 아직 남은 여름의 후광을 업고 늦되는 꽃들이 아직 피어 버티는데 오늘 내리는 비로, 머지않아 한풀 꺾일 모양새다. 저 자지러지기 시작하는 여린 꽃들과 그루터기만 남은 다년초들을 추워지기 전에 정리하려면 10월 한 달 게으름을 피울 새가 없겠구나. 차고 옆의 뽕나무가 잎을 떨구기 시작하면 지붕이 온통 뽕잎으로 뒤덮여 하수구를 막고 물이 고여 자칫 지붕이 샐 수도 있으니 그것도 틈틈이 긁어내야 하고, 옆집 느티나무가 낙엽 지기 시작하면 뒤뜰에 온통 쌓이는 잎으로 북새

통을 이룰 텐데 그 웬수를 다 어떻게 처리한다지? 정원 창고는 여기저기 페인트가 벗겨지고 문 프레임들이 썩기 시작하는데 추워지기 전에 손을 봐야 하고, 손을 대기 시작하면 끝도 없는 그놈의 일들을 다 어찌할까?

어린 시절, 비를 몹시 좋아하였다. 봄비가 내리면 일부러 우산도 안 쓴 채 밖으로 쏘다니고 장맛비가 장대같이 쏟아지면 세상이 아늑하고, 깊은 바닷속에 들어앉아 있는 기분이 들었다. 천정 낮은 한옥 다락방에 엎드려 명작 소설들을 읽으며 낮은 들창을 통해, 봉당을 세차게 두드리는 빗줄기를 바라보노라면 작은 연못을 이룬 봉당에 빗방울이 부딪쳐 만들어 내는 수백수천의 동그란 파문들에 마음을 빼앗겨 책 읽는 것도 잊어버리고 마음은 둥실 떠 막막한 잿빛의 하늘을 날아다니고 있었다. 기와지붕을, 함석 물받이를, 그리고 장독 뚜껑들을 두드리는 빗소리가 먼 곳을 지나는 기차 소리인 양 아스라이 들리고.

청년 시절엔 어렵사리 형을 졸라 남대문 구호물자 시장에서 산 카키색 레인 코트를 떨쳐 입고 비 내리는 명동을 배회하곤 하였다. 오죽하면 비를 하도 좋아해, 연극을 하며 먹고살려고 운영하였던 Casual Wear Shop의 이름이 'RAIN'이었다. 오늘 내리는 초가을 비가 뜬금없이 멀고 먼 기억들을 떠올려 내는 까닭은 무엇일까? 노년을 걸어가며 어린 시절과, 젊은 시절의 기억들을 상기해 내는 것은 육신의 늙어 감을 청정했던 어린 시절의 기억으로 상쇄해 보려는 본능이 아닐까? 실인즉, 고목이 되어 가는 육신과 쇠퇴해 가는 기억력을 다잡아 활력을 주는 것은 어린 손주들이다. 끊임없이 부산하게 움직이고, 말문을 터 가는 아이들의 끝없는 호기심과 청정한 생명력이야말로 교회에서 말하는 '영생과 부활의 진정한 의미가 아닐까?'라는 생각을 해 본다.

딸네와 손주들과 지난주, 위스콘신으로 애플피킹을 갔다. 날씨가 청명해서 그랬는지 놀랍게도 파킹장이 빈틈이 없고, 사과봉지를 사려는 사람들이 백여 미터는 되게 줄을 서 있었다. 코로나 팬데믹 때문에 '뭘 그렇게 붐비려고?'라고 생각을 했는데 웬걸, 모두 마스크를 쓰고 그만그만하게 간격을 유지하면서. 과장 없이 한 시간을 기다려 플라스틱으로 된 사과봉지 2개를 살 수가 있었다. 봉지를 사야 사과밭으로 입장을 하게 되고 마음대로 사과를 따게 된다. 해마다 다른 곳을 찾아갔었는데 이번에 간 곳은 그 방대한 규모의 사과밭도 밭이고 부대시설로 설치해 놓은 놀이터와 회전목마, 식당, 선물 가게 등, 완전 중소기업이었다. 한국 같으면 이렇게 수백 명의 사람들이 매일 들어가 마구 따고, 먹고, 버리고 하게 둘 수가 있을까? 가능하지 않을 것이다. 사과농장에 가서 애플 도넛과 애플 사이다를 맛보지 않으면 무엇 빠진 무엇이라고, 도넛을 만드는 선물 가게 앞에 다시 줄을 섰다. 장장 40여 분을 기다려 딸아이가 금방 튀겨 낸 뜨거운 도넛과 애플 사이다를 사 가지고 나온다. 뜨거울 때 먹으니 그 신선한 맛이 어디에 비교할 바가 아니었다. 코로나 팬데믹 와중에도 삶을 멈출 수는 없으니 사과밭 나들이를 나온 수많은 사람들과 말 없는 교류를 하는 느낌이 들었다.

아니, 가을비 얘기를 하다 말고 웬 애플피킹으로 길을 틀었지? "매주 글을 쓰다 보니 밑천이 떨어졌나? 매수 채우려고 별것도 아닌 얘기를 다 늘어놓네"라고 하실 분도 있겠구나. 그럼 다시 비 이야기로 돌아가야겠네. 비가 많이 내리면 실인즉, 불안해진다. 정원 창고 지붕이 새지나 않을까? 차고 지붕은 괜찮으려나? 지하실에 습기 제거기는 작동을 제대로 하려나? 혹 물이 나지는 않을까? 35년을 살았어도 지하실에 물 나는 일은 없었는데 어느 핸가 며칠 동안 폭우가 쏟아진 해에 지하실 벽에 물기가 비친 적이 있었으니, 비가 많이 오면 은근히 걱정이 된다. 젊은 시절 무작정 좋기만 했던 비가 이제 은근한 걱정거리가 되기도 하니, 혹여 비 때문에 생길 일거리가 두려운 시니어가 되었구나. 그러나 비가 동반하여 오는 서정적인 느낌은 지금도 가슴을 따뜻하게 하니 아직 안 늙었다고 우겨도 되려나?

한옥

「건축탐구 집」이라는 EBS에서 방영하는 프로가 있다. 중견 건축가 부부가 전국을 돌며 디자인이 특색 있고 잘 된 집들을 방문하여 집주인들과 이야기를 나누고 집을 짓게 된 내력과 주인들의 생활 모습 등을 보여 주는 프로이다. 내레이터인 82세 노 여배우, 김영옥의 편안한 목소리가 쇼의 진행을 정감 있게 한다. 지난 9월 29일 자 에피소드에서 그동안 보여 준 여러 가지 형태의 집들 중 한옥들만을 모아서 추석 특집으로 꾸몄는데 매우 흥미로운 한옥들을 볼 수 있었다.

서울 은평구 현대식 한옥마을의 한양 절충식 한옥 '낙락헌', 이태리 자동차 디자이너 가족이 사는, 내부가 완전 서구식인 한옥, 서대문구 천연동의 80년 묵은 한옥을 리모델링한 도시한옥, 충남 서천의 새내기 부부가 리모델링한 97년 된 고택, 전남 구례의 200년 된 전주 이씨 종가, 서울 북촌에 1913년에 지어진 근대 한옥의 모범 사례인 '백인제' 가옥 등, 대부분 오래된 한옥들을 개조해 겉모양은 유지하되 내부를 현대식으로 개량한 집들로 기둥, 대문, 대들보, 서까래 등 오래된 목재들을 그대로 살려, 아름답고 살기 편하게 내부를 개조 내지 새롭게 디자인한 이 한옥들은 천편일률적인 도면에 마감재만 번들거리는 세칭 고급 아파트들이 범접할 수 없는 품위와 개성과 안락함을 준다. 미국이나 유럽에선 이미 오래전부터 실용화된 고건물의 재사용 물결이 뒤늦게 한 국에서 눈을 뜬 것 같아 다행이란 생각이 들었다. 식당이나 카페, 리테일 숍들에선 이미 오래전에 시작된 이 리모델링 풍조가 이제 한옥에까지 넓혀졌다는 것이 반가웠다. 한국의 부동산 시장이, 건물이 20, 30년만 되면 다 허물어 버리고 새로 짓는 것이 풍조인데, 첫째는 건물들을 날림으로 지어 건축물의 내구성이 떨어져서이든가 아니면 부수고 새 건물을 지어 비싸게 분양하려는 개발 업자들의 욕심이 주요 원인인 듯하다.

초, 중, 고 시절을 한옥에서 자란 내게 한옥이 갖는 의미는 각별하다. 초등, 중등학교 시절을 보낸 필운동의 오래된 한옥과, 당시 지은 지 얼마 되지 않는 용두동의 한옥에서 고교 시절을 보냈는데 특히 한옥들이 가지고 있는 다락방과 유리로 된 분합문들을 좋아하였다. 양옥집과 달라, 올라가면 허리를 펴고 설 수 없는 다락에 엎드려 좋아하는 소설책을 읽다가 어머니가 심부름을 시키려고 부르면 쌓아 놓은 이불 둥치 속으로 숨어, 없는 척하고 있다가 어머니의 외침이 사라지면 다시 책을 읽곤 했던 추억이 있다. 다락 속엔 항시 제철 과일과 간식거리 등이 있었고 온갖 잡동사니가 쌓여 있어서 특히 비 오는 날 요를 깔고 엎드려 주룩주룩 떨어지는 빗소리를 들으며 명작 소설들을 읽노라면, 책 내용에 따라 상상의 날개가 펼쳐지고 도무지 시간 가는 줄 몰라 그 아늑하고 고즈넉한 느낌을 방해받기가 싫었던 것이다. 대청마루에 설치된 분합문 유리에 그려진 꽃무늬, 십장생 등의 천연스러운 아름다움, 그리고 건넌방 앞 툇마루에 앉아 따스한 봄날, 햇살을 받으며 어머니가 귀를 파 주었던 기억도 난다. 꼭 한옥에서 자라서인지는 모르겠으나 타고나기를 전통과 고풍스러운 것, 해묵은 것들을 좋아하는 성향은 일생을 지배하여 새것이나 디자인이 둔한 것들을 싫어하는 경향이 강하다.

서울 북촌의 한옥들이 대개 1920, 1930년대 왜정시대에 지어진 개량 한옥들인데, 당시 '정세권'이란 유명한 한옥 개발업자가 지은 집들이라고 한다. 북촌 일대에 살던 세력가들이 시대를 잘못 만나 몰락하고, 그들이 살던 큰 집과 토지를 사들여 필지를 잘게 나누어 개량 한옥을 지은 것인데 우리가 살던 필운동 집도 그런 개량 한옥들 중 하나였으리란 생각이 든다. 정세권은 당시 건축왕이라고 불린, 민족 자본가였는데 북촌뿐만 아니라 경성 일대 여기저기에 한옥 대단지를 건설한 사람으로 그나마 정세권이 아니었으면 오늘날의 북촌도 존재하지 않았을 것이다.

한옥은 일본이나 중국의 전통 가옥과는 다른 독창적이고 간결한 아름다움을 지니고 있다. 일본 가옥의 일견 어둡고 폐쇄적인 느낌이나, 중국 가옥의 장식이 요란한 과장스러운 모습을 배제한, 집 안과 밖이 통해 자연을 끌어안는 모습이라고 할까? 세월의 풍상을 견디고 담회색을 띤 오래된 한옥을 만나면 가슴 벅찬 느낌이 드는데 나만 느끼는 감정인지? 경주 양동 마을의 고색창연한 종가 고택들을 보며 느끼는 감정이 그런 것인데 아름다운 것과는 별개로 그 집을 짓는 데 쓰인 상놈과 종들의 노동력, 고고한 양반 생활을 유지하기 위해 부린 노복들과 종들의 고달팠을 인생을 생각하면 복잡한 생각이 들기도 한다.

오랜 역사와 수백 년씩 묵은 건물들이 줄줄이 서 있는 유럽의 거리들을 좋아하는데, 수년 전 파리 관광을 갔다가 들른 모나코에서 왕궁에 입장료를 내고 들어가 구경한 적이 있다. 호사를 극한 내부를 구경하면서 문득 불쾌한 생각이 들었는데 한국의 대 양반가 고택을 구경하며 느꼈던 복잡한 심정과 일맥상통하는 부분이었다. 이 화려한 생활을 유지하려면 얼마나 많은 사용인들이 필요하고 또 이 궁을 짓는데 혹사 당한 하층민들은 얼마나 많을까? 차라리 한국의 고궁들이나 유럽 여러 나라의 왕궁 등 대규모의 유적지들에선 느끼지 못했던 그 감정은 아마도 모나코가 초미니 사이즈의 도시국가이고 왕족들의 삶이 현재 진행형이며 그들의 생활 모습이 짐작되어서였을 것이다. 이미 타계한 레이니에 공과 그레이스 켈리의 방도 개방되어 있었는데, 그들과 세 자녀들의 대형 초상화도 걸려 있었다. 특별히 인류에 기여한 것도 없는 사람들이 조상 잘 만난 덕에 하는 일도 없이 극사치를 하며 살고, 자기들 살던 집을 입장료를 받고 돈벌이를 하여 높은 수익을 올리고 있는 것에 역겨운 생각이 들었다면 내가 너무 까탈스러운 걸까?

여하튼, 한옥이 갖는 매력은 일본, 중국과 비견할 수가 없다는 것이 나의 생각이다. 살기에 불편하고 구닥다리라고 팽개쳤던 우리의 옛것들과 전통들을 늦게나마 소중히 여기고, 고치며 닦아 쓰는 사람들을 보니, 생각성이 나와 같은 사람들이 한국 땅에 꽤 있다는 사실에 마음이 흔쾌하였다.

음식의 추억

사람마다 음식에 얽힌 추억과 좋아하는 음식이 있겠지만, 좋아하는 음식은 대개 성장기에 어머니가 해 준 음식인 경우가 많다. 살아가며 수많은 종류의 음식을 접하게 되는 데 남의 집 음식이든 식당 음식이든 각자 식성에 맞는 음식이 따로 있게 마련이다. 식성은 감성과도 같아서 각자 고유의 자리가 있는 법이다. 왜 이 맛있는 걸 먹지 않느냐고 종주먹을 댈 수 없는 게 식성이다. 부부지간에도 근본적인 식성의 차이가 있다. 오래 같이 살다 보면 상대방의 입맛에 보조를 맞춰 가게 되지만, 각자의 기본적인 식성은 성장기에 개발되고 익숙해진 입맛인 것이다. 나의 경우도 다르지 않아서 중고교 시절 우리 집의 단골 메뉴였던 음식들이 지금도 가장 선호하는 음식들이다. 겨울이 추웠던 그 시절에는 뜨끈한 찌개나 국 종류가 반드시 상에 오르곤 했는데, 동태, 오징어, 도루묵 등의 생선찌개들과 뭇국, 배춧국, 콩나물국, 우거짓국, 동초국(겨울나기 시금치) 등이 자주 상에 오르곤 했다. 된장을 풀고 모시조개를 넣어 끓인 동초국과 동태찌개 등은 여기서도 요즘 자주 해 먹는 음식인데 한국 사람이라면 누구나 좋아하는 음식일 것이다. 어찌 된 셈인지 시카고 한인 마켓에서 도루묵을 본 적이 없어 서운하긴 하다. 내가 자라던 때는 고기가 귀하고 비싸던 시절이어서 동네 푸줏간에 가 국

거리 고기에 서비스로 베어 주는 기름 덩어리를 보태 사다가 배춧국에 넣어 끓이면 소증 나던 배 속이 가라앉곤 했던 기억도 있다. 요즘 사람들이 소증이 뭔지는 알려나? 너무 오래 육류를 섭취하지 않으면 속이 아픈 것을 말한다. 위장에서 고기 좀 들여보내라는 신호인 것이다.

　이민 초기 살기 바빠, 집사람과 들어오고 나가는 시간이 들쭉날쭉해, 시간을 절약하느라 누구든 먼저 들어오는 사람이 음식 준비를 하던 습성이 있어 꾸준히 음식을 하게 되었는데, 나의 단골 메뉴들이 내가 자라며 먹던 어머니의 음식들이었다. 따로 배운 적은 없지만 기억 속에 남아 있는 어머니의 손맛을 재현해 내려는 노력이 되풀이되다 보니 무엇이든 비슷하게 할 수 있게 되었다. 고추장을 풀고 무와 대파를 넣고 끓이다 적당한 크기로 자른 오징어를 넣고 마지막에 두부를 송송 썰어 넣어 익히는 오징어 찌개는 내가 가장 좋아하는 메뉴이다. 막내 처남의 댁이 음식을 잘하는데 그 집에서 먹는 어머니 손맛의 오징어 찌개 맛이 나질 않아 물어보니 찌개를 끓일 때 쌀뜨물을 사용한다고 하였다. 바가지에 쌀을 박박 문질러 뜨물을 짙게 받고, 일렁일렁 쌀을 일어 내어 돌을 골라내고 밥을 하던 시절에는 쌀뜨물로 찌개 국물을 하는 것이 일반적이었는데 쌀을 문질러 씻지 않아도 되는 시대에 살다 보니 쌀뜨물의 존재를 간과하였던 것이다. 화학조미료가 없던 시절, 쌀뜨물이 찌개의 맛을 깊이 있게 하였던 사실을 뒤늦게 깨닫게 되었다. 동태찌개도 다르지 않은데 물론 간을 잘 맞추는 것이 한국 음식의 관건이다.

　TV에 넘쳐 나는 먹방 쇼들과 아침 뉴스 시간에까지 극성스럽게 들이대는 쿠킹 쇼들을 보면, 먹고 사는 게 과연 인간 생활에 중요한 일임에는 틀림이 없다는 생각을 하면서도 저놈의 레시피들을 누가 일일이 기억을 해서 뭘 제대로 하려나 싶은 생각이 들곤 한다. 무엇을 한 스푼 넣고 무엇을 반 스푼 넣으라는 둥, 일일이 그런 것들을 어떻게 계량을 해 가며 음식을 하겠는가? 물론 그런 것들이 도움이 되는 사람도 있겠지만, 음식 만들기는 눈썰미와 응용이라는 게 나의 생각이다. 무슨 일이나 그렇지만 실패와 오류를 거듭하며 솜씨가 늘게 마련이다. 그래서 그런 프로들을 잘 보지 않는다. 때로 안 해 본 음식을 하려면 인터넷에서 잠깐 참고를 하고는 대충 흉내를 내어서 한다. 내 입에 들어가는 음식 이런들 어떠하고 저런들 어떠하랴? 맛이 없으면 다음에 할 때 조절을 하면 되지 않는가? 그러나 때로 손님을 초대하고 내가 음식을 하게되면 긴장을 하게 되긴 한다. 모처럼 초대해 놓고 음식이 별로이면 미안하지 않은가. 그래서 손님용 메뉴는 대개 스스로 인증이 된 단품 메뉴로 한다. 식당에 가서 먹듯 한 가지 기본 메뉴에 한두어 개 반찬을 곁들이는 식이다. 한국 음식이 손 많이 가고 가지 수에 신경 쓰다 보면 피곤해져서, 손님이 오면 빨리 먹고 가 주었으면 싶어지기 때문이다. 먹는 것에 치중할 시대는 지나지 않았는가? 음식을 줄이고 대화를 즐기는 쪽으로 가야 할 것이다. 하긴 코로나 때문에 누구를 초대해 본 것도 옛이야기이기는 하지만. 나의 손님용 단골 메뉴는 육개장과 간장 소스의 새우 파스타이다. 육개장 맛은 무와 대파가 좌우하고, 이태리식 파스타 소스가 어려워서라기보다 간장 쪽이 우리 입맛에 맞아서이다. 결국은 파스타 면으로 만드는 간장 볶음국수라고 이름을 바꿔야 하려나?

이젠 세상이 변해 요즘 젊은이들 세계에서는 남자들이 음식 하는 것을 자연스럽게 여기고, 여자들이 음식 하는 남자들을 멋스럽게 생각한다고 한다. 전문 숙수의 대부분이 남자들인 것도 간과할 수 없지 않은가? 그런가 하면, 라면 끓이는 것 이외에는 할 줄 아는 게 없다는 사람도 많다. 밖에 나가며 냉장고에 잔뜩 먹을 걸 해 놓고 나가도 꺼내 먹을 줄도 모르는 사람이 우리 남편이라는 얘기도 종종 들어 보았다. 성인도 종시 속이라고 시대가 변하면 적응도 해 보아야 하지 않겠는가? 아이구 자칫 음식과 담을 쌓은 남자분들에게 욕먹을 소리나 하고 있네 그려.

그나저나, 음식 추억이라고 하면 아무래도 제사 음식을 빼놓을 수가 없겠다. 집안에서 제사를 모시는 분들은 알겠지만, 제사상에 꼭 올리는 것이 소고기뭇국이라고 해도 좋을 '탕'이다. 소고기, 다시마에 깍두기 크기로 썬 무를 넣고 뭉근한 불에 오래 끓이면 정말 맛있는 맑은 국이 된다. 소금 간에 약간의 조선간장을 더한다. 말 난 김에 조선간장의 역할이 불고기 재는 데도 한몫을 한다. 어머니 시대에는 진간장이라는 것이 따로 없었는데, 오래 묵은 조선간장으로 잰 불고기가 그렇게 맛이 있었다. 그 생각이 나서 불고기를 잴 때는 꼭 진간장과 조선간장을 반반으로 섞는다. 그러면 얼추 어린 시절 맛본 어머니의 불고기 맛이 난다. '적'이라고 하는 소고기 산적도 제사상에 빠져서는 아니 되는 음식이다. 두툼한 덩어리 고기를 두드려 넓적하게 만들고 자근자근 칼집을 내어 심심하게 불고기 양념을 한 다음 철판에 구어, 잣과 실고추로 고명을 하여 제사상에 놓는다. 얇게 슬라이스를 한 불고기와는 다른 질감과 깊이가 있다.

또 항상 빼놓을 수 없는 것이 생선 전이다. 제사 전날이나, 아침에 부쳐 소쿠리에 담아 다락에 모셔 놓은 전을 몰래 훔쳐 먹다가 야단을 맞던 추억도 있다. 요즘 마켓에서 만들어 파는 전들은 다 해동한 동태를 써서 맛이 퍼석하지만, 그 시절에는 생민어 전이었다. 어찌 그리 입속에서 살살 녹았던지. 녹두 전도 제사상에 올라가는 음식이었는데, 녹두를 불려서 껍질을 벗기고 맷돌에 갈면서 드문드문 발그레한 치자 열매를 넣어 색깔을 내었다. 숙주, 생고사리, 가늘게 썬 불린 다시마, 쪽파 등을 얹고 소당 뚜껑에 지져 내어, 네 귀를 자르고 네모를 만들어 켜켜로 상에 올렸다. 아이구 이러다가 오늘 정말 제사 음식 다 나오겠네. 그만 여기서 멈춰야지.

눈을 치우며

요 며칠 간단없이 눈이 내려온 세상이 별천지가 되었다. 내리고 또 내려 무릎이 차게 내렸다. 휘몰아치는 바람이 눈을 몰고 달려가 온 동네를 뒤집는다. 집들과 나무들이 모두 희뿌연 꿈속에 서 있는 것 같다. 일단 눈 치울 걱정은 뒤로하고 그 아름다움에 압도된다. 눈이 갖는 서정성은 언제나 마음을 동심으로 돌아가게 한다. 뒤뜰이 온통 눈으로 가득 차 헛간으로 가는 길을 지워 버렸다. 크지도 않은 Driveway와 Sidewalk의 눈을 치우느라 허리가 휘어진다. 이 집에 살며 35년 동안을 한결같이 눈삽으로 눈을 치웠다. 아이들이 제설기를 사라고, 사 주겠다고 했어도 한결같이 마다하고 손으로 치웠다. 쌓인 눈 사이로 오솔길을 낸다. 동토의 얼음길 같은 느낌이다. 그 느낌을 사랑하는 것이다. 제설기로 화닥닥 치워 버리면 그 낭만이 사라지니 좀 힘이 들어도 내 손으로 치운다. 차 한 대짜리 차고는 온갖 물건들이 쌓여 있어 차는 겨우내 Driveway에서 한뎃잠을 잔다. 차를 뒤덮은 눈을 치우고 차도까지의 눈을 치우느라 숨이 가쁘다. 눈을 치우다 허리를 펴고 아직도 펄펄 날리는 눈발을 바라본다. 문득 어린 시절 한옥 마당에 내리던 눈이 떠오른다. '기역 자' 집의 추녀 안으로 떨어지는 눈송이들이 마냥 목화송이 같았다. 봉당에 떨어져 쌓이는 눈을 밟기가 미안해, 댓돌이 놓인 기단 위를 걸어 중문을 거쳐 대문을 빠져나가 눈 속을 맴돌며 눈을 받아먹다가, 달음질쳐 동네 친구 집을 찾아가, "영철아 나와 놀자"를 외쳤었다.

4살짜리 손녀와 2살짜리 손자가 와서 푹푹 빠지는 눈 속에서 재재거리며 논다. 손녀는 이미 눈이 낯설지 않다. 작은 삽을 달라고 하더니 제 나름으로 눈을 치우는 시늉을 한다. 손자는 이렇듯 많은 눈을 처음 대하는지라 푹푹 빠지며 걸어 보려고 안간힘을 쓰다 엎드러진다. 눈 속에 파묻히어 허우적댄다. 아이를 들어 품에 안는다. 두터운 방한복 속에서 아이의 심장이 뛴다. 분명한 생명의 소리가 나의 몸으로 전달되어 온다. 표현할 길 없는 따스한 감정이 솟아오른다. 추위로 발개진 아이의 볼에 뺨을 대어 본다. 차갑다. 아이는 막무가내로 버르적거리며 내려 달란다. 흰 눈으로 뒤덮인 뒤뜰에서 눈을 퍼 나르는 손녀 아이와 품에 안긴 손자의 생명력을 온몸으로 감지하며, 잠시 청정한 기쁨을 맛본다. 아들과 딸아이가 놀던 뒤뜰에서 손자와 손녀가 삶을 되풀이하고 있다. 감감한 추억으로 뇌리에 숨어 있던 어린 시절의 영상들이 기지개를 펴고 날아오른다.

"할아버지 come here, help me!"라고 손녀 아이가 부른다. "할아버지 that one, that one!"이라고 손자 아이가 눈 속에 박혀 있는 꽃삽을 가리킨다. 그걸 집어 달라는 것이다. 미국인 아빠와 한국말이 서투른 엄마가 영어로만 기르는 아이들이, 분명한 발음으로 '할아버지'라고 불렀을 때의 펄쩍 뛸 듯한 기쁨을 무어라고 표현할까? 45년이나 미국에 살았고 적응 잘한다고 하면서도 grandpa라는 호칭보다는 '할아버지'가 반갑고 신통한 이유는 무엇일까? "이유는 무슨 이유? 죽으나 사나 한국

시카고의 봄

사람이라는 얘기지 뭘. 아이구, 이렇게도 한국 사람 껍질 벗기가 어려워서야? 겉껍질은 죽어도 못 벗는 거고 속 껍질이 벗어져야 하는데, 그게 그리 만만치 않으니 어찌하랴? 나도 당당 아시아계 미국인이니, 사위를 백인이라고 칭해야 이치에 맞겠는데 미국인이라고 지칭을 하게 되니 이런 자가당착이 어디 있겠는가?"

　30을 갓 넘어 이민을 와서 김치 냄새나는 껍질을 얼마 가지 않아 벗을 것 같았다. 자신이 있었고, 그래서 아이들이 한국어 학교 가기 싫다고 징징거릴 때 "싫으면 그만두어라." 하고 그만두게 했었다. '미국 땅에 살며 영어 잘하면 되지 무슨 한국말씩이냐?'가 나의 생각이었는데, 이후 때때로 사고방식의 차이로 아이들과 소통이 안 될 때 후회를 한 적이 있었다. 한국어를 잘하도록 가르쳤으면 어쩌다 아이들에게서 느끼는 이질감을 겪지 않아도 되었을 것이다. 그러나 때늦은 후회야말로 쓸모없는 감정의 낭비가 아니겠는가? 몇 년 전, 열다섯 명의 입양인들을 인솔하고 한국 방문을 한 적이 있었다. 그중 사십 초반의 한 여자 입양인과 많은 대화를 나누게 되었는데, 부산 어디선가 남의 집 문 앞에 버려져 고아원에 맡겨졌다가 1살 때에 미국 가정에 입양되었다고 하였다. 양부모들이 좋지 않은 사람들이어서 성장 과정이 어려웠다고 하였는데, 친부모를 찾을 길도 없고 양부모와도 인연을 끊었으나 좋은 미국인 남편을 만나 아들 둘을 낳고 잘 산다고 하면서 "It is what it is"라고 하였다. 원망이나 후회를 다 버리고 현실을 있는 그대로 받아들인다는 얘기였다. 담담히 얘기하는 그녀에게서 인생의 예지를 배웠다고 해야 할까? 우리네 삶에 'what if?'라는 가상의 걱정이나 후회 때문에 자기 자신을 옥죄는 경우가 얼마나 많은가?

밖에 진종일 함박눈이 내린다. 장려한 설국의 모습이 펼쳐진다. 밤새 내릴 것이라고 한다. 눈이 너무 깊어 우체부도 며칠씩 오질 않아 우편물도 받지를 못하고 있다. 눈을 치우러 나갈 엄두가 나지 않는다. 앞으로 몇 년이나 더 내 손으로 눈을 치울 수가 있을까? "제설기를 사고 말까? 아니 35년을 버티다가 무슨 변덕으로 이제 그걸 사? 그냥 새벽같이 나가 치우지 뭐."

저 깊은 눈 속에, 봄을 모시고 올 연초록의 새싹들이 움트고 있음을 안다. 계절의 순환은 거짓을 모른다. 사람의 생이나 자연의 생이나 반복되는 것이 필연이니, 고목이 되어 가는 나의 밑둥치에 새싹을 틔워 가는 저 손주 아이들의 천진무구한 모습이 나의 영생을 말하는 걸까?

해묵은 정원

　나의 작은 정원이 매일 녹색으로 차오른다. 자목련, 백목련이 피고 지고, 뒤이어 연녹색의 잎사귀들이 밀고 나온다. Crap Apple이 선홍빛 꽃들을 토해 내듯 피워 내더니, 그 또한 진녹색의 잎들을 떠밀어 낸다. 흰색, 보라색, 라일락들이 뒤를 잇는다. 보라색 꽃들이 뚜껑 열린 향수병처럼 짙은 향기를 퍼뜨려 낸다. 꽃나무들이, 변덕스러운 초봄의 시카고 날씨와 옥신각신 삿대질을 하면서도 그에 꽃들을 피워 내더니, 뒤미처 드문드문 회색의 땅을 비집고 올라오던 다년초들이 어느 틈엔가 제자리들을 잡기 시작한다. 수선화, 히아신스와 튤립들이 지고 난 후 밥 먹고 난 자리같이 추레해 마음이 쓰이더니 그나마 진달래가 어렵사리 피어나 막간의 무용수처럼 다음 장을 연결해 주는 역할을 한다. 금년 봄 날씨가 너무 싸늘해 진홍색 꽃들이 희끗희끗 멍이 들어 안타깝기는 해도, 죽어도 제 맡은 역할은 하고 가겠다는 것 같아 고맙기 그지없다.

　20년 전, 정원을 시작하면서 막연히 꿈꾸었던 것이 해묵은 정원이었다. 무슨 팔자를 타고났는지 건축물이나 정원이나 물건이나, 날이 선 깔끔함보다는 풍상에 젖어 모서리가 닳고 빛이 바랜 모양들을 유독히 좋아하여 나의 정원도 반드시 그리 가꾸리라 마음먹었던 것이다.

20년 세월이 흐르며 나의 정원은 아닌 게 아니라 해묵은 정원이 되었다고 하겠는데, 실인즉 해묵었다기보다는 오래된 무질서한 정원이 된 모양새다. 식물들의 생명력이라는 것이 끈질겨서 일단 한 곳에 자리를 잡고 한두 해 지나면 겨우내 땅속에서 뿌리가 뻗어 나가 봄이 되면 이리저리 무질서하게 머리를 내미는데, 정말 걷잡을 수 없이 늘어나는 것이 이들의 번식력이다. 처음에는 꼭, 같은 꽃들끼리 모여 있는 것보다 좀 섞이는 것도 오히려 자연스럽게 보여 내버려 두었더니 차츰 종잡을 수 없이 뒤섞여 버려 그것들을 솎아 내는 것이 해마다 주된 일거리가 되었다. 좁은 뒤뜰에 이젠 무엇을 새로 심을 자리도 없어, 잘 되지 않는 아이들을 자리를 바꿔 가며 옮겨 심는 것과 너무 퍼진 것들을 솎아 이리저리 나누어 심는 것이 정원에서의 주된 일이 되었다.

해묵은 정원에 대한 나의 꿈은 서울 필운동 한옥촌에 살던 어린 시절, 우리집으로 올라가는 돌계단 옆, 높다란 담장 속에 고고히 자리 잡은 커다란 한옥 저택의 정원을 몰래 들어가 보고 받은 강렬한 인상에서 비롯되었을 것이다. 그 고졸한 한옥 저택과 이끼 낀 정원석들의 모습이 신비하고도, 비 온 뒤끝같이 말쑥하고 정결하여, 어린 마음에도 깊은 인상을 심어 준 것이다. 게다가 여름 방학이면 갔던 외갓집 뒤뜰의 돌로 쌓은 장독대와 그 옆의 꽃밭들도 선연히 뇌리에 남아 있다. 산고개를 넘어가며 발길에 채이던 들꽃들, 달맞이꽃, 참나리꽃, 도라지 꽃들이 내 집 정원에 있는 것이 어찌 우연이랴? 어린 시절의 기억들과 추억들이 사람의 인생에 미치는 영향을 어찌 간과할 수 있을까? 그런데다가 수년 전 갔었던 영국 남서부의 Cotswold 지역에서 주마간산으로 구경한 Cottage Garden들의 숨 막히게 아름다운 모습들이 머릿속에 각

시카고의 봄

인되어 나의 정원에 깊은 영향을 미치고 있기도 하다. 자그마하면서도 해묵은 정원들이 고색창연한 집들과 어우러져 한 폭의 그림이었다. 한옥 고택의 정원들과는 비교가 불가한 독보적인 아름다움!

날씨가 청명하고 따스한 날, 뒤뜰에서 정원을 가꾸고 있으면 만사를 잊게 되고 시간 가는 줄 모르게 된다. 힘이 들어도 허리가 아파도 몰두하게 되는 것은 내가 좋아하는 일이기 때문이겠다. 자그만 텃밭에 금년엔 모종 대신 씨를 뿌려 보려고 하였더니 이놈의 5월 날씨가 중순이다 되어도 왜 이리 쌀쌀맞은지 한두 주는 더 기다렸다가 파종을 해야연약한 씨들이 얼지를 않을 것 같다. 잠깐 돌아서면 맹렬하게 추격해오는 잡초들과 중구난방으로 여기저기서 삐져나오는 꽈리, 은방울꽃, 고사리에, 부추, 돗나물, 참나물, 쑥, 미나리 등이 저토록 극성스레 숨어 있던 복병들처럼 깜짝 놀라게 이틈 저 틈에서 삐져나오니, 아이구머니나 이 나의 '해묵은 정원'은 해묵어 가는 나의 인생에 벅찬 일거리가되어 가는 모양새다.

◆

2장

코민스키 메소드
(The Kominsky Method)

코민스키 메소드(The Kominsky Method)

아주 오래간만에 넷플릭스에서 재미있는 미국 드라마를 보았다. 툭 하면 총질에 살인과 섹스로 얼룩진 미국 드라마들에 식상해 가던 중 모처럼 많이 웃고 많은 것을 생각하게 하는 드라마였다. 구태여 장르를 따지자면 코미디에 속하겠는데 노년의 두 절친을 통해서 늙어 가는 것에 관해 많은 이야기를 하고 있다. TV Drama라고 하는 게 어른들을 위한 만화임에 틀림없는데 만화를 보는 재미 속에서 우리의 생에 관해 새삼 생각해 볼 수가 있다면 좋은 만화임에 틀림없지 않겠는가?

실제 나이 75세의 Michael Douglas가 자신의 나이 그대로, 87세의 Alan Arkin이 80세로 설정된 이 작품에서 만들어 내는 절묘한 호흡이 이 드라마의 재미와 완성도를 높여 주고 있다. The Sandy Kominsky Acting Studio라는 연기학원을 운영하는, 한때 잘나가던 배우 샌디(Michael Douglas)와 할리우드에서 막강한 탤런트 에이전시의 사장인 노먼(Alan Arkin)이 함께 늙어 가며 겪어 가는 사건들과 그 속에서 서로 의지하며 나누는 대화들이 절실하다가도, 불쑥 튀어나오는 시니컬한 농담들이 웃음을 참을 수 없게 한다. 전립선으로 소변이 잦은 샌디가 남의 집 울타리에 오줌을 누는 장면, 화장실까지 따라다니며 체크하는 딸 민디, 3번의 이혼을 거치고 혼자 살면서 아직도 여자 친구와 섹스 상대를 찾는 샌디와, 45년간의 결혼 생활 동안 아내 아일린 이외의 여자를 모르고 성생활에 대한 환상을 접은 노먼, 서로 다른 성격과 상황을 넘어 우정을 지켜 나가는 두 노인의 이야기가 코믹하면서 현실감 있게 펼쳐진다.

딸 민디와 연기학원을 운영하는 샌디가, 33세의 딸이 66세의 마마보이와 사랑에 빠지게 되어 고민하고, 알코올 중독자인 45세의 딸이 엄마인 아일린이 오랫동안 병상에 있어도 찾아오질 않다가 장례식 도중에 흐트러진 모습으로 나타나 장내를 소란하게 하는 장면 등, 두 친구 모두 제 나름의 문제들을 가지고 있는데 노먼의 아내 아일린이 암 투병 끝에 죽으며 자신의 남편을 잘 보살펴 달라는 마지막 부탁을 샌디에게 남기고 떠난다. 아일린의 병문안 가기를 그토록 꺼리던 샌디가 딸 민디로부터 "아빠, 죽음을 마주하기가 두려워서 그런 거지요?"라는 공격을 받고서야 병문안을 가게 되는데, 늙은이들이 남의 장례에 가길 꺼리는 심정은 동서를 막론하고 같은 것이 아니겠는가? 아일린의 죽음 후, 까다롭고 성가신 성격의 노먼을 극진한 우정과 인내심을 가지고 보살피는데 두 친구의 티격태격하는 자조적인 대사 속에 불확실한 삶과 확실한 죽음을 바라보는 70대 후반 남자들의 비애가 현실감 있게 다가온다. "우리는 종착지에 가까운 배에 탄 승객", "오늘은 내 몸 어디가 망가졌을까?", "크게 웃으면 방귀가 새어 나온다." 등의 대사들이 늙어 가는 사람들의 과장 없는 현실인 것이다.

아일린의 장례식 장면에 사회로 나오는 Jay Leno, 장례 성가를 부르는 유명한 흑인 여가수 Patti Labelle, 장례 리셉션에서 노먼을 은근히 유혹하는 80세의 Ann Margret, 아일린 역할을 한 78세의 Susan Sullivan, 상처한 노먼의 여자 친구가 되는 70세의 Jane Seymour, 비뇨기과 의사 역의 Danny DeVito가 77세로, 젊은 시절 일세를 풍미했던 배우들이 카메오로 출연하는 이 드라마를 보며 세월 속에 무너진 그들의 외모와 퇴색된 커리어들이 인생의 덧없음을 적확히 보여 준다. 부와 명예와 몇 번의 이혼, 재혼 끝에 안정된 가정을 가진, 성공한 배우의 대명사 같은 마이클 더글러스의 구석구석 주름으로 얼룩진 얼굴에 그의 젊은 시절의 핸섬한 얼굴이 겹쳐지면서 생자필멸의 확실성이 느껴져 서글프면서도, 그 나이 그 얼굴에도 그 많은 대사들을 소화시키며 자신의 평생 업에 열정을 불사를 수 있는 환경이 부러웠다. 87세 앨런 아킨의 그 느릿하면서도 톡톡 튀는 희극적 재능과 연기력도 놀라웠다. 오랜 배우 생활에서 닦은 기술이 아닐까? 마이클 더글러스와 동년배로 보이는데, 90을 바라보는 그의 에너지와 까탈스럽고 배배 꼬으는 성격의 노먼 역할을 완벽하게 메소드하게 소화해 낸 그의 재능에 연극 무대 같으면 박수를 쳐 주고 싶었다.

젊은 시절, 잠깐 반짝했다가 주저앉은 배우인 샌디가 노먼이 죽기 전에 추천한 덕에 유명 감독에게 발탁되어 헤밍웨이(Hemingway)의 「노인과 바다」에 캐스팅 되어 혼신의 연기를 한 끝에 Emmy Awards 남우주연상을 타게 되는데, 폐암 치료와 전립선 치료를 받으면서도 다시 학생들 앞에 선다.

연기 코치로서 샌디가 그의 학생들에게 전달하고자 하는 메시지는 "배우는 신처럼 군다는 거야, 왜? 신이 하는 일이 뭐야? 창조하는 거지. 생명을 불어넣고, 개성, 희망, 꿈, 치명적 허점까지 부여하는 것. 자신의 창조물을 사랑하고, 그다음에는 놓아주는 거야. 그게 사랑이니까."

라는 말에 함축되어 있다. 불확실한 삶과 확실하게 앞에 놓여 있는 죽음, 그리고 그 사이에 창조된 자신을 모두 놓아주는 과정인 것이다. 신처럼 배우처럼 자신이 모든 것을 관장하겠다는 의지로.

육신의 무너짐과 정신의 쇠퇴가 늙는 과정이고 죽음이 곧 닥칠 확실한 미래가 되어 가는 노년의 삶이 그냥 스러지는 먼지가 될 수는 없지 않겠는가? 삶이 허락하는 한 최후의 순간까지 열심히 살아야 한다고 주장하면 너무 욕심 많은 늙은이가 되는 걸까?

이정섭

지난주 「코민스키 메소드」라는 넷플릭스 드라마를 보고, 그 제목으로 글을 쓰며 불현듯 친구 '이정섭'이 떠올랐다. 두 친구가 같이 늙어 가며 겪는 사건들과 그 속에서 펼쳐지는 우정의 농도와 비애가 너무도 닮아 있었기에. 죽음 쪽이 확실히 가까워지는 나이에 이정섭이란 인물이 지구 반대편에서 나의 젊은 시절을 공유하고 있다는 사실이 마음을 따듯하게 하였다.

고교 일 학년, 16세 때에 양정 연극반에서 만나 59년의 세월을 절친으로 지내 온 나의 일 년 선배이다. 그는 서울에 살고 나는 시카고에 산다. 한국을 떠난 지 44년이 되지만 그와 나 사이에는 시공간적 공백이 없다. 카카오가 없던 시절에는 편지로, 비싼 국제통화로 간간히 소식을 전하고 살았다. 이젠 카카오가 있어 무시로 마음 놓고 통화를 할 수가 있지만, 때때로 먼저 안부를 묻는 것은 언제나 그이다. 나는 그저 무소식이 희소식이려니 하고 지나간다.

그러다가 6년 전, 그가 위암 3기 진단을 받고 위의 4분의 3을 떼어 내는 대수술을 하였는데, 한참이나 지난 후 그 얘기를 하여서 미안하고 마음 아픈 적이 있었다. 그는 내게 친동기보다 더 가까운 존재이다. 형이 4명이나 있었지만 내 사정과 속내를 터놓은 것은 오직 그에게였다.

그도 물론 자신의 어려움이나 가족 간의 갈등을 터놓았던 것이 나에게였다. 매사에 마음 씀씀이가 넉넉해 내게뿐 아니라 주위 사람들에게 항상 베풀고 살아온 것이 그의 오랜 역사이다. 대학 졸업 후 같이 군대를 가게 되어 수색의 30사단에서 같이 훈련을 받고 대전 통신학교까지 같이 가, 같은 내무반의 옆자리에서 지냈다. 통신학교 졸업 후, 그는 육군 본부로 나는 대구에 있는 5관구 사령부로 발령을 받아 헤어지게 되었는데, 36개월 후 제대도 같은 날 하게 되어 용산에서 만나 국밥을 한 그릇씩 먹고 헤어졌다.

그는 타고난 기억력이 비상해 고교, 대학, 군대, 사회생활에 이르기까지 그와 내가 겪은 일들을 시시콜콜히 기억하고 있다. 때로는 그 당시 입었던 옷까지 기억하고 있다가 "너 그때 검정 염색한 구제품 바지에 카키색 남방 입고 있었잖아."라는 식이다. 뿐만 아니라 자신과 관계된 사람들의 과거 이력을 소상히 꿰고 있다. 영어로 Photographic Memory라고 하는 남다른 기억력과 예술적인 재능, 넉넉한 인심 때문에 한국의 그 어려운 연예계 생리 속에서 아직까지 살아 남아 있다고 보여진다. 한때 그가 경영하던 '종가집'이라는 한식당이 북촌에 있었는데 한국 연극계의 대모들, 백성희, 손숙, 박정자 씨와 신상옥 감독의 부인 최은희 씨가 식사를 하러 왔다가 그분들의 젊은 시절 작품을 연출자부터 공연한 다른 배우들까지 연도별로 좔좔 읊어 놀라게 했다고 한다.

제대 후 동양방송에 취직이 되어 잠깐 월급쟁이를 했는데 못 견디고 튀어나와 자기 사업을 하다가 실패를 하기도 하면서 꾸준히 연극을 하였다. 1993년에 출연한 연극, 「라이어 라이어」에서 게이 의상 디자이너 역할을 한 것이 PD의 눈에 띄어 「사랑을 그대 품안에」라는, 차인표, 신애라 주연의 일일 드라마에 비슷한 역할로 캐스팅이 되었다. 드라마가 히트를 하면서 그도 덩달아 이름을 알리게 되어 계속 드라마, 광고 등을 하게 되면서 이후 10년 전성기를 맞이하게 된다.

1994년, LA에서 촬영한 「LA 아리랑」이란 작품으로 미국에 왔다가 시카고에 들러 오래간만에 회포를 풀었는데 이후 미국 촬영이 있을 때면 시카고엘 들러 나의 집에 머물고 갔다.

당시 많은 청취자를 가지고 있던 '한국방송'과 TV에도 출연하여 시카고에서의 인기를 확인하기도 하였다. 그때는 모두 비디오 대여점에서 비디오 테이프를 빌려다 한국 드라마를 보던 시절이었는데, 그가 출연한 드라마들이 여기저기 꽤나 있어 그를 기억하는 팬들이 시카고에 많았다. 그가 가지고 있는 특유의 여성스러운 목소리 때문에 한국에서 이정섭 모르면 간첩이란 말도 있는데, 많은 코미디언들이 그의 말투를 흉내 내어 '챔기름' 패러디를 할 정도로 그는 한국에서 유명인이다. 한때 Cable TV에서 자신의 요리 쇼를 가지고 있기도 했고 총 4권에 달하는 요리책을 출판하여 서울 음식의 대가로 불리기도 하였다. 전주 이씨 덕양군의 14대 손이라는 내력으로 집에서 제사가 많아, 자라면서 자연스럽게 음식을 배우게 된 그는 끝내 주는 기억력과 눈썰미로 자타가 공인하는 서울 음식 전문가가 되었다. 내가 한국을 떠나 살아온 44년 동안 내 나름으로 겪은 어려움들과 그가 한국 땅에 살며 겪어 낸 어려움들이 모양은 달라도, 그 나름의 어려움을 극복하고 '한국 명사록'에 이름이 실린 유명인이 되었으며, 일남 이녀로부터 두 명의 손주를 둔 할아버지가 되었다. 내가 어쩌다 한국을 방문하면 방송 스케줄이

시카고의 봄

없는 한, 모든 시간을 내게 할애하고 맛있는 것 먹이려고 줄기차게 끌고 다닌다. 워낙 술을 좋아하고 대식가인 그가 위암 수술로 전처럼 마음대로 먹지 못하고 마시지도 못해 안타깝다. 얼마 전 소장 협착증으로 5일간 입원했다 나왔다고 해서 은근 염려가 된다. "아이구 제 친구 얘기를 무엇 때문에 이리 장황히 하는 거야? 늙는 게 무슨 자랑이라고 맨날 옛날 얘기에 추억이 어쩌고 해대니 정말 못 들어주겠네." 하실 분도 있겠다.

그러나 때때로 마주치는 시카고의 올드 타이머들이 "그 친구분 잘 계세요?"라고 물어주셔서 핑계김에 이정섭의 이야기를 쓰게 되었다. 이제는 드라마에서보다는 예능 프로나 건강 프로, 또는 강의 요청에 응하면서 아직도 건재하고 있어 먼발치에서 응원을 보내고 있다. 건강 관리를 잘 해야 할 텐데라는 걱정을 하면서.

리모트 다이어리(Remote Diary)

「리모트 다이어리」는 지난 6월 9일 내가 출연한 인디영화의 제목이다. 2027년이라는 가까운 미래가 시대적 배경이고, '은지'라는 이름의 한국 여자가 '개 미용 쇼'(Dog Grooming Show)를 온라인으로 하는데, 전 세계에서 그 쇼의 팬이 된 5명의 여자들이 각각 다른 전염병으로 격리가 된 사회에 살면서 연결이 되어, 쇼를 보면서 고대의 인터넷을 발견한다는 공상과학, 미스터리 영화 같은 Concept를 가진 영화이다.

오디션 테이프를 보내고 근 한 달여 소식이 없어 안 된 것으로 생각하고 있었는데 캐스팅 디렉터인 Damian Bao로부터 배역 오퍼를 받은 것이 5월 7일. 출연료와 더불어 왕복 항공편, 이틀간의 숙박이 포함된 오퍼를 수락하고 촬영지인 뉴욕의 Kingston으로 떠난 것이 6월 8일이었다. Albany국제공항에서 내려 제작팀이 보내 준 차편으로 다시 한 시간 반을 달려 Kingston으로 갔다. Kingston은 뉴욕에서 두 시간 남짓한 역사가 오랜 작고 예쁜 도시이다. Best Western Hotel에 여장을 푼다. 3시쯤 도착했는데 촬영팀은 그날 분의 촬영을 하느라 세트장에서 모두들 바쁘다. 5시가 되니 Production Manager로부터 전화가 온다. 의상 담당이 호텔에 들러 내가 마련해 간 의상들을 보고 싶다고 한다. 큰 영화사 작품 같으면 의상 가져오라는 소리를 하지 않을 텐데 저예산

시카고의 봄

인디 필름이다 보니 되도록 예산을 절약하려는 것이다. 게다가 특별한 의상이 요구되는 작품도 아니니. 30분도 채 되지 않아 의상 담당이 나타나서 이것저것 입어 보라고 하더니 감독에게 사진들을 전송한다. 감독이 낙점한 옷이 내가 입고 간 옷이었다. Stylish한 Grandpa라나. 호텔 식당에서 혼자 저녁을 먹고 있는데 다시 의상 담당에게서 전화가 와 감독이 만나고 싶어 한다고 한다. 그리고 보니 좀 전에 들어와 바 카운터에 앉아 있던 여자가 감독이었다. 합석을 하고 수인사를 한다. 감독이 둘인데 Mika Rottenberg라는 45세의 이 여자 감독은 이를테면 예술 감독이다. Argentina의 Buenos Aires에서 태어난 유태계인데 성장기를 이스라엘에서 보내고 미국으로 건너온 게 20년 전이라고 하였다. 초현실적 비디오 예술가로 알려져 있는데 설치미술과 조각에도 능하고 미술관, 박물관들과 밀접한 관계를 유지하고 있어 박물관 재단에서 의뢰를 받아 제작하는 영화로, 그녀가 영화감독 Mahyad Tousi를 섭외한 듯하다. 그도 지명도가 높은 유명 감독이다. 영화가 완성되면 한국을 포함한 전 세계 유수의 박물관들에서 발표될 것이라고 한다.

나의 역할은 두 명의 주인공 중 한 명인 한국인 배역, '은지'의 아버지이다. '소주'라는 애완견을 데리고 온라인으로 개 미용 쇼를 하는 은지의 협업자이자 딸의 갓난아기를 돌보는 할아버지 역할이다. 9일 아침, 7시 콜타임에 맞추어 세트장으로 나가니 촬영팀이 모두 집 밖에 나와 당일 촬영 문제로 미팅을 하고 있다. 호텔에서 멀지 않은 Kingston 외곽에 오래된 집을 빌려 그 안에 세트장을 만들어 놓고 있었는데 이미 3주째 촬영을 하고 있단다. 그중 키가 늘씬하고 예쁜 동양 여자가 "아버지세요?"라고 반긴다. 딸 역할을 맡은 '김주현'이라는 한국 아가씨이다.

Crew Members들은 모두 그녀를 Jooni라고 부른다. 하도 키가 커 혹시 모델 하느냐고 물으니 그렇다고 한다. 30살이고 미국에 들어온 지 5년인데 뉴욕의 Brooklyn에 산다고 하였다. 중3 때부터 모델 일을 했는데 큰 물에서 자신을 시험하고 싶어 뉴욕에서 모델 생활을 하고 있다고 하였다. 우연히 한국 배우 모집 소식을 듣고 서너 번의 오디션을 거쳐 '은지' 역할에 발탁되었다고 한다. 예쁘기도 하고 연기도 자연스럽게 잘한다. 아직 영어가 서툴지만 대사를 모두 한국말로 하는 역할이기에 도전해 보았다고 하면서 아버지 역할을 하실 분이 '시카고'에서 오신다고 해서 많이 기다렸다고 하며 반가워한다. 뉴욕에서 동양 여자가 패션모델을 하는 것이 어찌 만만하겠는가? 차도 없다고 하니 지하철을 타고 오디션을 다닐 텐데 나의 딸이 브루클린에 살 때 지하철에 시달린 생각을 하니 고생하는 것이 눈에 보이는 듯하여 딸 같은 그녀에게 마음이 쓰인다.

수없이 오디션을 다니고 촬영장을 다닌 나도, 한국말로 하는 역할은 처음인데다가 이렇게 촬영장에서 한국 아가씨를 만나 촬영 틈틈이 한국말로 이야기를 나누니 금방 유대감이 생기고 즐거웠다. 미국의 영화판이라는 게 대부분 백인 일색이고 드물게 흑인이나 타 인종이 섞여 있게 마련인데 백인 일색의 Crew 속에서 그들이 모르는 언어로 연기를 하는 경험도 특별하였다. 영화 촬영은 반복과 기다림의 연속이다. 모니터에 보이는 그림이 감독 마음에 들지 않으면 배우의 위치를 조정하고 소품이나 대도구의 위치를 바꿔 가며 끊임없이 다시 찍는다. 카메라의 위치, 조명을 재조정하는 등 기술적인 문제들이 해결될 때까지 기다려야 한다. 때로는 배우들이 실수를 해서 NG가 나기도 하고, 소주라는 애견과 타이밍을 맞추기 어려워 촬영이 지연되기도 한다. 7시에 모여 오후 5시가 될 때까지 30분 남짓한 점심 시간을 제외하고 줄기차게 계속되는 촬영에 모두 파김치가 된다. 그런데 그날로 Kingston 촬영이 마무리되고 그날 저녁으로 모두 다음 촬영지인 Brooklyn으로 이동을 한다고 한다. 뒷정리와 가져갈 기재가 많아 힘든 강행군이다.

작별을 고하는 내게 모두들 '희완'의 촬영분이 끝났다고 박수를 쳐 준다. 낯선 사람들과 합류하여 종일 촬영을 하고 하루의 끝자락에 홀홀히 떠난다. 다음 날 아침 제작팀에서 마련해 준 택시를 타고 공항으로 향한다. 택시 운전기사는 57세의 백인이다. 17세에, 16세의 여자친구와 첫 아들을 얻고 19세에 둘째를, 21세에 결혼식을 올리고 아들, 딸 하나를 더 낳았다고 한다. 젊은 시절 어려웠던 때도 있었지만 지금은 행복하고 마음이 화평하다고 하였다.

공항까지 펼쳐진 끝없는 녹색의 산야를 내다보며, '행복은 다름 아닌 내 마음속에 있다.'는 진리를, 이 운전기사를 통해 다시 확인한다.

원더 보이 (Wonder Boy)

최근, 넷플릭스에서 방영된 「원더 보이」라는 다큐멘터리 영화를 보았다.

프랑스의 유명 패션 브랜드, 발망(Balmain)의 역사상 최연소 크리에이티브 디렉터인 올리비에 루스탱(Olivier Rousteing)의 이야기이다. 한 살 때에 백인 가정에 입양된 흑인 아기였던 루스탱은 성장 과정에서 많은 혼돈을 겪게 된다. 아주 어린 시절에는 스스로가 주위 사람들과 다르다는 사실을 인지하지 못하고 살다가 철이 들면서 정체성에 혼란을 느끼기 시작하고, 자신이 생모로부터 버림받았다는 생각에 항상 배신감과 의구심을 가지고 살게 된다. 그의 유달리 빠른 사회적 성공은 타고난 재능과 더불어 일에만 몰두한 결과라고 보여진다. 또래들이 인생을 즐기는 동안 홀로 자신의 꿈에 올인 할 수밖에 없었던 이유가, 자신의 정체성에 대한 끝없는 의문 때문에 타인과의 관계보다는 자신의 속으로 파고들어 일에 몰두한 것이겠다.

25세에 발망의 크리에이티브 디렉터가 되어 35세가 된 오늘까지 그가 패션 업계에서 이룬 업적은 발망의 매출 실적과 더불어 그의 저명 인사 고객들의 이름들이 증명해 준다. Jennifer Lopez, Kim Kardashian, Rihanna, Justin Bieber, Justin Timberlake 등 Hollywood의

톱스타들이 그의 개인 고객이며 후원자들이다. 영화 속에 보여지는 화려한 런웨이 쇼들과 쇼 무대 뒤에서 살인적으로 바쁜 그의 모습과는 달리 텅 빈 아파트에 돌아오면 엄습하는 고독과, 끝없이 물고 늘어지는 정체성에 대한 의문의 늪. 결국 자신의 생모를 찾는 작업을 시작하는데 복잡한 절차와 오랜 기다림 끝에 최초 입양 기관의 카운슬러를 통해 밝혀진 부분적인 사실은 그의 생모가 소말리아 출신의 14세 소녀였고 생부는 에티오피아 출신의 25세 남성이었음을 알게 된다. 그의 생모가 14세에 그를 낳았다는 사실에 경악한 그는 터지는 눈물을 주체하지 못한다. '14세와 25세의 나이 차이가 말해 주는 것은 무엇일까? 두 사람 사이의 사랑으로 낳은 것일까? 아니면 강제에 의한 관계였을까?'란 당연한 의문이 그를 괴롭힌다. 게다가 입양 기관에 아기를 맡기면서 일생 다시는 아기를 보지 않겠다는 란에 생모가 서투른 글씨로 서명을 한 사실이 그를 더욱 비통하게 한다.

  본인이 스스로 출연한 이 다큐 영화는 Anissa Bonnefont라는 여성 감독이 Script를 쓰고 감독한 작품으로, 다른 패션 관계의 다큐와 달리 그가 생모의 흔적을 찾아가는 과정에 초점을 맞추고, 화려한 런웨이 쇼들과 그의 직업적 일상들이 담담히 묘사된 점이 다르다고 해야겠다. 여성 감독다운 섬세한 터치로, 백인 사회에서 성공한 흑인 디자이너의 고독감이 그의 황량하리만치 커다란 아파트의 공허함과 대비되어 루스탱의 인간적인 쓸쓸함을 잘 묘사하고 있다. 백인 가정에서 양부모와 조부모들에게 많은 사랑과 격려를 받으며 성장했지만 성공 가도를 달릴수록 자신의 뿌리에 대한 궁금증이 점점 더 증폭되어만 가는 그의 절실한 번민을 타인이 어찌 짐작할 수 있을까? 루스탱이 패션계의 유명

인사이고, 흔치 않은 경우의 입양이라서 이 다큐의 소재가 되었을 것은 분명하다. 그러나 전 세계에 이같이 다른 인종에게 입양되어 자라는 입양인들이 수없이 많은 것이 현실이다. 입양되었다는 자체도 입양인들에게는 커다란 상처이지만 더구나 인종이 다른 가정에 입양이 된 사람들은 성장 과정에서 겪는 다양한 문제들과 함께 일생에 걸쳐 견뎌야 할 정체성에 대한 의문과 생부모에 대해 알고자 하는 채워지지 않는 갈망이 있다. 한국전쟁 이후 16만 명의 고아들이 미국으로 입양되었다고 하는데, 전쟁고아의 시대는 지나고 지난 40여 년간 들어온 한국 입양아들의 대다수가 미혼모들이 낳은 사생아라는 통계가 있다. 다른 선진국들과 달리 미혼모들이 아이를 기를 수 없는 한국의 사회적 분위기와 경제적인 문제들이 '고아 수출국'이라는 오명을 벗을 수 없게 하고 있는 것이다. 10여 년간 '시카고 아리랑 라이온스 클럽'의 멤버로 활동을 하며 '연례 입양인 피크닉'에 참여하고, '입양인 모국 방문 프로그램'을 통해 인솔자로 세 번의 한국 방문을 하면서 한국의 해외 입양 실태를 조금은 알게 되었다.

일반적으로 미국으로 입양되면 한국에서 미혼모의 사생아로 자라는 것보다 훨씬 낫지 않느냐는 시각들이 있는 게 사실이다. 필자도 그렇게 생각한 때가 있었다. 한국같이 계급 변동이 어려운 사회에서 미혼모의 손에 자라 보았자 그 사회의 저변을 벗어날 수가 없음이 자명한데 미국에서 안정된 백인 가정에 입양되면 훨씬 나은 교육환경에서 자랄 수 있지 않겠느냐고 단순 무지한 생각을 하였었다. 그러나 입양인들과 많은 대화를 나누면서 그들이 가지고 있는 원망과 자신의 뿌리를 찾고자 하는 열망을 지켜보며 그리 단순히 생각할 일이 아니라는 것을 알게

시카고의 봄

되었다. 때로 자신의 생모를 찾아도 생모 쪽에서 만나기를 거부해 가슴이 찢어지는 입양인도 보았고 어렵게 찾은 생부모들이 경제적으로 어려워서 도와줄 수밖에 없는 경우도 보았다.

궁극적으로는 미혼모들이 스스로 아이를 기를 수 있는 범 사회적인 분위기와 정부 차원에서의 재정지원 프로가 정착되어야 하고, 그다음 단계로 국내 입양이 우선시돼야 하겠는데, 현재와 같이 외국, 특히 인종이 다른 국가로 입양이 되면 아이들이 자라며 받는 정체성 문제가 너무도 심각하다는 것을 한국 내에서 인지할 수 있게 적극적인 사회계몽이 실천되어야겠다는 생각이 든다.

「원더 보이」다큐를 보며 한국계 입양인들의 실태가 가슴에 와닿아 답답하였다.

미니멀리즘(Minimalism)

'인생에서 무엇이 중요한가'라는 질문을 전제로 미니멀리즘을 실천하는 두 친구와 각계각층에서 'LESS IS BETTER'라는 Movement에 동참하여 Minimalist의 생활을 실천하는 사람들과의 인터뷰를 모아 만든 다큐영화를 최근에 보았다. 조슈아(Joshua)와 라이언(Ryan)은 어린 시절부터의 절친인데 모두 불우한 환경에서 자란 청년들이다. 조슈아는 어려서 자신의 아빠가 엄마의 가슴을 담뱃불로 지지는 광경을 보고 자랐다. 이혼 후 엄마가 술을 마시기 시작하고 알코올 중독자가 되면서, 뼈저린 가난 속에서 오직 경제적인 자립과 성공만이 그의 인생 목표가 되었다. 27세에 150여 개의 소매상들을 관리하는 부동산 관리자가 되었고 모자람 없는 물질을 누리고 살게 된다. 2018년 겨울, 그의 어머니가 전화를 걸어 폐암 4기라는 사실을 알려 온다. 병실을 찾은 그는 성인이 된 후 처음으로 제동이 불가능한 울음을 터트린다. 돈벌이에 혈안이 되어 엄마를 찾아보지 못하고 산 세월이 후회가 되어 자신의 삶에 의문을 가지게 된 그는 엄마의 사후 모든 소유물을 정리 처분하고, 최소한의 물품으로 생활하는 미니멀리즘을 실천하게 된다. 그러면서 자신의 삶이 훨씬 자유로와지고 행복해지는 것을 실감하게 된다.

라이언은 초등학교 2학년 때에 부모가 이혼을 하고, 엄마가 집에서

정기적으로 사람들을 모아 코카인 흡입을 주도하다가 결국 마약 사범으로 감옥엘 가게 된다. 그도 역시 돈 버는 것만이 인생 최대의 목표였고 세일즈 분야에서 두각을 나타내, 20대 후반에 성공하여 명품으로 휘감는 생활을 하게 된다. 그러나 항상 새로운 물건을 사는 데 수입을 낭비하는 바람에 많이 벌어도 항상 돈에 쪼들리는 생활을 하게 된다. 물건 자체가 꼭 필요해서라기보다 물건이 주는 느낌이 좋아서, 돈 쓸 때의 기분이 좋아서 지속적으로 물건을 사들였다고 한다. 그는 궁핍했던 성장기에 못 해 본 소비를 하며 스스로 성공했다고 생각했으나 마음이 불안하고 전혀 행복하질 않았다.

친구 조슈아의 항상 밝고 편안한 모습에 비결을 물은즉, 그동안 실천해 온 미니멀리즘에 대해 얘기하였다. 무엇을 살 때 이 물건이 정말 내게 가치가 있는 것인지를 확인하고 사며, 가진 물건을 모두 정리하고 나니 마음이 자유롭고 행복하다는 이야기였다. 물질을 많이 소유할수록 성공했고, 행복해진다고 하는 현대인의 착각과는 정반대의 이론이지만 실제로 미니멀리즘을 실천하며 깊은 행복감을 느끼게 되었다. 두 사람이 같이 Website를 개설하고 Minimalism을 전파, 책 출판, 강연과 인터뷰를 다니며 그들과 같은 생각을 가진 많은 사람들을 만나게 된다. 넘치는 상품 광고에 현혹되어 꼭 필요치 않은 물건들을 사게 되는 것이 현대인의 삶이다. Instagram, Facebook을 통해 자기가 소유한 것, 먹어 본 것, 여행한 곳을 광고하고 자랑하는 시대, 남들에게 자신의 소유물을 내보이고, '좋아요'를 통해 자신을 과시하고 만족감을 느끼는 시대. 소유가 곧 행복이라고 착각하는 사람들, 큰 집, 비싼 차가 신분 과시의 척도가 되는 세상.

1990년대 중반부터 시작된 과소비의 시대는 값싼 노동력으로 무장한 중국 제품들이 범람하여 전 세계를 휩쓰는 시기였다. 중국 제품의 값싼 옷들이 쏟아져 들어와 한 번 입고 처박는 옷들이 많아진 것도 지속적인 풍조가 되었다. 사람의 가치가 무슨 일을 하느냐에 있지 않고 무엇을 소유하고 있느냐로 판단되는 현실 속에서 자기중심을 똑바로 잡기가 쉬운 일은 아닐 터이다. 최신 제품을 갖는 것이 Status Symbol이 되고 소유한 물건으로 계급이 결정되는 시대. 그러나 남들이 잠깐 보아준다는 허영심 만족을 제외하고 나면 마음속 깊이 진정 행복한 사람이 몇이나 될까? 신제품 내지는 비싼 제품을 싼값에 사기 위해 Black Friday에 펼치는 광란의 사재기는 무엇일까? 사재기 다음에 남는 것은 크레딧카드 빚뿐이지 않은가?

에이 제이 리온(A J Leon)이라는 젊은이의 예를 들어 보자. 그 역시 어려운 가정에서 자라 경제적으로 가장 빨리 성공할 수 있는 분야가 무엇일까 생각한 끝에 재무와 회계 분야를 공부하고 재정 회사에 근무하게 된 그는 3년 전, 직속 상관의 부름을 받고 그의 사무실에 가, 주니어 파트너로의 승진 소식과 함께 거부할 수 없는 고액 연봉을 제시받는다. 기쁨도 잠깐, 자신의 사무실로 돌아와 문을 닫고 소리 없이 통곡을 하며 무너졌다고 한다. 절실히 원하던 것을 얻은 순간, 자신의 인생이 완벽하게 올가미에 걸렸다는 자각이 왔고, 자신의 상관과 같은 정해진 수순의 인생을 살게 됐다는 것이 슬퍼 울었다고 하였다. 얼마 후 사표를 내고 자신이 정말 하고 싶은 일을 하며 살고 있다고 한다.

'Life Edited'이라고 하는 건축설계사들이 주축이 된 Web-site는 12평 공간을 효율적으로 설계하여 사람의 삶에 꼭 필요한 공간만큼을 낭비

시카고의 봄

없이 설계한다는 철학을 실천하고 있다고 한다. 더 큰 것이 더 좋은 것이라는 일반의 사고방식을 뒤집는 이들의 철학에 누구나 공감할 수는 없더라도, 큰 집을 정리하고 작은 집에 사는 것을 실천하는 사람들이 늘어나고 있는 추세인데, 미국 사회에서 하나의 폭넓은 물결로 자리 잡아 가고 있는 것이 사실이다. 인생이 각자의 선택임에는 틀림이 없다. 그러나 실제로 많은 사람들이 소유의 덫에 걸려 헤어나지 못하고, 무거운 빚을 안은 채 억눌린 삶을 살고 있는 것도 먼 남의 이야기가 아니다. 어느 고승처럼 철저한 무소유의 삶을 살기도 어렵고 그것이 꼭 바람직한 생의 모습도 아니겠지만 나의 집 구석구석을 둘러보니 너무나도 불필요한 물건들이 많다는 것에 새삼 짓눌리는 느낌이 든다. Minimalist 까지는 아니라도 저 첩첩이 쌓인 물건들을 어느 하가에 다 정리를 하고 가뿐하게 살다가 죽을지를 심각히 궁리해 보아야겠다.

◆

3장

나의 어머니

매그놀리아(Magnolia)

매그놀리아는 늦게 본 나의 첫 손녀의 이름이다.

유리(딸)와 마이크(사위)가 결혼 8년 만에 본 첫아이이기도 하다. 시 쳇말로 손주 자랑하려면 돈 내고 하라고들 한다지만 이제 5개월 된 아 기 자랑거리가 있겠는가? 단지 할아버지가 되면서 내가 겪어 온 감정 의 기복들을 다른 분들도 겪었겠지 싶어서 얘기를 꺼내 본다. 뉴욕에 사는 딸로부터 전화로 임신 소식을 들었을 때 느꼈던 기쁨과 흥분, 그 리고 곧 쫓아온 걱정스러운 마음. 호사다마라고, 좋은 일엔 마가 낀다 고 하지 않던가? 임신 10개월이 얼마나 어렵고 조심스러운 시기인가? 어디 가서 크게 좋은 내색도 못 하고 그저 큰 말썽 없이 출산까지 가기 만을 마음속으로 빌었다. 브루클린에 살면서 맨해튼의 직장까지 지하 철을 타야 하고 무얼 그렇게 많이 담고 다니는지 유달리 무거운 가방을 들고 다니면서 가파른 지하철 계단을 오르내려야 하는 딸아이의 모습 이 눈에 밟히었다. 특히나 눈이 오고 길이 미끄러운 날이면 은근히 더 걱정이 되었다.

그러구러 4월이 되어 출산일이 가까워지자 집사람이나 나나 무슨 로 켓 발사 기다리듯이 남은 날짜를 거꾸로 셈하다가 예정일보다 일주일 일찍 낳는다는 소식에 집사람은 서둘러 간다는 게 어찌 출산 당일 도착, 나는 이틀 늦게 딸네 집엘 도착하였다. 세상에 고 조그만 몸둥이라니, 산모가 워낙 출퇴근에 힘이 들어 그랬는지 아이가 평균보다 작았다. 그러나 갖출 것을 다 갖춘 그 완전체의 신비한 존재가 우리에게 선사한 기쁨을 무엇에 비기랴. 내게 손주 복은 없나 보다고 거의 체념 상태에 있다가 본 그 새싹의 소중함과 안도감이라니. 한국말이 서툴고 정서도 거의 미국 사람인 딸아이가 어떻게 백일은 알았는지, 백일 해 준다고 가서 본 손녀 아이는 갓 낳았을 때와는 달리 또랑또랑한 모습으로 바뀌어 있었다.

맞벌이 부부에게 아이가 생기면 기쁨과 함께 들이닥치는 것이 베이비시터 문제이다. 출산 휴가가 끝나고 나면 어딘가 아이를 맡기고 직장에 가야 하는데 부모가 가까이 살지 않으면 남의 손에 맡기는 수밖에. 시부모가 멀지 않은 곳에 살고는 있지만 일주일에 두 번밖에는 보아 줄 수 없다고 한다니 어쩌겠는가? 다시 출근이 시작되고, 집사람이 가서 두 달을 보아 주고 지난 금요일 저녁 돌아오면서 딸, 사위, 아기를 대동하고 돌아와 일요일에 시카고에 사는 사촌들과 그 사촌들의 아이들, 삼촌, 고모, 이모 등 50여 명 친척들이 우리 뒤뜰에 모여 아기와 상견례를 하였다. 직장 문제로 외국에, 타 주에 나가 살던 제 사촌들이 궁극에는 모두 시카고에 돌아와 자리를 잡고 사는 마당에 혼자 뉴욕에서 버티는 딸아이와 사위, 아기가 안쓰러워 시카고로 돌아오라고 해도 직장 문제와 시집 문제 등으로 결단을 쉽사리 못 내리는 모양. 돌아가면 당장 다음 날부터 낯선 베이비시터에게 아이를 맡겨야 하는데 아직 우유병을 물리고 기저귀를 갈아야 하는 아기를 남의 손에 맡겨야 하는 상황이 안타깝지만 어쩌겠는가? "저희가 감당해야 할 삶이면 살아 내야지 어쩌라고."라고 중얼거리면서도 마음이 편칠 않았다.

짧은 주말을 보내고 뉴욕으로 돌아가는 아이들을 공항에 내려 주고 아기에게 뽀뽀를 하며 눈물이 핑 돌았다. "할아버지가 해 줄 수 있는 일이 당장 아무것도 없는 게 미안하구나 아가야, 어서 시카고로 오기만 바란다. 잘 가거라." 어린것은 눈망울만 동그래 가지고 아빠 품에 안겨 공항 안으로 사라지고 말았다.

18년 된 편지

　최근 딸아이의 오래된 물건들을 정리하던 집사람이 편지 한 통을 발견했다. 딸아이가 16세 때 내가 아이에게 쓴 편지였다. 까맣게 잊고 있던 그 시절의 일이 떠올랐다. 아이가 고등학교 3학년 말 때였다. 급우 중 한 아이가 별안간 수막염으로 죽어 온 학교가 충격 속에 빠져 있던 때였는데, 타고난 성격이 관대해서 매사에 누구에게나 양보를 잘하고 인정이 많던 딸아이가 며칠을 두고 몹시 울고 방 안 가득 온통 촛불을 켜 놓고 잠드는가 하면 장례식이 끝나고도 두고두고 슬픔에서 놓여나지를 못하고 정신이 없는지라, 게다가 학기 말 시험을 얼마 남겨 놓지 않은 시기여서 초조해진 내가 "이제 좀 정신을 가다듬고 시험 준비를 해야 하지 않겠니?"라고 어렵사리 말을 꺼냈는데 아이의 반응이 너무도 격렬해서 대꾸도 못하고 가슴을 쓸어내린 기억이 있다. 아이가 내게 편지를 썼는데 아빠에게 너무 실망을 했고 어떻게 그리 몰인정하고 인간으로서의 품위가 없느냐는 내용이었던 걸로 기억한다.

　16세가 얼마나 예민하고 어려운 시기인가, 사춘기의 바로 한가운데를 관통하는 시점이 아닌가? 때때로 사춘기 자녀를 둔 젊은 부모들로부터 아이들이 너무 황당하고 이해할 수 없는 행동을 해서 속이 상한다는 말을 듣는데, 사춘기는 아이들이 알 수 없는 바이러스에 감염되어 열병을 앓는 시기이니 인내심을 가지고 사랑해 주는 수밖에 없다고 조언한다. 사춘기를 쉽게 지나가는 아이들도 물론 있지만 아주 어렵게 지나가는 아이들도 많이 있으므로. 그때 어렵게 영어로 쓴 편지를 18년 만에 한국어로 요약해서 써 볼까 한다. 혹시 사춘기 자녀를 둔 부모들에게 작은 참고가 될까 해서.

　사랑하는 내 딸 유리에게,
　네 편지를 잘 읽었다. 엄마와 아빠에게 너의 속마음을 정직하게 보여 줘서 고맙다. '앤'(죽은 친구)이 너와 그렇게 가까운 친구인지 몰랐다. 너의 슬픔과 충격이 그토록 큰 것인 줄 몰랐던 우리를 용서해라. 우리는 단지 네가 빨리 슬픔을 딛고 일어서서 네 갈 길을 가 주었으면 했단다. 살면서 우리 모두 슬픈 기억과 상처를 가지게 된단다. 그리고 그런 것들을 삭이고 극복해 가면서 모두 조금씩 성장해 가는 거란다. 삶은 지속돼야 하는 것이니까. 앤이 네 마음속에 살아 있는 한 그 애는 꼭 죽은 게 아니지 않니? 엄마와 아빠가 이민자로 살아온 세월이 쉬웠다고 말을 못 하겠구나. 그 이전에 한국에서 살았던 세월도 쉬운 것이 아니었단다. 아빠는 학교 시절 항상 가난했고 미래가 그렇게 밝아 보이지도 않았단다. 네 엄마를 만나 미국에 오고 여기서 '앨런'과 너를 낳고, 우리는 아주 부지런히 살아왔다. 앨런과 네게 우리가 살아온 세월보다는 좀 더 나은 미래를 가지게 하겠다고 맹세했단다. 그 맹세가 엄마와 나의 인생의 목적이었다고 해도 과언이 아니란다. 그래서 어떤 계획이나 결정을 하더라도 너희 둘이 그 중심에 항상 있었다. 그러나 엄마 아빠도 실수를 한단다. 대학입시 내신 성적에만 신경을 쓰고 너의 속마음을 읽지 못했다. 좋은 대학이 인생의 전부가 아닌 것을. 이제라도 너와 우리가 소통의 기회를 가지게 되어 다행이라고 생각한다. 우리가 살아온 세월과 네가 사는 시간이 다르니 완전한 이해가 가능하지 않더라도 우리는 너의 엄마와 아빠이고 너는 우리의 하나밖에 없는 귀한 딸이니 너도 우리의 입장을 한 번 생각해 주렴. 엄마와 아빠도 완전할 수 없는 사람이란다.

슬픔이 네 속에 있으면 그 슬픔과 함께 살아가는 수밖에 없지 않겠니? 네가 사려 깊고 항상 남을 배려하는 사람인 것 우리가 잘 안다. 그러나 네 인생에서 가장 중요한 사람은 너 자신이 아니겠니? 네가 스스로 강해야 남도 도와줄 수 있고 무엇보다 너 자신을 일으켜 세울 수 있다고 생각한다. 앞으로 무슨 일이 있으면 우리에게 터놓고 얘기해 주었으면 좋겠다. 그래야 우리가 너를 더 잘 알고 이해할 수 있지 않겠니? 엄마가 네 편지를 읽으면서 많이 울었단다.

너를 많이 사랑하는 엄마와 아빠가

형제

새벽에 비행기에서 내려 허위단심 용인 버스 터미널 지척에 있는 병원으로 갔다. 형님은 죽은 듯이 자고 있었다. 조카아이가 고용한 24시간 간병인 아주머니가 침대 옆을 지키고 있을 뿐 신새벽의 5인용 병실은 고요하였다. 다른 침대의 노인 한 분이 때때로 껄끄덕하고 코 고는 소리를 낼 뿐, 입을 반쯤 벌린 형님의 자는 모습은 일견 관 속에 누운 망자의 모습 같기도 했다. 하루가 달라진다는 조카의 말에 부랴부랴 달려갔는데 아직 위급한 상황은 아니었다. 음식을 넘기지 못해 링거병을 지속적으로 달아 놓고 있으니 당장 위급하진 않아도 얼마나 오래 버틸 수 있을지는 의사도 모른다고 했다.

얼마 후 눈을 뜬 형님은 미국에서 날아온 동생을 보고도 별로 표정의 변화가 없다. 아직 정신은 맑아서 사리 판단이 분명하다는데 육신의 고통에 치여서일까? 짐짓 다가올 죽음을 앞두고 형님은 무슨 생각을 하고 있을까? 죽기 싫다는 생각을 하고 있을까 아니면 올 것이 왔다는 생각을 하고 있을까? 몇 년 전 했던 전립선암 수술, 당뇨, 고혈압 등 온갖 노인성 병과 증상을 안고 살아왔는데 게다가 끈질긴 허리 통증으로 고생을 하더니 드디어 9월 들어 간암 말기 판정을 받게 되었다. 그동안 병원 드나들기를 밥 먹듯이 했는데 말기가 될 때까지 진행된 암을 어느 의사도 짐작을 못했다니 현대의학의 허점을 눈앞에서 보는 듯하여 심사가 편칠 않았다. 다시 혼곤히 잠 속으로 빠져드는 형님을 보며 우리 형제가 살아온 기억의 편린들이 달리는 차창 밖처럼 머릿속을 스쳐 갔다. 10년 연상의 형님은 내게 아버지 같은 존재였다. 말년, 아버지의 사업 실패로 아버지 대신 나의 대학 공부를 떠맡아 4년간 학자금을 대고 용돈을 조달해 준 게 형님이었다. 온 집안이 반대하는 나의 대학 전공(연극영화학과)을 적극 밀어준 것도 형님이었으며 나의 미국행에 항공료를 부담하고 정착 자금을 지원해 준 것도 형님이었다. 이후 때때로 집사람과 내가, 혹은 우리 아이들이 한국을 방문할 때면 형님 집에 머물렀고 그때마다 넉넉하게 용돈 봉투를 챙겨 준 것도 형님이었다. 나에 대한 형님의 지극한 사랑은 1.4후퇴 때로 거슬러 올라간다. 아버지와 다른 형제들이 먼저 대구로 피난을 나가고, 뒤미처 이모님과 이종사촌, 어머니와 같이 피난을 떠난 우리는 용인의 백부 댁에서 잠시 쉬어 가기로 머물고 있었는데, 마침 안채와 사랑채 바깥마당으로 흰옷 입은 피난민들과 피난 마차와 소와 조랑말들이 들썩이는 것을, 흰옷으로 카므플라지한 중공군으로 오인한 미국 공군기의(B-29) 폭격으로 온 마을이 잿더미가 되고, 두 명의 누나와 어머니, 같이 머물고 있던 친척들, 피난민들이 폭격의 화염 속에 사라지게 되는데 그 와중에 기적같이 살아남은 막냇동생 소식을 후일 유엔군의 서울 탈환으로 복귀하는 피난민의 대열 속, 대전쯤에서 전해 들은 형님이(당시 14세) 엄마와 두 누님이 폭격으로 죽고 4살 막냇동생만 살아남았다고 하는 참담한 소식에, 작은 검정 고무신 한 켤레를 품에 안고 용인까지 올라와 앙앙 우는 맨발의 어린 동생을 안고 오열하며 신겨 주었다고 한다. 옛이야기를 할 때면 형님이 항상 하던 얘기이다. 이후 14세 사춘기 소년의 "막냇동생 하나는 내가 보살펴야한다"는 맹세는 그의 일생을 관통하는 하나의 명제가 되었던 듯하다. 형님이 내게 베푼 지극한 사랑을 어찌 다 말로 할까? 그 형님이 지금 내 앞에 죽음을 마주하고 누워 있다. 얕은 잠과 현실 속을 왕래하며 간병인에게 모든 것을 맡긴 채 저리 떠나가고 있다. 여자 간병인에게 보여 주기 싫어 기저귀 차는 것을 마다하고 한사코 버티더니 결국 열흘쯤 전부터 받아들이더라고 씩씩한 간병인 아주머니가 귀띔해 준다.

한국동란을 같이 겪은 세대. 10년의 나이 차이는 있어도 그 전쟁으로 받은 상처가 일생을 지배한 세대. 언제 우리가 폭격의 잿더미 속에 피붙이들을 잃고 통곡을 했던가 싶은데 세월은 꿈결같이 변해 근 70년이 지난 지금, 이제 남북이 정색을 하고 종전 협상을 거론하는 시대가 되었다.

형제란 무엇일까? 보통 결혼 전에는 좋은 관계를 유지하던 형제들도 결혼하고 나면 달라지고, 각자 자신들의 자녀가 생기게 되면 알게 모르게 더 달라진다고 하는데 많은 경우 틀린 말이 아닌 듯하다. 먹을 것이 귀하던 시절, 밥상머리에 앉아 누구 생선토막이 더 큰지 눈짐작으로 저울질을 하던 시절도 있었는데 나의 경우는 일단 막내랍시고 형님들이 많이 양보를 해 주었던 걸로 기억을 한다. 지난여름 세상을 떠난 3살 위의 형과는 자라면서 많이 싸웠었는데 옛날얘기를 하며 추억에 젖었었다. 미국에 온 후 가끔 한국을 방문했었어도 여간해 볼 기회가 없었는데 오래간만에 만나 어린 시절 이야기를 되짚으며 웃을 수가 있었다. 모처럼 점심 식사를 같이 하면서, 이게 아마 너를 보는 마지막 기회

일 거라고 하더니 정말 내가 돌아온 지 20일 만에 세상을 떠났다. 그 막막한 허무함이라니. 형제란 해묵은 친구와 같다는 생각을 한다. 오랜 시간 못 보고 살아도 공유하는 추억이 있고 게다가 피를 나누었다는 절대적인 대전제가 있다. 좋아도 싫어도 되물릴 수 없는 관계. 피는 물보다 진하다고 하지 않는가?

초상

10월 23일, 아침. 한국에서 조카며느리가 흐느끼며 형님의 임종을 알려 왔다. 병문안을 다녀온 지 20일 만이었다. 용태가 심상치 않으면 빨리 알려 달라고 일러 놓고 왔는데 예상치 못하게 갑자기 숨을 거두셨다고 했다. 마음속으로 예견했던 일이긴 하지만 막상 임종 소식을 들으니 뒤통수를 맞은 듯 멍한 느낌이 들었다. '82년이나 산 노인이 세상을 뜨기로 무에 대수랴, 누구나 한 번은 맞아야 할 삶이라는 긴 여정의 종착점일 뿐인 것을.'이라고 미리 다짐하고 있었지만 5형제 중 위로 네 분의 형들을 떠나보내고 이제 나 혼자 남았다고 생각하니 허전하고 쓸쓸한 느낌이 엄습해 왔다.

그날 밤 집사람과 함께 자정에 떠나는 비행기를 탔다. 3일장으로 예정된 장례를 하루 연기하기로 하고. 새벽 4시에 인천공항에 내려 하남 가는 버스를 타려니 이미 이른 시간에 떠나는 버스들은 티켓이 동이 나 5시간을 기다려야 한다고 했다. 그러나 마침, 시간제한 없이 오는 순서대로 기다렸다 타는 버스가 있어서 2시간여를 기다린 끝에 하남 초입까지만 가는 버스를 탈 수가 있었다. 장례식장은 고요하였다. 낮 시간이고 전날 많은 조문객들이 방문하였다고 한다. 마침 입관식을 진행하고 있다고 지하층으로 내려가라고 하였다. 아담하고 정결한 방에 형님의 시신이 베옷을 입은 채 스테인리스 스틸로 마감한 테이블 위에 누워 있고 조카 내외와 그들의 두 딸, 뉴질랜드에서 날아온 형님의 외동딸이 숨죽인 소리로 흐느끼고 있을 뿐, 사위가 적막하였다. 아직 얼굴을 싸지 않은 형님의 모습은 화장을 시켜서인지 말끔하고 안존해 보였다. 순간 흑하고 터지는 감정의 파열음이 나의 입을 새어 나가자 조카딸의 거센 통곡이 뒤를 따랐다. 짧은 순간 만감이 교차하였다. 이리 속절없이 떠나는구나. 그토록 육신의 고통으로 괴로워하더니 이제 훌훌 털고 저승길 가시네. 무슨 상여 앞의 선소리꾼처럼 마음 저미는 기억들이 주마등처럼 머릿속을 스쳐 지나갔다. 한국동란을, 처절했던 한국의 가난했던 시절을, 눈부시게 발전한 한국의 한 시대를 관통하며 한국 땅에서, 미국에서 각자의 생을 지켜 온 우리 형제의 삶의 궤적이 형언할 수 없는 아픔으로, 쓸쓸함으로 가슴을 치고 들어왔다.

장례지도사라고 하는, 제복을 입은 준수한 청년 둘이 베옷 위에 한 겹 더 명주천으로 덮고 붉은천에 안동 권씨 권회탁이라고 쓴 만장을 올린 다음 얼굴을 싸기 시작하였다. 흰 명주천으로 솜씨 있게 예의를 다해서 망자의 얼굴을 싸는 두 청년의 모습이 진지해 보였다. 순간 조카딸의 폐부를 저미는 통곡이 터지고, 그다음 목관에 시신을 옮겨 모시고 마지막 인사를 하는 순간 여자 상주들의 울음이 다시 터졌다. 관 뚜껑을 덮고 옆방에 있는 냉장고에 목관을 밀어 넣으니 입관식이 끝난 거였다.

미국에서는 입관식이라는 절차가 따로 없으니 염을 하는 모습을 볼 수가 없는데 이토록 염하는 과정을 상주들에게 공개하는 한국의 장례 문화는 우리의 옛 관습을 그대로 현대의 장의에 이입해 쓰는 것이라고 하겠다.

　저녁 무렵이 되자 끊임없이 조문객들이 들이닥치기 시작하였다. 다른 비행기로 늦게 도착한 우리 아들아이를 합해 세 명의 남자 상주와 5명의 여상주들이 손님들을 맞아 계속 마주 엎드려 절을 하는데 전날부터 수없이 절을 해 온 맞상주의 어려움이 익히 짐작이 갔다. 옆방에 마련된 좌식 식당에서 계속 음식 대접을 하고 손님들은 웃기도 하고 이야기도 나누며, 옛날식으로 앞마당에 멍석만 펴지 않았을 뿐, 우리의 재래식 초상집 풍경을 십분 닮은 한국의 새로운 장례 문화가 바삐 돌아가는 시대상에 맞춰 많이 조절이 되었다는 느낌이 들었다.

　다음 날 아침 새벽, 나이 지긋한 장례지도사가 인도하는 대로 간략하게 발인 전 제사를 지낸 다음 리무진에 망자를 모시고 조문객들은 대절버스에 실려 광주 어디쯤 있는 화장터로 향하였다. 화장터 파킹장은 수많은 대절버스와 리무진 택시들로 붐비고 자동 게시판에는 그날 화장할 망자들의 이름이 순서대로 입력되어 있고 화장이 끝난 망자의 이름이 삭제되면 새 이름이 맨 끝단에 추가되어 올라온다. 아침부터 부슬부슬 비가 내리고 기온이 뚝 떨어져 으슬으슬 추우니 화장장에 연계된 커다란 식당은 순서를 기다리는 사람들로 붐빈다. 명태 콩나물국과 육개장으로 통일된 메뉴가 신속하게 서브되고, 2,000원짜리 아메리카노 커피도 불티가 난다. 드디어 우리 차례가 되니 상주 친구들이 운구를 하여 목관을 화장장으로 옮긴다. 화장시설이 보이는 고별실에 상주들이 모여 유리창 너머로 목관이 화장로에 안치되는 것을 보는 순간 오열이 터져 나온다. 대략 2시간 정도를 기다리면 화장이 끝나고 셔터가 열리고 화로에 남아 있는 뼈들이 보인다. "빻아 드릴까요?"라고 집행인이 물어오고 "네."라고 대답하면 10분 안에 흰 가루를, 마련해 간 항아리에 담아내어 준다.

20분쯤 걸리는 거리에 있는 광주 선산으로 갔다. 권씨네 조상들이 줄줄이 묻혀 있다. 아무개파의 몇 대 자손들이 순서대로 묻혀 있는 선산은 10여 년 전까지만 해도 제법 산속이었는데 산 밑으로 국도가 나는 바람에 거리에 나앉은 형국이 되었다. 비는 여전히 멈출 생각을 안 하는데 이미 차일을 치고 묘 구덩이를 파놓은 산역 일꾼들이 기다리고 있다가 일사천리로 항아리를 내려 모신다. 한 사람씩 흙 한 삽을 퍼 뿌리고 구덩이를 메꾸고 준비해 온 땟장을 입히고 끝이 난다. 권씨네 새 세대(나의 세대) 묘역에는 봉분이 없다. 형님의 미국 방문 시 이곳의 세미터리(Cemetery)를 둘러보고 그렇게 하기로 하였다 한다. 비석도 여기처럼 바닥에 눕혀 놓아서 멀찍이서 보면 묘역 같지가 않다.

이틀 후 삼우제를 지내러 갔다. 무슨 연유인지 또 부슬부슬 비가 내렸다. 주과포혜라더니 옛 시절같이 골고루 마련은 못했어도 북어포에 몇 가지 과일, 적과 청주 한 병을 조카며느리가 준비하여 직계가족만 모여 우산을 받치고 절들을 한다.

먼 산을 바라보니 젖은 날씨에 우묵하게 안개를 머금은 골짜기들이 일렁일렁 피어올라 제법 잘 그린 수묵화 같다.

유리와 마이크(Yuri and Mike)

유리는 우리 딸이고 마이크는 유리의 남편입니다. 뉴욕의 브루클린에 살고 결혼 8년 만에 딸아이를 낳아서 3인 가족이 되었습니다. 아니, '나쵸'라고 부르는 강아지가 있어서 4인 가족이 된 거지요. 걔네들은 분명히 나쵸를 가족의 일원으로 대우하고 있습니다. 혹시 우리가 무심코 강아지를 나무라면 언짢아합니다. 아이를 낳은 그 주에 집사람과 함께 산모와 아기를 보러 갔었는데 천방지축으로 날뛰는 개를 야단쳤다가 딸아이한테 한 소리 들었습니다. 작은 문화적 충격이었죠. 대학 시절 같은 과 선배인 미국 남자를 만나 몇 년 동안 연애하다가 결혼했습니다. 우리같이 타 인종과 결혼한 자녀를 둔 부모들이 요즘 많습니다. 피할 수 없는 물결이지요. 본인들 좋다는데 반대할 이유가 없다고 우리는 생각합니다. 어떤 분들은 결사반대를 하기도 하는 모양입니다만 흘러가는 강물이 막아 지나요? 아무리 둑을 높이 쌓아도 결국은 흘러넘쳐 가기 마련이지요. 유리와 마이크는 같이 겪은 일이 많습니다. 뉴올리언스에서 대학을 나온 후 뉴욕으로 옮겨 가서 제대로 된 잡을 얻을 때까지 짭잘하게 고생을 한 시기도 있었고 여기저기 아파트를 옮겨 다니며 여러 가지 풍파를 겪었습니다. 요즘 평균적인 미국 젊은이들이 겪어 가는 온갖 세파를 잘 견뎌 내더니 드디어 아기를 낳고 가족을 만들어 가는 모양이 우리로서는 고맙지요.

　걔네들이 사는 아파트 큰길 건너편에 프로스펙트 파크라고 하는 커다란 공원이 있읍니다. 숲이 무성하고 큰 호수도 있고 풍상에 젖은 구조물들도 있어 아름답고, 날씨가 좋으면 사람으로 바글거려서 사람 구경하는 재미가 있읍니다. 걔네들 아파트 뒤쪽은 기찻길입니다. 5층에 살지만 기차가 지나가면 천둥 치는 소리가 납니다. 방 하나짜리에 살다가 아기 낳기 두어 달 전에 두 개짜리로 옮긴다는 것이 기찻길 옆이 된 거지요. 갓난애도 있는데 왜 하필 기찻길 옆이냐고 할까 하다가 입을 닫았읍니다. 뉴욕의 살인적인 렌트 값을 알면서 할 소리는 아니지요.

　유리는 대학 졸업 후 바로 뉴욕으로 가서 오늘까지 십수 년을 저 혼자 살아서 자립심 하나는 알아주겠는데 우리와 지속적인 대화의 창이 막혔어서 그런지 때로는 의사소통이 잘 안되는 경우가 있읍니다. 사고방식이나 행동거지가 너무 미국식이라 느껴지는 위화감이 때때로 있는거지요. 더구나 한국 친구는 고사하고 친한 아시안 친구도 하나 없이 백인들 속에서 외딴 섬처럼 사는 모양을 멀리서 바라보노라면 씩씩하다는 생각을 하다가도 때로 짠한 마음이 들기도 합니다.

　몇 년 전 돌아가신 선배 한 분이 아들의 결혼 문제에 부딪쳐 백인 며느리 보기를 결사반대하신 이유가, 친가 쪽 모임이나 처가 쪽 모임 때 모두 온통 백인뿐인, 또는 한국 사람뿐인 속에 불쑥 낯선 인종이 하나 끼어 있을 그림이 그렇게 싫다고 하셨던 기억이 납니다. 그분과는 다른 생각을 가지고 있었던 탓에 아이들이 지극히 미국스러워지기를 바랐읍니다만, 늙어 가며 딸아이의 미국스러움이 때때로 당황스럽기도 하니 자업자득이라는 생각이 들기도 합니다.

마이크는 청국장을 좋아합니다. 낙지볶음도 좋아합니다. 한국 여자랑 사는 건 그렇다 치고, "저 아이는 무슨 팔자에 제 장인도 냄새 싫어 안 먹는 청국장을 저렇게 좋아하는고?"라는 생각이 들 때도 있지만 걘 그냥 그걸 맛있어 합니다. 마이크는 조용하고 성실합니다. 제 몸이 바쁘고 피곤해도 유리가 원하는건 되도록 다 하려고 노력합니다. 전형적인 착한 미국인이라고 해야 될까요? 아기 치다꺼리도 잘하고 일도 열심히 합니다. 스트레스 많겠지요. 학교 시절엔 둘 다 꿈도 많더니 이젠 애미 애비가 되어 톱니바퀴 같은 일상에 매달려 삽니다. 이민 와서 열심히 일하면서 애들 키웠던 기억도 이젠 희미합니다만 우리 아이들이 겪어 가는 오늘의 삶이 어찌 불교에서 말하는 윤회와 같다는 생각이 듭니다. 세대를 건너가며 되풀이되는 삶, 반복되는 생, 뭐 그런 거 맞아요?

시카고의 봄

아버지 날을 보내며

아버지 날을 보내며 나의 아버지와 두 자식의 아버지인 나의 입장을 생각해 보았다. 사람은 누구나 부모를 선택할 수가 없으며 자식을 임의로 선택할 수도 없다. 우리는 모두 주어진 부모와 태어난 자식들을 선택의 여지없이 받아들이고 그들과 삶의 여정을 함께한다. 자식이 태어났을 때의 기쁨과 그 자식이 살아갈 삶에 스스로 이루지 못한 꿈과 희망을 걸어 보는 것은 인간의 원초적인 본능일 것이다. 자식이 성장해 가며 그런 꿈들이 차츰 희석되어 가고 아버지로서 가지고 있던 자식에 대한 기대와 꿈을 현실적으로 조정해 가게 된다.

나의 아버지는 40이 넘어서 막내인 나를 보셨다. 어린 시절 남아 있는 나의 기억으로 아버지는 폭군이었다. 위로 4명의 형이 있었는데 말을 안 들으면 모질게 손찌검을 하였다. 계모였던 나의 어머니도 마찬가지였다. 술과 여자를 좋아하였던 아버지는 외박하고 들어온 후 어머니가 대거리를 하면 사정없이 때렸다. 그 시절 자식을 때려서 기르는 것이 많은 가정에서 다반사였다는 말로, 또는 부인을 때리는 남편들이 드물지 않았다는 말로 내 아버지를 옹호하고 싶지가 않다. 벌써 35년 전에 돌아가신 아버지를 새삼 욕되게 하는 것 같고 내 집안의 흑역사를 드러내는 것 같아 글쓰기가 망설여졌으나 사실을 왜곡하는 것은 나 스스로에게 거짓말을 하는 것이고 나의 글도 허위가 되는 것이니 그냥 내어 놓기로 하였다. 6.25 동란의 포화 속에 돌아가신 나의 친어머니와 당시 두 번째 부인이었던 나의 계모와 두 집 살림을 하였던 아버지는 양쪽 집에서 자식을 낳아 계모 쪽에서 세 아들, 본 부인이었던 내 어머니에게서 둘, 모두 다섯의 아들을 두었다. 사변 통에 어머니와 함께 폭격을 맞아 죽은 두 누나를 더하면 7남매를 둔 것이다. 전쟁이 끝난 후 자연스레 본 부인이 되어 자신의 세 아들과 전실 자식 둘을 기르게 된 계모는 타고난 인성이 좋은 분으로 다섯 아들 모두에게 공평하게 대하려고 무던히 노력을 하였다.

아버지는 그토록 폭군이었음에도 막내인 내게만은 절대 손찌검을 하지 않았는데 4살에 어미를 잃고 계모 손에 자라는 막냇자식이 안쓰러워 그랬는지 형들이나 어머니를 구타하는 아버지의 팔뚝을 물어뜯고 등 위에 올라타 작은 주먹으로 아버지를 때리는 막내에게 "이놈의 자식이" 하고 떨어 버리기는 할망정 절대로 때리지를 않았다. 경기도 용인의 부농가에서 11남매 중 둘째로 태어난 아버지는 청년 시절 힘이 장사라 용인 인근의 경안장터에서 벌어진 단오 씨름터에서 우승을 해 황소를 상으로 타기도 했다는데, 30대 중반에 농사일을 버리고 서울로 올라와 새 삶을 개척하였다. 사변 후 서울 안암동에 탁주 양조장을 열어 떼돈을 벌었는데 그때부터 기생집을 드나들며 호기 있게 돈을 써 대었다. 생일이면 장안의 유명한 소리꾼을 불러 잔치를 하고 항상 기생첩을 두고 있었다. 아버지의 양조장에 생활을 의지하고 있던 친척들이 돈을 축내고 쌀가마를 굴려 내가도 모르쇠였다. 결국 양조장이 기울어 정리를 하고 이후 안 해 본 장사가 없던 아버지는 결국 말년에는 종곡

시카고의 봄

장사를 하였는데 수입이 들쑥날쑥하여 내가 대학을 갈 무렵에는 등록
금을 댈 형편이 안 되어 10년 위인 나의 친형이 동생을 떠맡게 되었다.
잘나가던 시절 가족들 위에 제왕으로 군림하던 아버지는 말년에 사업
실패로 힘이 빠지고 처지가 궁색해지자 4명의 아들들로부터 배척을 당
하기 시작했는데 기회 있을 때마다 조상숭배를 역설하는 아버지의 말
에 아무도 귀를 기울이지 않게 되었다. 그 황당함을 막내인 내게 곧잘
토설하였는데 형들과는 달리 끈기 있게 들어주는 막내가 고마와서였
는지 대학 시절, 군대 시절을 거치며 형의 집에 기식하는 막내를 찾아
와 바지 속에 차고 다니던 비밀 주머니에서 용돈을 꺼내 들려 주곤 하
셨다. 형들과 어머니에게 외면당하고 배척받으면서 노년에도 여자친
구 사귀는 것을 계속하였다. 사람의 운명과 팔자라는 것이 타고나는
것이요, 스스로 지고 사는 것이라는 사실을 아버지의 삶을 보며 알게
되었다.

이민 초기 어려운 시절에 부친상을 당해 형들이 일부러 알리질 않아
아버지의 장례에 참석치 못한 나는 한동안 불효했다는 의식을 저버릴
수가 없었다. 후일 한국을 방문할 때마다 광주 선산에 모신 아버지와
어머니의 묘소를 찾을 때면 덜그덕거리던 아버지의 삶과 전실 자식 둘
을 포함해 사내 아이들 다섯을 기르며 남편에게 괄시 받고 산 어머니의
인생이 떠올라 망연히 코끝이 시려지곤 하였다. 아버지가 내게 남긴
교훈은 "너는 절대 나 같은 아버지가 되지 말라."라는 것이었다.

미국에서 아이들을 낳고 처음 아버지 노릇을 하며 너무나 모르는 것
이 많아 어려웠던 것은 이민 세대의 아버지들이 공통으로 거친 경험일
것이다. 한국 문화 속에서 낳고 자라 뼛속 깊이 한국 사람인 이민 세대

아버지로서 미국이라는 적응 안 되는 문화 속에서 아이들을 기르며 겪는 어려움이 어디 나만의 일이었겠는가? 어려서는 그렇다 치고 사춘기와 대학 생활, 취업을 해 독립할 때까지 마음 졸이는 시기들을 거치게 되는데, 일단은 영어를 제나라 말로 하는 아이들에게 거는 기대치가 높다. 나는 영어 못해서 이 밖에 못되지만 너는 나보다는 나아야 한다는 기대가 아이들에게 스트레스를 주기도 한다. 그러나 제 팔자 제가 지고 산다고 부모의 잘잘못을 뛰어넘어 잘 풀리는 아이들이 있는가 하면 그렇지 못한 아이들도 있게 마련이다. 아이들을 키우는 동안 과보호라고 해도 좋을 만치 학교행사나 과외활동들을 쫓아다녔었다. 내가 자라며 겪은 아버지의 모습이 굴곡진 것이었기에 내 아이들에게는 좋은 아빠가 되어야 한다는 명제가 항상 내 머리를 떠나지 않은 게 사실이다. 내 아들이 항상 아빠와 엄마를 챙기고 다정한 성격을 타고난 것에 고마운 일편, 내 아버지의 쓸쓸했던 말년을 생각하니 가슴이 아릿해진다.

42년 전, 31세의 나이로 새 삶을 찾아 양키 나라로 떠나가는 막내아들의 뒷모습을 낡아빠진 대문 곁에 서서 오래도록 지켜보던 아버지는 그 순간 무슨 생각을 하고 계셨을까? 30대 중반에 거름지게를 팽개치고 두 아내와 어린 식솔들을 거느리고 깍쟁이들만 산다는 서울로 무작정 밀고 올라간 당신의 젊은 시절을 떠올리고 있었을까? 그 기가 빠지고 쇠해 가는 노인의 모습이 빛바랜 흑백사진처럼 나의 뇌리를 맴돈다.

시카고의 봄

나의 어머니

아버지 날 즈음하여 아버지 이야기를 쓰고 나니, 그 아버지와 40년 넘게 파란곡절의 세월을 산 어머니가 떠올라 쓰지 않을 수 없는 심정이 되었다. '김옥분'이라는 이름을 가지고 있던 어머니는 젊은 시절 인물이 곱고 단아한 분이었다. 외동아들 하나를 두고 살던 남편이 일찍 타계해 청상과부였던 어머니는 내 아버지에게 보쌈을 당해 내 어머니의 시앗이 되어 같은 마을에 살았다고 한다. 아버지의 바람기는 타고난 것으로 일생 밖에서 여자를 달고 살았다. 내 어머니가 4남매, 계모가 3형제를 낳았는데 30 중반에 양쪽 식솔들을 모두 데리고 서울로 올라와 터를 잡게 된 아버지는 막내였던 나와 세 살 터울의 이복형을 서울에서 낳았다. 일사 후퇴 때 내 어머니와 누나 둘이 폭격으로 죽자 피란을 끝내고 돌아와 자연히 정실부인이 된 나의 계모는 일생 남편의 바람기에 눌려 기를 못 펴고 살았다. 여자로서 불행한 삶을 살았지만 매사에 지혜롭고 인정 많고 살림 솜씨와 음식 솜씨가 좋아 어머니로서는 이상적인 분이었다. 어린 시절 어머니 아버지와 같은 방을 썼던 나의 기억으로, 그분은 아직 사위가 컴컴한 새벽에 일어나 살그머니 나가 세수를 하고 경대 앞에서 참빗과 동백기름으로 말끔히 쪽을 지어 붉은 댕기로 정리를 하고, 행주치마를 단정히 걸치고 부엌으로 나가 달그락 달그락 아침 준비를 하였다. 아버지가 일어날 시간엔 꼭 날계란에 참기름을 한 방울 떨어트려 들여오곤 했다. 겨울이면 가마솥에 물을 끓여 놋대야에 담아 방으로 들여와 아버지가 방에서 세수를 하도록 했으며 윗목에 있는 요강을 내다 버리고 부시는 것도 그녀의 일이었다. 그 시절 많은 어머니들이 그러했지만 명절 밑에 아버지와 아들들의 한복을 새로 뒤집고 햇솜을 켜다 그 많은 이불을 시치는 것도 그녀의 일이었다. 아버지가 얼마나 벌어다 주는지는 몰랐지만 밥상에는 항상 구색을 맞춰 식구들 입맛에 맞게 음식을 올렸다. 물이 꽝꽝 어는 엄동에도 가마솥에 데운 뜨거운 물 한 바가지를 한 동이의 찬물에 부어 비누빨래를 하고, 헹구는 것은 이빨 시린 찬물이었다. 손등이 터지면 그리셀린이나 한 방울 떨어트려 문지르고 내색도 하지 않았다. 김장철이면 배추밭, 무우밭을 한 이랑씩 사서 온 식구가 나서 배추와 무우를 뽑고 리어카에 실어 와 배추와 열무 시래기를 만들고 3, 4일에 걸쳐 김장을 하게 되는데 절이고 썻고 속 만들어 버무리고 하는 전 과정이 모두 산더미 같은 일이었다. 워낙 큰 집안 행사라 아들들이 모두 달려들어 무거운 일을 돕긴 했지만 장꽝(장독대) 앞에 줄줄이 독을 묻고 배추김치에 동치미, 갓김치, 짠지 등을 저장해 겨울 준비를 하는 과정이 얼마나 많은 수고를 요하는 일인지 요즘 사람들이 상상이나 되려나? 간장, 된장, 고추장을 담는 준비도 연중 빼놓을 수 없는 큰일이었다. 서너 말씩 콩을 사다 불 키고 삶아 절구에 찧어 메주를 쑤고 띄우고, 고추 사다가 말려 방앗간에 가 찧어 고춧가루 만들고, 인천까지 가 소금, 새우젓, 젓갈 등을 사다가 쓰는 일련의 과정들이 모두 어머니의 일이었다. 딸이라도 하나 있었으면 좋으련만 뻣뻣하기가 버마재비 같은 사내 녀석들만 다섯인지라 온갖 고단한 부엌일에도 거들어 주는 사람이 없으니 혼자 삼시 세 때 해대고 장 보러 가고 하는 일(냉장고가 없던 시절이니 거의 매일 동네 장을 보러 다녔다.)에 하루 종일 마음 놓고 쉴 날이 없었다. 틈이 좀 나면 다리미도 해야 하고 양말도 기워야 하고 그 끝없는 집안일을 군말 없이 해내었다. 하기사 나의 어머니만 그렇게 산 것은 아닌 시절이었으나 어린 마음에도 어머니만 고생하는 게 너무 공평치 않다는 생각에 잔잔한 부엌일을 거들고 청소하는 것 등을 거들기 시작했는데 아마도 나의 페미니즘은 그 시절에 싹을 틔운 듯하다.

게다가 집안에 웬 제사는 그리 많은지, 평균 두 달에 한 번은 제사 준비로 곤역을 치렀다. 할아버지, 할머니 제사 끝에 따로 상을 차려, 내 생모의 제사까지 준비를 하였는데 놋 제기 닦기부터 시작하여 장 보기, 편(제사에 쓰는 얇은 시루떡)에 쓸 녹두 불려 고물 만들기, 전 부치기 등 근 일주일을 그 준비에 쏟았다.

아버지는 딴 건 몰라도 제사상에 올라갈 음식 준비는 철저하게 격식을 따르도록 하였다. 이율배반이랄까 사생활과는 별개로 조상숭배와 족보가 아버지의 일생을 건 화두였다.

어머니에게는 데리고 들어온 아들이 하나 있었는데, 고등학교를 갓 졸업하고 6. 25 때 총알받이로 차출되어 전사를 하였다. 어머니는 일생 동안 보름이 되면 장독대에 정화수를 떠놓고 빌었는데 죽은 아들의 극락왕생을 비는 건지, 아들의 죽음을 믿지 못해 돌아오게 해 달라고 비는 건지 아무도 그분의 속내를 짐작하지 못했다. 세 살 위의 이복형과 내가 잘 지내다가도 때때로 물고 뜯고 싸우면 우선 형을 야단을 치고 혼을 내었다. 그 위의 이복형들이 왜 희식이만 야단을 치냐고 항의하면 "이놈들아, 형이 동생에게 양보해 주고 보살펴 줘야 되는 거야."라고 나를 보듬어 주었다. 한 번은 둘이 너무 거세게 싸우니까 허리 끈을 가져와 당신과 우리 둘의 목을 한꺼번에 묶어 조이면서 셋이 같이 죽자고 하였다. 어머니의 전에 없이 돌발적인 행동에 어린 마음에도 어떤 위기감이 느껴져 잘못했다고, 다시는 안 그러겠다고 빌었던 기억이 난다. 어머니의 타고난 성품이 올바르고 착해 전실 자식들에게 티 없이 하려고 무한한 노력을 하였음을 안다. 이렇듯 어머니로서의 그분은 나무랄 데 없이 헌신적이고 좋은 분이셨지만 여자로서의 인생은 어렵고 힘든 것이었다. 아버지의 일생에 걸친 여성편력으로 마음을 갈갈이 찢기며 살았는데 게다가 폭력적인 아버지에게 때로 모진 매를 맞았다. 젊은 시절 아버지가 외박하고 들어오면 시쳇말로 바가지를 긁었는데 계집이 재수 없게 아침부터 대거리한다고 사정없이 두들겨 패었다. 그때마다 어린 내가 달려들어 울며불며 아버지의 다리나 팔뚝을 물어뜯고 등 뒤에 올라타 아버지를 때렸는데, 아버지는 나를 털어 버려 동댕이를 칠 뿐 때리지를 않았다. 형들이 아버지를 말리면 모두들 가차 없이 얻어맞았는데 나를 때리지 않은 것은 바람둥이 아버지에게도 계모 밑에 자라는 막냇자식에 대한 일말의 안쓰러움이 있어서였을 것이다. 난리가 수그러진 후 얼굴이 멍들고 눈물 범벅이 된 어머니는 나를 껴안고 서럽게 서럽게 울었다. 이런 어머니의 삶을 지켜보며 자란 내게 그분이 굳이 계모라는 의식이 없었다. 내가 기억하는 친어머니의 모습은 그저 한 장의 사진뿐이었다. 커서 큰고모님께 친어머니에 대해 들은 이야기는 "네 엄마는 샘물 속의 차돌멩이 같았느니라."였다. 그 말은 그분의 성정이 맑고 차돌같이 야무져서 빈틈없는 성격에 살림을 잘했다

시카고의 봄

는 말로 풀이되었다. 자라면서 때로 그분의 사진을 꺼내서 나의 얼굴과 비교해 보며 나의 얼굴의 일정 부분이 너무도 그분과 같아 이게 핏줄이라는 것이로구나 새삼 느끼게 되었다.

한 동네에 살며 두 집을 왔다 갔다 하는 남편을 수발하고 산 내 두 어머니의 삶이 얼마나 힘든 것이었을까? 아버지가 돌아가시고 나서 몇 년 후 한국을 방문했을 때 몹시도 늙고 쇠약해 부서질 듯한 어머니를 만나는 순간, 복받치는 감정을 억제할 수 없어 오랫동안 그분을 껴안고 통곡을 하였었다. 참으로 신산하고 어려웠던 한 여인의 삶의 역정이, 일시에 포말처럼 떠올랐다가 스러지듯, 산산이 부서지는 아픔으로 가슴을 저몄었다.

18년 전에, 돌아가신 어머니의 초상에 다니러 나갔다. 35년 전 돌아가신 아버지의 묘소 옆에 사변 통에 돌아가신 나의 생모, 경주 김씨 '김괴득'이 누워 계셨다. 그 옆에 나를 기른 어머니, 경주 김씨 '김옥분'이 모셔졌다. 내 집안의 한 세대가, 일제 강점기와 한국동란을 처절히 겪은 세대가 종점을 찍은 날이었다.

딸의 귀향

9월 28일, 딸아이와 두 손주, 집사람이 비행기로 돌아오고 뒤미처 30일, 사위와 아들이 이삿짐 트럭을 몰고 들이닥쳐 딸아이의 귀향이 실현되었다. 고교 졸업 후 뉴올린스(New Orleans)에서 대학 생활을 하고 바로 뉴욕으로 옮겨 가 산 세월이 근 15년이니 15년 만의 귀향이라고 해야겠다. 딸아이가 두 살 때 이사 와 이 집에 산 세월이 34년이니 딸아이에게는 명실공히 이 집이 고향 집인 것이다. 추수감사절이나 크리스마스 연휴에 또는 심신이 피로할 때에 때때로 집에 온 적이 있었으나 이번에 완전히 시카고로 돌아온 것이다. 결혼과 두 번의 출산을 뉴욕에 사는 동안 거쳤는데 두 번째 아이가 생긴 다음 결국 친정으로 돌아온 것이다. 2년 6개월 된 딸아이 하나일 때는 잘 버티더니 이제 7개월 된 사내아이까지 맞벌이를 하며 기르기가 버거워진 것이다. 새로 직장을 구하고 거처를 마련할 때까지로 우리 내외와 합의를 하고 내 집으로 들어왔는데 우리로서는 한동안 한 집 안에서 손주들을 매일 볼 수 있으니 좋은 일이다. 고요하던 집 안에 아기 울음소리와 손녀의 재잘거리는 소리가 가득하여 별안간 젊은 시절 아이들을 기르던 세월로 돌아간 듯한 느낌이다. 집 안이 온통 홍수 뒤끝같이 난장판이고 두 아이가 아무리 드세게 울고 시끄러워도 예민한 내 신경을 건드리지 않으니 무슨

시카고의 봄

조화일까? 이게 핏줄이라는 것일까?

어린것을 안고 거울을 들여다보면 꼭 고목과 고목 뿌리에서 뻗어 나오는 새순을 함께 보는 듯한 느낌이다. 그러면서 마음이 훈훈해지는 것은 이 어린것이 나의 사후를 이어 살아 줄 것에 대한 기대 때문일까? 세상이 너무 험악해 이 험한 세상에 아이를 만들어 내놓고 싶지가 않아 아이를 갖지 않기로 했다는 부부들도 여럿 만난 적이 있지만 나의 생이 내 대에서 단발로 끝난다고 생각하면 뭔가 서운하다는 생각은 오랜 유교 문화 속에서 살아온 우리의 습속 때문일까? 그렇지는 않은 것 같다. 서구인들도 아이를 못 가지면 입양을 하든가 대리모 출산을 하기도 하는 걸 보면. 손주를 일찍 본 지인들의 경험담으론 손주들 보아주는 것이 너무 힘들다고 하고 여기도 아파 저기도 쑤신다며 하소연을 해도 "뭘 그렇게나 엄살을?"이라고 생각했는데 아닌 게 아니라 자는 시간 빼곤 계속 아이와 놀아 줘야 되니 만만한 일은 아니다. 딸과 사위가 타 주의 친구 결혼식엘 가게 돼서 2박 3일 아이들을 보며 곤욕을 치렀다. 잘나가다가 삼천포라고 첫날은 제법 조용히 잘 지나갔는데 이틀째 날 해질 무렵이 되자 큰아이가 마미 대디를 찾으며 칭얼대기 시작하더니 끝일 기색이 안 보여 책 읽어 줄까 했더니 콕 집어 제가 좋아하는 책을 읽어 달라고 해서 책을 찾으러 이 층, 아래층으로 아이를 안고 서너 번을 돌아치니 허리가 뻐근하였다. 게다가 결국 그 책을 못 찾았는데 다른 책은 마다하고 꼭 그 책이어야 한다고 울어 대기를 시작하더니 두어 시간을 울고는 지쳐 잠이 들었다. 아이들이 돌아오는 날, 집사람이 큰아이만 데리고 공항엘 가자, 할미 쪽을 선호했던 갓난아이가 그때부터 울기 시작해서 정확히 한 시간을 악착같이 울어 대더니 궁극에는 지쳐서 잠이 들었다. 부모 없이 자라는 고아들은 어떨까 생각을 하니 가슴이 찡하였다.

아이들과는 별개로 딸과 사위는 저희들끼리 살아온 방식이 있고 우리는 우리대로 살아온 세월이 있어 서로 적응하는데 시간이 좀 걸렸다. 아무리 오랫동안 떨어져 살았어도 부모 자식 간에 무슨 심대한 격의가 있겠는가만 자질구레한 차이는 당연히 이 구석 저 구석에 있었다. 물자가 귀하던 시절을 한국에서 보낸 우리와 여기서 나고 자라 물자의 궁핍이라는 개념을 모르는 딸과 사위는 특히 전기를 끄는 습관이 없다. 저희들끼리 살 때도 가끔 뉴욕엘 가면 시도 때도 없이 온 아파트를 대낮같이 밝혀 놓고 밤새도록 켜 놓고 살더니만 내 집에 와서도 바뀌질 않아 잔소리를 한 번 했다. 고치는가 싶더니 아직도 때때로 그 습관이 살아나서 차라리 내가 다니면서 끄고 만다.

말 난 김에 딸, 사위 흉 좀 보자. 음식 낭비, 종이 낭비, 런치 백 낭비도 그 낭비 습관 중 하나이고 캔 음료도 반이나 마시고는 돌아다니다 버리고, 커피도 한 팟을 그득히 만들어 놓고 한두 컵이나 마실까 하곤 묵히기가 일쑤다. 물자 절약은 둘째로 치고 "이건 그냥 기본 아니야?"라는 생각이 들지만 당분간 내 집에 기식하는 아이들에게 혹 스트레스 주는 것 같아 잔소리 치우고 내가 마셔 버리고 만다.

회상

　6월 25일, 캘리포니아에 사는 동년배의 처사촌이 밑도 끝도 없이 30여 장에 달하는 한국동란 기록사진들을 카카오로 보내왔다. 까맣게 잊고 있던 전쟁의 기억들이 순식간에 와아 하고 달려들어 왔다. 불타는 시가지, 달리는 기차를 뒤덮은 피란민들, 움막 속의 전쟁 고아들, 철수하는 유엔군을 따라 부두로 모여든 피란민의 대열, 청진항을 향해 함포 사격을 하는 미군 함정, 고아들에게 초콜릿을 나누어 주는 미군 병사, 인천상륙 작전으로 불타는 인천 시가지, 인민군들에게 총살당하는 양민들, 유엔군 포로들, 국군 포로들, 파릇파릇한 총알받이 학도병들의 모습. 그 아픈 사진들 중 엄마 등에 포대기로 싸서 업힌 서너 살 되어 보이는 피난민 대열의 아이 모습을 보니 영락없는 나의 모습이었다. 4살이었던 필자는 그렇게 엄마 등에 업혀 경기도 용인에 있는 큰아버지 댁으로 피란을 나갔다. 4살 때의 기억이 어찌 선명하게 줄거리를 이어 나겠는가? 가다가다 끊기는 영화 필름처럼 때로 토막토막 살아 있는 기억의 편린들이 있다. 용인이 고향이었던 아버지가 젊은 시절 농사를 팽개치고 서울로 올라와 서울서 낳고 자란 내가 4살 되던 해에 전쟁이 터진 것이다.

　용인에 남아 농사를 짓던 큰아버지 댁을 거쳐 아버지와 위로 4명의 형들과 2명의 누나들이 대구를 목표로 피난을 떠나고 뒤미처 이모와 두 살 위의 이종형과 용인을 향해 떠난 우리는 피난민 대열에 섞여 걷고 걸었다. 나이보다 작았던 필자가 자주 보채니까 어머니가 업기도 하고 무등을 태우기도 하며 우리는 허리가 휘게 다리가 부러지게 걷고 또 걸었다. 하얗게 눈에 덮인 벌판에 여기저기 시체들이 나뒹구는 모습들이 기억 속에 있으니 1.4 후퇴 때였을 것이다. 높은 고갯마루에서 피난민들이 웅숭그리고 앉아 주먹밥들을 먹는 모습도 기억 난다.

　한참 여기저기서 총소리, 폭탄 터지는 소리가 들리는 난리 통에 큰아버지 댁 행랑채에 묵던 피란민들과 안채에 묵고 있던 친척들로 집 안팎이 분주하고 밖에 매놓은 소달구지들과 피난 봇짐들, 흰옷 입은 사람들을 중공군으로 오인한 미 공군의 B-29폭격기가 투하한 폭탄이 바로 안채에 떨어져 묵고 있던 친척들과 피란민들이 몰살을 당하게 되는데 마침 사랑채에서 서너 명 동네 아이들과 놀고 있던 필자는 불붙는 집에서 뛰어나와 목숨을 부지하게 되었다. 같은 방에 있던 5년 위의 사촌형은 온몸에 불이 붙어 뒹구는 것을 이웃 어른들이 달려들어 간신히 꺼서 생명을 구하게 되었다고 한다. 비행기 소리만 나면 자지러지는 아들과 조카를 보듬고 달래던 작은어머니는 마침 마을의 친구집엘 갔다가 폭격을 모면했으나 남편을 잃었다. 그 폭격 속에서 살아남은 오직 두 사람 중 하나인 필자는 천우신조로 상처 없이 살아나 이후 친척들로부터 '하늘이 낸 아이'라는 별명을 얻었다. 훗날 어른들에게 들은 이야기로 폭탄 파편에 날아간 작은누나의 목이 여러 집 건너 울타리에 걸려 있었다고 한다. 아버지가 누나들도 데리고 대구로 갔더라면 피할 수 있는 비극이었다. 어머니와 두 누나, 할아버지, 할머니를 비롯한 십여 명의 가까운 친척들이 몰살당한 이 참극은 우리 가족들만 겪은 아픔이 아니다. 셀 수도 없이 많은 한국인들이 이와 비슷한 참담을 겪은 것이 한국 동란이다. 이산 가족의 비극도 비극이지만 전쟁 통에 사랑하는 가족들을 잃은 사람들은 어떻겠는가? 70년이 지난 지금도 해결이 안 된 남북 문제는 그 근본이 인간의 이기적인 욕심에 있다. 이데올로기가 어떠니 해 봐야 그게 무슨 이유가 되겠는가? 기득권을 유지하려는 북한 정권 실세들의 탐욕이 그 중심에 있다. 구한말의 지배 계급들이 사색당쟁으로 물고 뜯고 기득권을 유지하기 위해 백성의 삶을 외면하고 제 일신과 제 가족들의 영화만을 추구한 결과로 당한 것이 일제의 침략 아니던가? 왜 한국은 외세의 침략에 대비를 못하였을까? 나라가 작고 강대국들에 둘러싸여 있었기 때문이라고? 일본은 나라가 커서 전쟁을 일으키고 한때나마 아시아를 제패한 나라가 되었을까? 그들의 침략 근성을 두둔하는 것이 아니라 그만큼 문호를 먼저 개방하고 국력을 키웠기 때문에 가능한 일이었다.

북한 문제와 연계해 한국의 고교 동창들이 하나같이 한국의 현 세태를 비판하고, 정치인들의 행태를 보아 한국은 얼마 안 가 망할 것이라고 개탄들을 한다. 현 정부에 대한 불신이 팽배해 있다. 현 정부가 공산주의에 나라를 판다고 분개한다. 우리 나이 또래의 세대에 국한된 것인지는 알 수 없으나 일단 내가 아는 사람들은 다 그렇게 말들을 한다. 국회의원 부정, 정부 고위층의 부정 등, 옛날과는 달리 해 먹는 돈도 몇십억 정도가 아니고 조 단위로 해 먹는다고, 국민의 혈세를 이렇게 해 먹어도 되는 거냐고 비분강개한다. 너처럼 옛날에 이민이나 갔으면 이 더러운 꼴 안 볼 텐데라고 푸념을 한다.

서구 사회라고 다 깨끗한 건 아니다. 더러운 일 여기도 많다. 그러나 정도의 차이가 있다. 그리고 인간이 상상할 수 있는 온갖 비리를 막기 위한 법망이 촘촘히 깔려 있고 법을 지키려는 정신들이 일반인들에게 생활화되어 있으며, 부자들의 기부와 재산의 사회 환원이 그토록 어려운 사안이 아니다. 자식들에게 기를 쓰고 물려주려는 의식도 희박하다. 하긴 한국이 찢어지게 가난한 시절을 면한 것이 그토록 옛날 얘기가 아니니, 가난했던 사람들이 자식 세대의 밥그릇 걱정까지 하는 것은 자연스러운 일 아니겠는가? 어찌 됐던 한국이 망할 일은 없을 거라고 다독여 준다. 지난 40여 년간 거듭되었던 그 말도 안 되는 독재와 극심한 경제 위기를 겪으면서도, 여기까지 버티고 와 세계 경제대국 12위의 반열에 와 있으니 걱정 말라고 말해 준다. 부정과 타락도 선진 사회로 가는 과도기 현상이라고. 신문 방송에서 언제는 한국 사회의 현실을 개탄하는 사설과 기사를 싣지 않은 시대가 있었느냐고. 신문쟁이들도 그래야 먹고사는 것 아니겠냐고. 그런 소용돌이 속에서도 조금씩 개선 발전해 온 것이 오늘의 한국이니 잘사는 대한민국의 국민 됨을 자랑스럽게 생각하라고 일러 준다.

코흘리개 시절, 6.25 전화 속에서 어머니와 두 누나를 잃고 미군부대 철망 너머로 손을 내밀어 헬로우 참참을 외치던 내가, 이 땅에 와 산 세월이 어느덧 43년이 되었다. 미국은 나에게, 아니 우리 세대에게 꿈의 나라였다. 그 꿈의 나라가 요즘 차츰 변질되어 가는 모습이 눈에 보인다. 후진국 뺨치는 혼탁한 정치행태와 자격 있는 지도자의 부재이다. 역사적으로 미국의 강점은 훌륭한 지도자들과 국민들이 함께 지켜온 박애주의 정신이다.

휴전선을 만든 주 당사국 중의 하나가 미국이라 해도 전후 한국의 발전에 지대한 도움을 준 것 또한 미국이다. 미국의 전폭적인 도움 없이 오늘날 한국의 경제적 부상이 가능했겠는가? 한국동란에 와서 죽은 젊은 미국 병사들의 수가 5만 4천에 달한다고 한다(네이버 블로그). 6.25 전쟁 70년을 맞아, 전란을 겪은 세대로 70년 전 멀고 먼 나라의 낯선 들과 산에서 산화한 젊은 미국 병사들에게 뜨거운 고마움과 송구함을 함께 느낀다.

더 늦기 전에

 지난 3일 목요일, 미시간의 Warren Dunes, State Park으로 가족 나들이를 갔다. 아이가 없는 아들 내외와, 어린 딸과 아들을 둔 딸네와 함께였다. 금요일부터 시작될 Labor Day 연휴의 복닥거림을 피해 목요일을 택한 것인데 예상대로 비치(Beach)는 붐비질 않았다. 청명한 날씨에 햇볕은 따갑고 소슬바람이 불어 비치를 즐기기에 알맞은 날이었다. 광대한 미시간 호수의 물결이 끝 간 데 없이 아른아른 빛나고 비치 텐트와 파라솔 밑에, 아니면 사정없이 내리 꽂히는 태양열을 온몸으로 흡수하려는 듯 작열하는 9월의 태양 아래 벌거벗은 사람들이 일광욕을 하고 있었다. 바람이 만만치 않게 불어 호안으로 밀려드는 파도가 제법 거세었는데 코로나로 시달린 사람들이 모처럼 마스크를 벗고 시원하게 물놀이를 하는 모습을 보니 속이 탁 트이는 느낌이었다. 비치로 들어가는 우거진 숲길, 높다란 모래산, 길게 뻗은 모래사장, 청결한 공중 화장실 등, 시카고에서 한 시간 반 걸리는 이 스테이트 파크는 New Buffalo라는 작은 휴양지 마을을 인근에 두고 있어 특별히 계획을 세우지 않고도 불현듯 가 볼 만한 곳이다. 다운타운의 예쁜 아이스크림 집에 마스크를 쓰고 들어가 아이스크림을 사 가지고 나와 밖에서 먹으며 손주 아이들이 입에 뒤범벅을 해 가며 맛있게 먹는 모습을 보니 우리

시카고의 봄

아이들이 어렸을 때의 모습을 되풀이하고 있는 느낌이 들었다.

집사람의 60회 생일에 뉴욕의 Long Island 북단에 있는 North Fork 라는 작은 시골마을에 2박 3일의 가족 나들이를 하고 5년 만의 일이었다. 그때는 아들딸네가 뉴욕에 살고 있었고, 딸네가 아직 아이가 없을 때라서 아들, 며느리, 딸, 사위와의 나들이었다. 아이들이 강가에 집을 하나 빌려 Farmers Market과 Fish Market을 다니며 장을 보다가 같이 음식도 해 먹고 바닷가의 식당에도 가고 이곳저곳 Winery를 다니며 와인 시음도 하고 고풍스러운 다운타운에서 자질구레한 쇼핑도 하며 길거리에서 아이스크림도 사 먹고, 즐거운 한때를 보낸 추억이 있다.

이후 아들네가 시카고로 이사를 오고, 딸이 아이 둘을 낳은 이후 작년에 시카고로 이사를 와, 우리는 아들딸이 모두 멀지 않은 거리에 살게 되어 복 많은 사람들이 되었다. 코로나 팬데믹으로 우리의 일상이 무너져 가까이 살아도 자주 보지는 못하지만 지척이라는 든든한 느낌이 있다. 대개는 직장 때문에 가족들이 뿔뿔이 흩어져 사는 게 미국 사회의 통상적인 모습이다. 옆집에 사는 80대의 백인 부부도 그렇고, 뒷집에 사는 70대의 월남인 부부도 그렇다. 주위의 지인들 중에도 그런 가정들이 많다. 미국 사회가 Job을 쫓아 어디든지 가는 것이 일반화되어 있어 가족들이 찢어지게 되는 것이다.

자식들과 잘 지내는 사람들이 대부분이지만 그렇지 못한 사람들이 느끼는 고독감이 있을 것이다. 멀리 살지 않아도 자식들과 왕래가 없는 사람들을 꽤 보았다. 불화에는 여러 가지 복합적인 이유들이 있겠지만 대개의 경우, 부모 세대와 자식 세대 간의 언어와 시간적, 문화적 단절에서 오는 이해 부족에서 오는 것이 많다. 이민 세대의 부모들과 어려서 부모 따라 이민 와 성년이 된 자식들이나 미국에서 낳은 자식들 사이에 생기는 간격은 정도의 차이는 있을망정 필연적인 것이다. 대개의 경우 부모 세대가 자식들에게 바라는 희망 사항들이 충족되지 않아 불화의 씨앗이 되는 경우가 많다. 어려서는 학교 문제, 친구 문제, 좀 커서는 진로 문제, 직장 문제, 이성 문제 등으로 한국식 사고를 가진 부모들이 요구하는 사항들이 자식들에게 버거운 짐이 될 수 있는 것이다. 아이들이 학교를 다니는 동안 필자도 아이들에게 거는 기대와 꿈이 있었으며 내가 보고 싶은 그림이 있었다. 요렇게 해 주었으면, 조렇게 해 주었으면 하는 내 나름의 희망이 있었는데, 대부분 이민 세대의 부모들이 바라는 것은 이름 있는 학교, 돈 잘 버는 직장, 남 보기 좋은 직장이다. 이민 전 살았던 한국 사회에서 몸에 배인 본능 같은 것이 그것이다. 남의 눈치 보는 것이 오랜 습속이 된 사회에서 살아, 명품 치장 하듯이 자식이 다니는 학교나 직장이 번듯해야 남에게 체면이 서는 것이다.

몇 년 전, 딸아이에게 살 좀 빼라는 얘기를 은근히 하였다가 호되게 반격을 당하였던 기억이 있다. 결혼식 때 날씬했던 사진을 메시지로 보내며 "이때로 다시 돌아가면 어떻겠니?"라고 농담같이 문자를 보냈는데 그 당장은 반응이 없더니 얼마 후 통화를 하면서 자기는 독립한 성인이고 당당히 직업 있어서 스스로 벌어먹고 살며 자기 남편도 절대로 안 하는 소리를 아빠가 무슨 권리로 이래라저래라 하느냐고 들이대었다. 조목조목 따지는데 정말로 할 말이 없어 미안하다고 다시는 그런 소리 않겠다고 하고 끊었는데, 그 후 딸을 만나면 속으로 꺼림한 생각이 가시질 않아 한동안 마음이 편치 않았었다. 내 마음속으로 날씬

하고 남 보기에 스타일 나는 딸을 원하고 있었던 것이다. 그러면서 딸에게 가졌던 그 서운한 느낌은 "한국 같았으면 부모들이 자식들한테 살 좀 빼라는 소리 하기 예사인데"라는 비이성적인 핑계였을 것이다. 미국 문화에 많이 적응을 했다고 자부하면서도 이런 실수를 하는 것은 생래적으로 몸에 밴 사고방식을 버린다는 게 얼마나 어려운 것인지를 말해 주는 예이겠다. 그래서 자식들과 반목하는 부모들이 자기도 모르게 실수를 하는 것일 게다. "너 위해서 하는 말이야. 내 말 들어 손해 볼 것 없어."라는 평준화된 대사를 뇌까리며.

코로나 이전 시절, 아이들이 아직 20대이던 무렵, 이런저런 모임에서 자식 얘기가 나오면 은근히 자식 자랑 콘테스트가 벌어지던 시절이 있었다. 대학 갈 무렵엔 어느 대학, 졸업 후엔 무슨 직장, 결혼 때면 사위 며느리 자랑으로. 그런 인생의 분수령에선 자연스러운 대화거리이다. 그러나 그런 시기가 지나가면 모두들 말이 없어진다. 대부분 자식들의 인생과 나의 인생이 별개라는 자각들을 하게 되는 것이다. 그리고 인생 초반전에서 곧잘 나가던 자식들이 사회생활을 하며 거치는 어려움들이 생기기도 한다. 그래서 '새옹지마'라는 고사성어가 있지 않은가? 인생이 평탄할 수만은 없는 것이니. 그러나 문제는 여간해서 자신과 자식들의 인생을 분리시키지 못하여 자식의 마음을 상하게 하고, 그리하여 자신도 편안하지가 않은 사람들이 적지 않다는 것이다. 이런 사람들은 더 늦기 전에 자신의 욕심을 내려놓아야 한다. 부모가 자식을 골라서 낳을 수도 없고 자식은 세상에 나와 보니 얻어 걸린 부모가 독선적이거나 능력 없는 사람이면 별수 없이 상황에 적응을 하는 수밖에 없으니, 그러한 자식 입장에서 생각해 보고 자식의 삶을 존중해 주며 나는 내 인생 살아야 하지 않겠는가? 가족의 의미가 무엇인지 곱씹어 생각해 볼 일이다.

망망대해처럼 끝이 보이지 않는 미시간 호수에서 손주들과 물놀이를 하는 아들과 딸 내외를 바라보며 문득, 무슨 죽을병 들어 날짜 받아 놓은 늙은이처럼, "아이들과 이렇게 모여 앞으로 몇 번이나 더 나들이를 할 수 있으려나."라는 생각이 들었다. 너나 없이 사는 게 바빠 쉽지 않은 일이다. 떨어져 살면 떨어져 살아 그렇고 가까이 살아도 여간해서 뜻과 시간을 맞추기가 어려워 실행에 옮기기 어려운 일이다. 아이들이 살아가는 모습을 지켜보며 때로는 내 그림에 부합하지 않아 속으로 미흡한 생각이 들 때도 있었지만 그걸 말로 내뱉을 만큼 미련하진 않아 항상 아이들을 부추겨 주는 쪽으로 격려를 하였는데 그것이 주효하였는지 아이들이 우리에게 하라고 하는 모습이 고맙다고 하면 어떤 분은 "아이구 제 자랑 깨나 하시네그려."라고 하실 분도 있겠다.

더 늦기 전에 자식과의 해후를 원한다면 그들을 조건 없이 생긴 대로 받아들이는 것이 첩경이다. 잘나도 내 자식 못나도 내 자식이란 말이 있지 않은가. 좋은 직장을 가지고 있든 아니든, 돈을 잘 벌든 못 벌든, 영 마음에 들지 않는 여자나 남자를 사귀든, 혹여 동성 연애를 하든, 자식을 있는 대로 봐주고 받아들이는 것이 필수이다. 동성 연애를 하는 자녀가 있으면 그것이 고칠 수 있는, 병이 아니라는 것을 인식해야 한다. 본인이 선택해서 동성을 좋아하는 것이 아니라 그냥 그렇게 태어났다는 것을 인지해야 하는 것이다. 분명한 것은 그 아이가 내가 낳은 나의 자식이라는 것이다.

"아이구 이 사람 주제넘게 이제 무슨 가족 상담도 하나 봐?"라고 하실 분들도 있겠지만, 우리의 삶에서 중요한 것이 무엇일까? 무엇보다 가족 간의 소소한 행복이 아니겠는가?

아이 보기 (Babysitting)

며칠 전, 네 살, 두 살 손녀와 손자를 데리고 집사람과 Mt. Prospect 에 있는 Ball Factory라는 아이들 놀이터를 다녀왔다. Glenview에 있는 Kohl Children's Museum에 비하면 규모가 작지만 깔끔하고 정결하게 관리된 Indoor Play Ground는 완전히 Kid Proof로 꾸며져, 여간해서는 넘어지거나 부딪쳐도 다치지 않게 정돈되어 있어 마음에 들었다. 11시 에 입장하여 1시 반까지 줄기차게 뛰어노는 아이들을 혹여 다칠까 염 려되어 일일이 쫓아다니려니 에너지가 모두 소진되는 듯하였다. 아이 들의 그 무궁무진한 에너지는 어디서 나오는 것일까?

딸 내외가 뉴욕 생활을 청산하고 아이들과 시카고로 이주한 것이 코 로나 터지기 바로 전이었으니 벌써 2년이 가까워 온다. 시카고에 와 사 위는 금방 일을 잡았으나 딸은 일 년 넘게 놀다가 두어 달 전에 Job을 얻어 다시 일을 시작하게 되면서 아이들 돌보는 것은 당연히 우리 차지 가 되었다. 아이들이 여름내 집에서 뒹구는 것도 바람직하지 않아 네 살짜리를 발레 클래스며, 썸머 캠프에 보내게 되었는데 시작 시간과 끝 나는 시간이 어중간 해, 딸아이가 출근 전 우리 집에 아이 둘을 떨어뜨 리고 가면 집사람이 큰아이를 캠프에 데려다주고 3시간 후에 다시 가 픽업을 해서 작은아이와 함께 데리고 있다가 애들 아빠가 다섯 시쯤 와서 데려가는 일상이 되었다. 아이들이 예쁘고 귀여운 것은 별개로, 사위가 애들을 픽업할 시간이 되면 기다려지는 것을 어쩔까? 아침에 올 때 반갑고 돌아갈 때는 더 반가운 것이다. 그만큼 애 보기가 어려운 작업이고 세상의 수많은 조부모들이 손주들을 돌보아 주며 모두 모두 겪는 모양새 아니겠는가?

같이 보내는 시간이 많아지니 정이 듬뿍 들어 뭔가 알고 싶거나 놀이 상대가 필요하면, 두 살짜리가 '하라버지'를 부르며 손을 잡아당기고 야불야불 하고 싶은 말을 하는 것이 신기하고 사랑스러워 어느 틈에 손자 바보가 되었다. 아직 기저귀를 차는 아이가 새로 접하는 사물에 대해 호기심이 많아 무엇이던 새로운 것을 보면 "What is this?" 아니면, "What's this for?"라고 캐묻는 것이 습관처럼 되었는데, 나도 몰라서 일일이 대답을 못 해 줄 때는 미안한 마음이 들기도 한다.

갓난아기 때부터 시작해서 18세 성년이 되기까지 아이 한 명을 길러낸다는 것이 얼마나 어려운 일인지 아이를 길러 본 분들이면 다 알 것이다. 주위에 우리같이 아직 어린 손주들을 가진 지인들이 몇 있어 얘기를 들어보면 모두들 손주 보아주느라 많은 시간을 할애하고, 이럭저럭 돈도 많이 쓴다고 얘기들을 한다. 그리고 보면 이민 초기 우리 아이들이 어렸을 때, 5명의 손주들을 한꺼번에 보아주신 타계하신 장모님의 은덕을 생각하지 않을 수가 없다. 두 처남네 아이들과 우리 아이들을 합해 5명의 아이들을 보아주시느라 허리가 휘도록 고생을 하신 그분을 어찌 잊으리. 이민 초기 모두 먹고사느라 바빠 출근하며 아이들을 갖다 맡기고는 다저녁때나 되어 아이들을 찾아오곤 했는데, 지금 우리 부부가 손주 아이 둘을 보아주며 겪는 어려움은 장모님 때와 비교가 안 될뿐더러 오히려 정서적으로는 즐거움의 원천이기도 하다. 주말에는 아이들이 오지 않는데 월요일이 기다려지기도 하니 말이다. 우리 아이들이 손주 아이들 나이 때 지금같이 충일한 기쁨을 맛보았던 것 같지가 않다. 아이들이 자라며 발전해 가는 모습을 세세히 보고 즐길 시간이 없었던 것이다. 어찌 보면 지금 딸아이 내외가 이민 세대인 우리와 양상은 달라도 비슷한 과정을 가고 있는지도 모르겠다.

세상이 너무 어지러워 이 험한 세상에 아이를 낳아서 길러 낼 자신이 없어 아이를 가지지 않는다는 사람들도 꽤 보았다. 골프를 치지 않는 내게 골프광인 누군가가 말하기를 "골프 맛을 모르고 죽으면 인생에서 무엇 하나를 빠뜨리고 살다 가는 겁니다."라고 한 적이 있는데 아이 갖기를 꺼리는 사람들에게도 같은 말을 할 수 있지 않을까? 하긴 아이 문제와 골프를 같은 반열에 올릴 수는 없겠지만. 골프 맛을 몰라도 아무 문제없이 잘 살아왔으니 아이 없이 행복한 부부들도 많을 것은 자명하다. 당장 내 이웃에 사는 40대 후반의 미국인 부부와 70대인 미국인 부부도 자유를 만끽하며 행복한 모양들이다. 별장도 가지고 있고 여행도 자주 가고, 집 수리도 무시로 하며 잘 가꾸고 산다. 아이들 기르는 데 쓰였을 돈을 저축하였을 테니 모두 넉넉히 사는 사람들이다. 그러나 세상이 아무리 험하고 아이들 기르는 데 돈이 많이 들어도 그런 이유만으로 아이를 갖지 않는 것은 아닐 것이다. 각자 자기들만의 또 다른 이유가 있지 않겠는가?

아이들을 보아주며 조부모와 손주들 사이에 형성되는 친밀감과 신뢰감이야말로 아이들을 돌보며 얻는 가장 귀한 열매일 것이다. 아이들의 신체적 성장과 더불어 눈에 보이는 지적 발달의 과정은 놀랍고도 신기해서 언어의 습득, 사물에 대한 이해도의 발전 등, 아이에 따라 차이는 있겠지만 그 발달 과정을 지켜보며 느끼는 기쁨을 무엇에 비할까?

일부 신식 할머니와 할아버지들이 손주 보아주기를 기피하고 그 시간을 자신의 인생에 투자한다는 기사도 읽었는데, 말년에 손주 돌보기보다 더 의미 있는 인생이 있다면 그쪽으로 간다고 누가 말리랴? 현재로서 나에게 의미 있는 삶은 손주들을 돌보아 주며 얻는 기쁨과 그에 더해 딸 내외가 마음 놓고 일할 수 있는 환경을 만들어 주는 것이라고 스스로에게 말한다.

리버 도현 권(River Dohyun Kwon)

'리버'는 2023년 9월 17일 오후 1시 57분에 태어난 우리 내외의 친손자의 이름이다. 구태여 친손자라 칭하는 것은 두 명의 외손주들이 있기 때문이다. 친손주, 외손주에 무슨 다름이 있을까마는 태어난 지 이제 10일밖에 되지 않은 이 아기가 아들 내외의 결혼 10주년에 태어난 첫아이이기 때문에 남다른 까닭이다.

그동안 임신을 해 보려고 갖은 방법을 써 보았는데 되지 않다가 마지막으로 시도한 인공수정이 성공해 태어난 아기여서 특별한 것이다. 그동안 여기저기 지인의 자녀들이 인공수정으로 아이를 낳아서 할아버지, 할머니가 되었다는 소리를 접했지만 별로 느낌이 없었는데 막상 내 경우가 되고 보니 희한하기도 할뿐더러 현대의학의 발전을 절실히 실감하게 된다.

나이 30, 40이 넘어도 결혼을 하지 않는 젊은이들이 흔하고 결혼을 했어도 아이 갖기를 원치 않는 부부들이 드물지 않은 요즈음 세상에 또 필사의 노력을 기울여 아이를 가지려는 부부들도 있으니 세상사가 참 고르지도 않다는 생각이 든다. 첫 외손녀 매그놀리아가 태어난 것이 6년 반 전인데 그때 느꼈던 기쁨과는 또 다른 느낌이라면 이 아기가 나의 성을 이어 간다는 못 말리는 아들 선호 사상일까? 성을 이어 가는 게 무에 그리 대수라고. 막말로 나 죽은 다음에 내 성이 이어진다는 게 무슨 의미가 있을까 하면서도 외손주들의 성이 친가 쪽으로 간다는 생각을 하며 때로 좀 서운한 생각이 없지도 않았으니 어쩌랴. 아들 내외가 아이를 못 가져 애쓰는 것을 보며 "없으면 어떠냐 그냥 둘이 잘 살면 되지"라고 위로의 말을 하면서도 지금은 젊어 괜찮다고 하지만 늙어 자식 없으면 그 외롭고 허무한 인생을 어쩔까라고 내심으로는 안타까운 마음이 있었는데 이제 아기가 생기고 보니 한시름을 덜은 느낌이다. 아이의 이름을 짓는 것도 만만치가 않아서 이름 사전에 있는 수많은 이름 중에 한 개를 골라내는 것이 어찌 쉬운 일이랴? 뭔가 의미도 있고 부르기도 좋고 남들이 기억하기도 좋은 이름이어야 하겠는데 많은 망설임의 단계를 거쳐야 했다. 요즘 추세가 아기 이름을 남다르게 지으려는 경향이 있어 아들 내외도 고심을 한 모양인데 미들 네임이 될 한국 이름은 한국에 있는 큰 조카에게 부탁해 작명가에게 받아 '도현'이라고 하였고 '리버'라는 이름은 아들 내외가 궁리 끝에 찾아낸 이름인데 처음에는 글쎄다 하는 생각이 들었으나 저희들이 고심 끝에 한 결정인데다, 유장하게 흐르는 강의 느낌이 들어 우리 내외도 좋아하게 되었다. 세상이 변해 돌림자가 갖는 의미가 퇴색해 가고 젊은 부부들이 유달리 창의적인 이름 짓기에 몰두하는 시대가 아닌가?

아기가 태어난 시각이 마침 내가 연출한 연극의 개막 3분 전이어서 더욱 특별한 느낌이 드는 것은 할아버지의 아전인수식 만족감일까? 연극 공연을 마무리하고 하루 뒤에 병원으로 찾아가 아기를 처음 본 순간, 왈칵 감정이 복받쳐 흐르는 눈물을 주체할 수가 없었다. 그만큼 내심 아들 내외가 아기 갖기를 갈망하고 있었다는 얘기가 아니겠는가?

며느리의 임신 소식을 처음 접하고 기쁘면서도 한편으론 말 못 할 걱정과 불안이 같이 뇌리를 스쳐 지나갔었다. 40세에 인공수정으로 한 첫 임신이 문제없이 출산으로 이어질까라는 걱정이었다. 걱정도 팔자라더니 첫 손녀 아이 때도 비슷한 걱정을 했던 기억이 난다. 출산 직전까지 뉴욕의 복잡하고 가파른 지하철로 출퇴근을 하던 딸아이의 안위가 걱정되어 전전긍긍했던 기억이 있다. 사람 사는 게 무엇이고 핏줄이 무엇일까? 이 갓 태어난 아기가 주는 기쁨을 무엇이라 표현하기가 어렵다.

"이 사람이 남들 다 갖는 손자 하나 보고 왜 이리 장광설이야."라고 할 분도 있겠다. "아이구 이제 그만해야지." 손주를 간절히 바라는 다른 분들에게 예가 아닌 것 같다. 단지 내 친손자를 보고 느꼈던 감정과 상황을 기록으로 남겨 놓고 싶었다.

시카고의 봄

넬슨 도빈 챠리 (Nelson Dohbin Ciardi)

넬슨은 우리 부부의 외손자이다. 도빈은 돌림자를 딴 한국 이름이고 챠리는 제 아빠의 성이다. 딸아이가 뉴욕에 살 때 낳았고, 7개월쯤 되었을 때 시카고로 이사를 왔다. 처음 낳았을 때 너무 작아 하루 동안 인큐베이터에 있다가 나왔다. 저 아기가 제대로 자라 사람 모양이 될까 싶게 작아서 걱정이 많았다. 그랬던 아이가 이제 말수가 많은 유치원생이 되어 학교로 데리러 가면 야불야불 이야기가 끊이지 않는다. 한 살 반 위의 제 누나와 수다를 떨며 장난을 치며 집까지 걸어가는 것이다. 집까지 두 블럭밖에 안 되지만 보호자가 없으면 학교에서 내보내지를 않고, 아직 어려서 꼭 우리 내외 중 한 사람이 가서 픽업을 한다.

2월 4일이 생일이니 이제 한 달 남짓이면 만 다섯 살이 된다. 아이가 워낙 예민해서 처음 시카고로 이사 와 아이를 보아주기 시작했을 때 어려움이 많았다. 젖먹이 아이를 보려니 집사람이 고생을 많이 하였는데 차츰 자라면서 우리 내외에게 기쁨과 놀람을 선사하는 아이가 되었다. 타고난 영민함이 있어 고 나이 아이들이 하지 않는 이야기를 곧잘 해서 우리를 감탄하게 만든다. 우리 집에 와서 뭔가 변한 것이 있으면 단박에 알아차리고 언급을 한다. 예를 들어 거실의 그림을 바꾸어 걸었으면 "할아버지 그림 바뀌었네, 할아버지가 그린 거야? I like it!"이라고 한다. 언젠가는 아이를 데리고 어디를 가는데 차 안에서 보이는 바깥 풍경을 보고, "Look! 할아버지, 하늘 좀 봐, 하늘이 쪽빛이네."라고 표현을 해서 내심, 아이의 예민한 정서와 표현력에 감탄을 했던 기억이 있다. 먹는 것에 은근 까다로 제가 싫은 건 일거에 거절을 하고 만다. 한동안 우리 집에 오면 김밥을 잘 먹던 때도 있었고 순한 일본 라면, 짜장면을 잘 먹던 시기도 있었는데 이젠 그 단계를 지나갔는지 잘 먹지를 않으려 든다. 제집에서 미국 음식을 먹으니 그쪽으로 입맛이 옮겨 간 모양새다.

성격이 강해서 뭔가 제 것이라고 생각하는 것을 누구한테 빼앗겼을 때, 힘으로 안 되면 물어 젖혀서 한동안 카운슬링을 받으러 다니기도 했다. 제 누나가 부드럽고 따듯한 성격을 타고나, 동생이 기분이 언짢으면 안아 주고 뽀뽀도 해 주면서 달래는데 한 살 반 차이의 어린 누나 같지가 않다. 제 누나와는 성격이 달라 냉정한 일면을 가지고 있다. 한 부모에게서 나와도 어찌 그리 성격이 다를까? 제 누나와 가끔 싸우기도 하는데 싸울 땐 싸워도 금방 화해를 하고 제 누나라면 끔찍이 챙기는 걸 보면 기특하기도 하다. 뭘 가지고 놀다 집어던지길 잘 해서 더 어려선 깨먹은 물건도 많았다.

웬 집안을 도깨비 쓸개같이 늘어놓기도 하는데, 치우는 습관을 들이려 제 엄마, 아빠가 많이 노력을 하는 중이다. 우리 집에 있는 아이들의 작은 여벌 신발들을 보면 마음이 따듯해진다. "아이구 저 늙은이, 제 손주 자랑은! 듣기 싫어 죽겠네."라고 외치는 소리가 들린다.

앨런과 샌디(Alan and Sandy)

앨런과 샌디는 우리 부부의 아들과 며느리입니다. 결혼생활 10년 만에 첫 아들을 낳아 우리 내외에게 큰 선물을 했다고 해야 하나요? 이미 7살, 5살의 외손주를 보아서 아이 보기에 많은 시간을 보내고 있습니다만, 이제 갓 백일을 넘긴 이 친손자가 갖는 의미는 특별합니다. 46년 전 이민와서 이 땅에 '권'씨 성을 퍼트리는 시조가 된다는 생각을 했는데, 지난 10년간의 결혼생활 동안 아이를 못 가지는 아들, 며느리를 옆에서 지켜보며, "세상사 생각대로 안 되는구나, 할 수 없지. 물 흐르는 대로 가는 수밖에"라고 마음을 접었었습니다.

앨런과 샌디는 15년쯤 전에 뉴욕에서 만났습니다. 대학 졸업 후 앨런은 Chicago에서 샌디는 St. Louis에서 job을 찾아 뉴욕으로 옮겨 가, 거기서 사는 동안 친구들과의 그룹미팅에서 만나게 되었습니다. 결혼식은 10년 전 시카고에 와서 했고, 7년쯤 전 시카고로 옮겨 와 우리 집에서 멀지 않은 곳에 살고 있습니다. 이사 올 때 우리집에 이삿짐을 부려 놓고, 4개월 동안 세계여행을 했습니다. 여행이 취미인 거지요. 시시때때로 여행을 다닙니다. 그동안은 아이가 없어서 그렇기도 했겠지만, 이젠 또 젖먹이 아이를 데리고 여행계획을 짜고 있답니다.

앨런은 어려서부터 고집이 세고 무엇이던 제가 원하는 게 있으면 가져야 직성이 풀리는 성격입니다. 타고난 성격이 질기다고 해야 할까요? 7, 8세였던가, 무얼 사 달라고 차 안에서 끈질기게 울어 대서 버릇 좀 가르치려고 길에 내려놓고 휙 떠나 한 서너 블럭을 갔는데, 길바닥에서 뒹굴며 까무러치게 울어 대서 다시 태우고 간적이 있습니다. 사람마다 타고난 성격이 있고 그 성격은 일생을 갑니다. 성격을 쉽게 바꿀 수 있다면 세상에 무슨 갈등과 드라마가 있겠습니까? 앨런은 뉴욕에 살 때부터 그 질긴 성격을 잘 써먹더군요. 특히 Job Interview 마지막 단계에서 Salery Negotiation을 할 때 질기게 타협을 합니다. "너 돈 더 달래다가 안 쓴다면 어떻게 할려고 그래?" 하면, "그러라지"입니다. 그리고 결국은 관철을 합니다. 매사에 치밀하고 다정한 성격도 타고나서 우리 내외를 잘 챙깁니다.

샌디는 아버지가 대만분이고 어머니가 한국분입니다. 우리같이 이민 세대이지요. 앨런의 질긴 성격을 잘 받아 주고 대범한 편입니다. 돈 관리에 능하고 절대 허투루 돈을 쓰지 않습니다. 결혼식 비용도 거의 스스로 부담한 걸로 알고 있습니다. 독립심이 강해서 누구에게 폐 끼치는 걸 싫어하고, 둘이서 은퇴계획 같은 것도 미리미리 하고 있습니다. 뉘집 아이든 아이들을 좋아합니다. 5년 전쯤 Tazz라는 20파운드쯤 되는 개를 Shelter에서 데려다 기르고 있는데 개에 대한 정성이 극진합니다. 이 개는 샌디가 외출을 하면 문 앞에까지 따라나가 슬프게 울고, 돌아오면 미친듯이 반가워하며 졸졸 따라다닙니다.

아이들이나 짐승을 좋아하면 마음이 따듯한 사람이라고 하는데 이젠 아기까지 모두 네 식구가 되어 삽니다. 아기를 갖겠다는 일념으로 그 어려운 인공수정을 서너 번 한 걸로 알고 있습니다. 40에 첫 아기를 가지게 된 거지요. 아이를 포기하지 않은 샌디에게 우리 부부 모두 고마운 마음이 큽니다. 이쯤 얘길 하니 예서 제서 더 듣고 싶지 않다고 손사래를 치는 모양이 보이고 들립니다. 아닌 게 아니라 제 자식 자랑하기도 어렵고 험담하기도 어렵지요. 우리 내외는 그저 자식들이 우리 가까운 곳에 살고 있어서 감사할 뿐입니다.

◆

4장

소소한 관찰

에스테이트 세일(Estate Sale)

한국에서부터 이끼 낀 한옥, 고가구, 놋그릇 등 고풍스러운 것들을 선호하던 취미가 이민 와서 다시 고개를 든 것이 30여 년 전, 지금 사는 집으로 이사를 오면서이다. 시카고시의 맨 북쪽 끝 '사가내쉬'(Sauganash)라는 지역이다. 90년 가까이 되는 오래된 동네인지라 집들이 모두 고풍스럽고 주민들 또한 넉넉한 중, 노년층이 많았다. 어느 땐가 우리집 근처의 고색창연한 집에서 '에스테이트 세일'을 했는데 세일 사인이 붙은 집 앞에 아침 일찍 사람들이 길게 줄을 서 있었다. 정확히 뭔지도 모르고 따라 들어갔는데, 집 안을 온통 개방해 놓고 방방이 안에 있는 가재도구와 장식품 등 집주인이 오랜 세월 간직했던 물건들을 현장에서 판매하는 것이었다. 집주인이 80세가 넘었다고 하니 당연히 앤틱과 빈티지 물건이 많았다.

그때 그 두근거림이라니. 나의 눈에 들어온 물건들은 벽난로 위에 장식된 빈티지 소품들이었는데 아무도 거기에 눈길을 주지 않고 가재도구들만 분주하게 휩쓸어 가는 것이 아닌가. "이게 웬 일이야. 저거 다 내 거네." 그로부터 30년, 나는 미국과 유럽의 앤틱, 빈티지 소품 콜렉터가 되어 있다. 내 집 곳곳에 자리 잡은 장식품들과 그림들은 많은 부분 에스테이트 세일에서 또는 Antique Shop에서 건져 낸 것들이다.

천성적으로 오래되고 이야기가 있는 물건들을 아끼는 나의 성벽이 반영되어 있는 것이다. 새 물건들만 좋아하던 집사람도 어느 틈엔가 물이 들어 세일에 같이 가면 좋은 물건을 가려내는 혜안이 생겨 있다. 성년이 되어 출가하고 제 집에 자기 스타일의 가재도구를 가진 청, 장년의 자녀들이 노부모가 돌아가시면 세일을 하기도 하는데 이유는 다르지만 어찌 보면, 옛날에 우리가 집안에 내려오던 고가구, 놋그릇 등을 철제나 호마이카 가구, 스테인리스 그릇 등으로 바꿔쳤던 것과 흡사한 모습이다. 부모의 손때가 묻은 물건들을 아낌없이 처분한다는 점에서 보면.

한국에서는 상상할 수 없는, 낯선 사람들에게 집을 활짝 열어놓고 집안 구석구석을 돌아다니며 물건들을 만지고 구경하고 사 가게 하는 이 에스테이트 세일이라는 이벤트를 이 여름에 한 번쯤 경험해 보시는 것도 재미있겠다. 어디서든 세일 사인이 보이면 한 번 들어가 보시라. 집에 따라 허접쓰레기만 있는 집도 있지만 안존한 동네에 모양이 그럴싸해 보이는 집에는 반드시 건질만한 물건이 있게 마련이다. 살림살이가 풍족했던 집에는 장식품 하나라도 수준 있는 물건이 있으므로.

시중에서 돈만 있으면 살 수 있는 물건들은 희소가치가 없지 않은가? 특히 장식품에 관한한 더 그렇다. 내가 디자이너로서 특히 관심을 기울이는 것이 소품들이다. 집을 꾸밀 때 마무리 작업에 꼭 필요한 것이 그림과 소품들이다. 그것들이 시중에 흔하고 질이 떨어지는 물건들이면 잘된 밥에 코 빠트리는 격이라고 할까? 혹여, "내가 왜 남이 쓰던 물건을?"이라고 생각이 되시면 가사의 여왕이라 불리는 Martha Stewart나 Oprah Winfrey의 인테리어 디자이너로 시작해 이젠 국제적인 크로스 오버 디자이너가 된 Nate Berkus 등 유명인들도 여가 시간엔 Estate Sale, Antiques Shoping, Flea Market Shoping 등을 즐긴다는 걸 알려 드리고 싶다. 어떤 품목이던 자기가 좋아하는 물건들을 콜렉션해서 요령 있게 디스플레이 하면 집 안 분위기 상승에 큰 도움이 된다. 품목이 꼭 비싼 것일 필요도 없다. 그러나 콜렉션을 하는 데는 시간과 끈기가 필요하다. 에스테이트 세일이 그리 자주 있는 것도 아니고 또 갈 때마다 자신이 모으는 품목을 만나는 것도 아니니까. 웹사이트를 이용하면 때때로 자기 집에서 멀지 않은 곳에서 하는 세일 안내를 얻을 수 있다. 주로 봄, 여름, 가을에 걸쳐서 하는데 여름이 가장 세일이 빈번한 시기이다.

결혼 이야기

성년이 된 자녀를 가진 부모들의 최대 관심사는 아무래도 자녀들의 결혼 문제일 것이다. 한국인 특유의 자식을 출가시켜야 부모의 도리를 다한 것이라는 오랜 관념에서 쉽게 벗어날 수가 없는 것이 우리 한인 부모들의 입장이고 보면, 유독 늦은 나이까지 결혼 안 한 자녀들을 둔 부모들은 벙어리 냉가슴 앓듯할 뿐. 자녀들이 여기서 출생했거나 아주 어려서 이민을 온 경우 미국화된 자녀들에게 한국식으로 알게 모르게 압력을 넣기도 쉽지가 않다. 자식이 선택한 배우자감을 두고 이러니저러니 하는 것은 자식과의 불화를 자초하는 일이어서 조심스럽다. 특히 자식이 선택한 배우자감이 타 인종일 경우 난감할 경우가 많다. 많은 부모들이 이제는 타 인종과의 결혼을 받아들이는 추세라고는 하나, 그래도 한인 사위나 며느리를 선호하는 것은 부인할 수 없는 사실이다. 우선 언어와 풍습문제가 그렇고 다른 생김새에서 오는 이질감도 썩 반가운 것은 아니어서.

한국에서 같으면 인물이 없다는 둥, 키가 작아서, 학교가 시시해서, 직장이 시원치 않아서, 너같이 잘나가는 애가 왜 하필 저런 애를, 내가 너를 어떻게 키웠는데, 집안이 볼 게 없다는 둥 자식에게 대놓고 들이대는 부모들도 적지 않다고 들었다. 결혼이 당사자 간의 문제라기보다 집안과 집안의 결합이라는 인식의 틀이 어디 그리 쉽게 자리를 비켜 주 겠는가? 게다가 나이가 들어도 결혼 전이면 부모와 함께 사는 것이 당 연시되고, 결혼 비용과 혼수, 집 마련 등을 많은 부분 부모에게 의존해 야 하는 한국의 경제 구조가 부모들의 입김이 거센 이유라고 보여진 다. 연애와 결혼을 분리해서 생각하는 일부 한국 젊은이들의 이해타산 도 결국엔 물질만능의 사회구조가 만들어 낸 트렌드라고 해야 할까?

미국에 사는 우리는 그러지 않았으면 좋겠다. 우리 아이들의 결혼관 은 순수하고 단순하지 않은가? 어떤 경로로 만났던 일단 두 사람이 마 음이 통하고 대화가 되고 서로 간에 매료되는 부분이 있으면 우선 상당 기간의 데이트를 거쳐, 또는 동거 기간을 거쳐 마음이 굳혀지면 프로 포즈를 하고, 적어도 6개월 내지 일 년여의 준비 기간을 거쳐 결혼식을 올리게 되지 않는가. 여자는 혼수의 스트레스도 없고 남자의 경우 꼭 전세나 집 마련을 해야 한다는 압박감도 없다. 직장 생활을 꽤 오래 했 으면 결혼 비용도 대개는 당사자들이 알아서 해결을 하지 않는가? 부 모가 해 줄 것은 신혼 여행비 정도? 20대 중반에 결혼을 한 딸과 30대 중반에 결혼한 아들을 둔 아버지로서의 경험담이다. 대학 졸업 후 뉴 욕에서 고생 끝에 잡을 얻어 직장 생활 기간이 짧았던 딸아이의 경우 는 우리가 결혼 비용의 거의를 부담했지만 아들의 경우는 신혼 여행비 를 주는 걸로 끝났었다. 딸아이는 미국 청년을 만났고 아들아이는 중 국 아가씨를 만났다. 타 인종의 사위와 며느리를 보는 것에 갈등은 없 었느냐고? 전혀 없었다고는 말 못 하겠지만 그것은 나의 마음속에서만 잠깐 불었던 회오리바람이었을뿐. 사위나 며느리나 아이들이 데이트 할 때 처음 만났는데 모두 첫인상이 좋아서 안도의 한숨을 쉬었던 기억

　　　　　　　　　　　　　　　　　　　시카고의 봄

이 있다. 우리는 한국과는 다른 사회 속에서 살고 있다. 자녀의 배우자 선택에 융통성 있게 대처해야 하지 않겠는가. 몇몇 지인들의 경우 인종 문제와 직업 문제 등으로 자녀의 결혼에 결사반대해서 자식과 좋지 않은 관계가 된 경우를 보았기에. 미국에 오래 산 사람과 짧게 산 사람의 차이, 또는 나이의 많고 적음에서라기보다는 그 사람이 가지고 있는 인생관과 가치관의 차이라는 생각이 오래 남았기에 하는 말이다. 어느 결혼식 피로연에서 옆자리에 앉았던 분의 말씀인즉슨, 나이도 그리 많지 않았던 걸로 기억되는데, 자기 집안은 5대조 할아버지 이후로 모두 관직에 있었고 자기네 성씨와 핏줄이 타 인종과 섞이는 것을 용납할 수가 없다고.

호칭 별곡

한국 문화에서 유독 특이하고 도드라진 것이 호칭 문제일 것이다. 사람마다 자기 이름이 있으되 온전히 이름만으로 불리어지지 않는 것이 우리네 문화이고 풍습이다. 여자들의 경우는 어려서 제법 영희야 경순아 불리다가 결혼하면 누구 아내이다가, 아이 낳으면 누구 엄마가 되고, 손주 보면 누구 할머니가 되는 것이 통상적인 호칭이 된다. 물론 세상이 바뀌어서 직장 생활을 하는 많은 여성들이 이름에 씨 자를 붙여 듣기도 하고 직책으로 불리기도 하지만.

남자들의 경우를 보자. 학교 시절이 끝날 때까지는 잘도 제 이름으로 불리다가 군대를 가면서부터 이름이 사라지고 계급이나 직책으로 불리기 시작한다. 김 상병, 박 병장, 이 중위, 박 소령, 신 참모장 등. 직장을 잡으면 그때부터 본격적으로 직책으로만 불리게 된다. 이 주임, 박 과장, 김 부장, 신 상무, 송 전무 등. 물론 직책이 아래이거나 나이가 어린 사람들은 상대편의 직책에 반드시 '님' 자를 붙여서 불러야 한다. 은퇴를 하더라도 그 사람의 마지막 직책으로 불러 주는 것이 통상적인 예의이다. 남자가 자기 성 뒤에 붙여 부를 직책이 없다는 것은 그 사람이 사회적 존재가 없다는 것을 뜻한다.

자유업에 종사하는 사람들도 직업을 붙여 부른다 김 작가, 송 시인,

정 화가 등. 의사는 의사선생님이고 대학강사는 교수님이고, 변호사는 변호사님이다. 이도 저도 아닌 사람은 최소한 아무개 선생님이라고 불러 주고, 구멍가게 주인은 사장님이라고 불러 준다. 상대편을 존중해 주는 이 좋은 사회 습속을 어찌 나무라겠는가? 직책으로 사람을 평가하는 기준으로 삼지만 않는다면야.

얼마 전 한국엘 갔다가 어디를 가나 '아버님'으로 불리는 나 자신을 발견하고 무척 생뚱스러운 느낌을 받았었다. 특히 식당이나 상점 등에서 그렇게 불러 주었다. 이름도 몰라요 성도 모르는 데다 나이가 제 애비뻘은 되어 보이니 그렇게 불렀겠다. 미국 문화 속에서는 도저히 있을 수 없는 일이다. 40년을 넘게 미국에 살았어도 한국인의 피는 그대로 살아 있어 그 호칭이 엉뚱하긴 했어도 과히 듣기 싫지는 않았다. 웬일이야, 사위 며느리한테도 못 들어 본 아버님 소리를 한국에 와서 원 없이 듣다니. 30대 중후반이 된 아들과 딸은 여직 Dad이라고 불러도 미국인 사위와 중국인 며느리는 생전 가야 그렇게 불러 줄 생각이 없는 듯하다. 뭐 그렇게 어려운 일이라고? 하긴 뭐 그저 법으로 묶인 사이이지 내가 저희들 아버지는 아니지 않는가? 하기사, 딸아이가 제 시부모들을, 아들아이가 제 장인 장모를 아버지 어머니라고 부르질 않으니 피장파장이긴 하지만.

미국에 오래 살며 느끼는 동서양의 문화 차이가 어디 한둘이겠는가만 특히 호칭 문제는 많은 한인들이 극복하지 못하는 정서상의 높은 고갯길이랄까? 미국인들은 이웃 간이든 사업상 만나는 사람이든 이름 (First Name)을 불러 줘야 친밀함을 느끼고 한인들끼리는 성 뒤에 직책을 붙여 불러 줘야 대우를 해 주는 것이 된다. 20대의 젊은 친구들도 한국에서 들어온 연수가 짧으면 쉽게 미국인들을 이름만으로 부르기를 어색해하는 듯하다. 오랜 세월 몸에 밴 사회 습속에서 쉽게 빠져나올 수 없는 정서의 늪이라고 할까. 대기업 사장이나 정부 각료, 국회의원 등 사회의 고지에 앉아 있는 사람들도 직책을 뺀 이름만으로 불리고, 나이 어리고 직책이 한참 아래인 사람도 직장 상사나 회사 사장을 이름만으로 부르는 미국 사회와, 대통령도 모자라서 대통령님이라고 또는 대통령 각하라고 불러야 하는 한국 문화의 차이는 그 간극이 너무 커서 극복이 불가능해 보인다. 또 굳이 미국식이 옳으니 따라가야 한다는 법도 없겠다. 한 나라의 문화와 사회 습속이 그 나라의 생성 과정과 종교, 전통 등 복합적인 역사 속에서 자연발생적으로 생겨나고 굳어진 것이니 왜 구태여 바꾸랴? 단지 그러한 호칭의 견고한 습속이 약자를 약자로 머물게 하는 사회구조로 지속되지 않기를 바랄 뿐.

가라지 세일(Garage Sale)

여름 기운이 한풀 꺾이고 아침저녁으로 산산한 것이 어느 결에 가을 이 들어앉은 느낌이다. 아직 한낮의 햇살은 따가와 가을이 확실히 자 리를 잡았다고 하기엔 이르다는 느낌도 있지만 이미 9월도 중순이니 여름인들 어쩌랴? 쉬이 자리를 비켜 줄 수밖에. 여름내 여기저기 보이 던 '가라지 세일' 사인들이 부쩍 늘어난 것은 겨울이 오기 전에 대충 집 구석에 쌓인 잡동사니들을 정리하고 싶은 사람들이 많기 때문이겠다. 미국의 일상 문화 중에서 가라지 세일만큼 미국스러운 것도 없으리라 생각된다. 필요가 다한 물건들을 집 밖에 내놓고 파는 것인데 미국같 이 차고와 드라이브웨이가 넉넉한 나라에서나 가능한 일이겠다.

어쨌거나 2주 전 주말 이틀간, 십몇 년 만에 가라지 세일을 해 보았 다. 30년 넘게 한 집에 살았으니 이 구석 저 구석에 무슨 물건들이 그렇 게 많은지 나 자신이 놀랄 지경이었다. 직업상 잘 정리를 하고 살았다 고 자부하였는데 창고 속에 첩첩이 쌓인 그 많은 잡동사니들은 그 속에 들어가 앉은 세월이 최소한 5년 이상은 되는 것들로 그동안 필요하지 도 있는지도 감감히 몰랐던 물건들이었다. 몇 년 전 많은 물건들을 기 부하였는데도 아랑곳없이 "나 아직 여기 있소" 하듯이 구석구석 숨어 있던 물건들에, 콘도에 사는 아들네 물건들까지 더해져 뒤뜰에 지은 창고 속은 발 디딜 틈이 없었다. 박스 박스를 꺼내어 내용물을 확인하고 팔 것, 보관할 것, 버릴 것들로 분류를 하고 먼지 털고 닦고 하는 데 일주일이 걸렸다. 집사람이 뉴욕의 딸네 아이들을 보아주러 갔기에 도저히 혼자 감당할 수가 없어 아들 내외를 불렀다. 미리 Permit도 받아 놓았고 전날 저녁에 큰길 입구와 동네 길목 여기저기에 세일 사인들을 설치하고, 당일 아침 긴 테이블 3개에 자잘한 물건들을, 큰 물건들은 드라이브웨이 바닥에 줄줄이 늘어놓고 그림 종류는 의자 뒷등에 기대어 전시를 하였다. 9시가 되니 번개같이 차 몇 대가 파킹을 하고 손님들이 쳐들어온다. 7, 8명의 사람들이 요리조리 돌아보고 만져 보고 하더니 요건 얼마야 조건 얼마야 물어보기 시작한다. 가격 표시를 한 물건도 있고 못 한 물건들도 있어서이다. 팔아치우고 싶은 생각에 싸게 부른다. 웬 떡이야 싶은지 군말 없이 돈들을 낸다. 종일토록 끊일만하면 사람들이 오고 한꺼번에 십 수명씩 들이닥치기도 한다. 깎아 달라면 시원하게 깎아 준다. 때로 손님이 밀려 돈 받고 거슬러 주기가 바쁘다. 4시에 파장을 하고 계산을 해 보니 600불이 좀 넘는다. 25전짜리부터 시작하여 30불짜리에 이르기까지 구멍가게 사탕 팔듯이 바쁘게 판 결과였다. 처치 곤란한 물건들을 돈 주고 사 가니 고맙기가 이를 데 없다. 내일 일요일도 이 정도로, 아니 오늘의 절반만 팔아도 이틀 장사에 1,000불은 문제없겠는데라고 아들 내외와 좋아하며 근처 식당으로 가 호기 있게 저녁을 쏜다.

웬걸, 다음 날은 진종일 공을 친다. 하루 종일 100불을 약간 넘는 매상. 진 빠지게 기다려도 몇 명 와서는 휘익 돌아보고 허실수로 가격만 물어보고 가 버린다. "일요일이라 교회도 가야 되고 장도 봐야 되고 가족 친구들과 모임도 있을 거야."라고 나름으로 분석 판단한다. 세상이 내 예상대로 돌아가지 않는다는 평범한 진리를 재확인한다. 남의 돈이 그리 쉽게 먹어지겠느냐고 자신을 꾸짖는다. 뜬금없이 못 보던 영감이 들러서 자기는 요다음 다음 길에 산다며 수인사를 하고 끝없이 수다를 떤다. 외로운 모양이다. 손님 없기가 다행이다. 가라지 세일은 꼭 돈을 벌자고 하는 것이 아니다. 필요가 다한 물건들을 필요한 사람들에게 헐값에 인도하는 것이 목적이다. 누가 쓰던 물건들을 사갈까 싶은데 누군가가 사 간다. 철저히 계산적인 미국 사람들이 만들어 낸 실용적인 풍습이 가라지 세일이 아닐까 싶다.

소소한 관찰

코로나 사태를 겪으며 문득 동서양의 다름이 확연히 느껴지는 모습이 있었다. 사태에 대응하는 정부 차원의 방법은 둘째로 하고 마스크를 착실히 쓰는 한국 사람들과 트럼프를 위시하여 마스크를 거부하거나 대수롭지 않게 생각하는 미국인들의 태도를 보면서 느껴지는 차이점들이 있어 기술해 보고자 한다. 한국에서는 통상 인기 연예인들의 공항 출입 시 신분 보호용으로, 또는 감기 독감 때면 당연히 쓰는 걸로 되어 있는 마스크를 왜 미국 사람들은 그토록 꺼리는 걸까? 누구 말로는 강도나 범죄자들이 얼굴 가리개로 쓰는 것이라서 쓰기를 꺼린다는 설도 있지만, 그보다는 미국인들이 처음 겪어 보는 전염병 사태라서 그 심각성을 인지하지 못하기 때문이라는 생각이 든다. 사스, 메르스, 에볼라 등 위험한 전염병들이 돌 때도 정작 미국 본토가 입은 피해가 경미해서 전염병은 다 지저분한 저개발 국가에서나 일어나는 병이라는 오만함 때문이 아니었을까? 요즘은 초기에 비해서 비교도 안 되게 많은 사람들이 거리에서도 마스크를 쓰고 다니는 걸 보면 코로나의 심각성을 이제야 인지하는 듯하다.

오랜 세월 미국에 살며 자연히 적응이 되는 부분과 그렇지 않은 부분들이 있다. 한국에서 낳고 자라 30년을 살다 온 사람으로서 무의식 속에 뿌리박힌 한국인의 사고 속에 투영되는 미국의 모습은 어떤 것일까? 그 차이점들을 생각해 보았다.

학교에서나 사회에 나가서나 층층이 상하로 연결된 한국 사회는 나이가 한 살만 많아도 선배, 형, 누나라는 호칭으로 불리고 나이가 아래인 사람들은 야, 자, 내지는 이름으로 불리게 된다. 미국 사회는 평등한 횡적 관계로 짜여져 누구나 서로 성이 아닌 이름으로 부르고, 선후배 동향이라는 의식에 얽매이지 않으며, 형제간에도 서로 이름을 부르지 형, 누나라는 개념 자체가 없다. 물론 한 부모에게서 나온 혈육 간이라는 의식은 확고해서 가족 간의 우의라는 것을 귀중히 여긴다. 이러한 사람 관계와 사회구조의 다름은 오랜 세월에 걸쳐 국가가 이루어진 근간이 다른 데서 오는 문화와 풍습의 다름이니 옳고 그름을 따질 성질은 아니라고 본다. 미국의 논리적인 횡적 사회가 오늘의 미국을 초강대국으로 만든 원천이라고 해서 다른 나라들이 본받으려고 하는 추세이지만 한국이나 중국 같은 종적 사회의 나라들도 제 나름대로 발전 번영하고 있으니 종적인 사회가 갖는 효용성과 좋은 점들이 폄하될 이유는 없겠다.

한국이 노인들을 홀대하는 사회가 되었다고 하지만 아직도 뿌리 깊은 경로사상이 있어서 경찰들에게 삿대질하는 노인들이 비일비재하다. 길거리에서 낯선 젊은이들에게 반말로 훈계하는 어른들도 드물지 않다. 미국 같으면 즉시 경찰서로 끌려갈 일이다. 낯선 노인에게도 할머니, 어르신이라고 부르고 친구의 부모도 어머니 아버지라고 부른다. 아이들이 재혼한 새어머니나 새아버지를 그냥 이름으로 부르는 미국 사회를 단순 비교해서 상놈의 나라라고 하기에는 애초부터 현격한 문화의 차이가 있다. 미국인들은 부모로부터 독립적이고 한국인들은 의존적이라고 한다. 맞는 말이다. 그러나 기본적인 사회구조를 들여다보면 그럴 수밖에 없는 이유들이 있다. 오랜 세월 정치, 경제적인 안정을 이루어 온 미국 사회는 젊은이들이 독립하기 쉬운 환경을 가졌고 게다가 자식도 다른 인격체로 인정하는 가족 관계가 확립되어 있다. 한국은 정치, 경제에 워낙 부침이 많은 역사를 가진 데다가 유교사상이 생활에 배어 부모 자식 간의 관계가 유독 끈끈한 문화를 가진 사회이고 부모의 도움 없이 홀로서기가 쉽지 않은 사회, 경제적 구조를 가졌다.

신체적인 조건들을 보자. 서구의 십 대들은 성숙도가 높아 이삼십 대 같이 보이는 틴에이저들이 많다. 일단 대학을 가면 수염을 기르는 사람이 많다. 기본적으로 몸에 털들이 많아 매일 면도하기도 귀찮고 남자다움을 강조하려는 의도로 보아진다. 남녀 간에 몸 어딘가 타투 한 개씩은 가지고 있는 경우가 많다. 보편화된 유행이랄까? 이삼십 대에 머리가 벗어지는 사람들이 흔하다. 한국인들은 삼사십 대가 되어도 동안인 사람들이 많고 여간해서 대머리가 없다. 수염 기르는 사람들은 별종으로 여겨진다. 서구인들은 오육십이 되면 극심하게 주름이 늘기 시작하고 칠팔십 대가 되면 관 속에 누운 송장 같은 사람들도 많다. 일반적으로 비교하자면 서구인은 평균 키가 크고 어깨가 각지고 다리가 길고 곧은 편이다. 동양인은 그에 비해 키가 작고 어깨가 둥글고 다리가 짧고 휜 사람이 많다. 키 크고 입체적인 얼굴의 서구인들이 말은 안 해도 동양인들에게 느끼는 우월감은 인간의 보편적인 심성이라고 보아 줘야 한다. 한국인들이 가무잡잡하고 왜소한 동남아인들에게 느끼는 우월감도 있지 않은가? 게다가 전 세계가 누리는 현대인의 편리한 삶은 서구인들이 개척하고 발전시켜 온 것이니, 동양인들이 서구 사회에 대한 선망을 갖는 것도 무리가 아니다. 그러나 국가나 개인이나 세월이 흐르며 흥망을 거치게 되니 미래의 모습이 어떨지는 알 수 없는 일이다.

타 인종 간 결혼이 꾸준히 늘고, 동성애같이 민감한 사회적 사안도 미국 사회는 이미 받아들이는 쪽으로 대세가 기울어 동성 결혼이 법제화되고 상업 광고에 흑백 커플이 등장하는 모습을 종종 본다. 자본주의 종주국에서 어찌 미국 총인구의 3.5퍼센트라는 동성애자들의 구매력과 정치 파워를 무시할 수 있으며, 흑백 커플 모델을 써서 자사 제품의 광고비를 절약하는 묘수를 부리는 기업들을 탓하겠는가? 뉴욕의 5번가에서 초대형 옥상광고에 등장한 유명 남자 배우와 그의 동성 남편(?)의 바바리 코트 광고를 보고 "여기가 정말 미국은 미국이네"라고 생각한 적이 있다. 아무리 트럼프가 인종차별 주의자이고 종교 지도자들이 동성애를 죄악시해도 이미 물결이 여기까지 흘러와 있으니 돌이켜 올라갈 수는 없지 않겠는가? 한국이나 다른 아시아권에서는 아직 오랜 시간이 지나야 미국만큼의 변화가 일겠지만 물결은 궁극적으로 그렇게 흘러가지 않겠는가?

한 사회의 시대상을 제일 잘 대변하는 것이 영화나 드라마 등의 오락 예술이다. 시대의 흐름을 제일 먼저 감지하고 앞서 이끌어 가는 것이 이들이다. 미국 영화나 드라마에서 거침없이 보여지는 키스와 섹스, 나체 신들이 한국이나 중국 등의 아시아권에서는 수위가 높지를 않다. 노골적인 장면들이 오히려 대중의 혐오감을 부채질하기도 한다. 하다 못해 남자배우들이 상의를 벗는 것도 자제를 한다. 일상생활에서도 그렇다. 미국에서는 한여름에 야외에 나가면 거침없이 상체를 드러내고 운동을 하거나 일광욕을 하는 남자들이 많다. 비키니 바람으로 뒤뜰에서 일광욕을 하는 여자들의 모습도 동네에서 흔히 본다. 한국 같으면 왼 동네에 소문날 일이다. "원 망칙스럽기도 하지"라고. 미국에 오래 살아도 한국 남자들은 좀체 상의를 홀딱 벗는 법이 없다. 동방예의지국 남자들인 것이다. 구미 사회에서는 거리에서 여자끼리 또는 남자끼리 절대 손을 잡지 않는다. 동성 연애자라는 사실을 떳떳이 내보이려는 사람들이나 그렇게 한다. 한국에서는 별 생각 없이 친한 여자 친구끼리 팔장을 낀 채 거리를 활보하고 남자 친구끼리 어깨에 손을 얹고 다니기도 한다. 술에 취한 친구를 껴안고 부축해 걷는 광경도 드물지 않다. 서구 사회에서는 금기인 일이다.

한국 드라마의 주인공들은 비현실적인 훈남과 미녀들이 많다. 남녀 간에 화장도 파운데이션을 짙게 발라 원래의 피부를 감춘다. 모두 피부가 매끄럽고 좋아 보인다. 서구 영화, 드라마들은 현실감 있는 배우들을 쓰고 화장을 자연스럽게 한다. 특수분장이 아닌 한 배우의 본래 피부를 감추지 않는다. 한국 배우들은 신세대 젊은 배우들이 아니면 잇속들이 고르질 않다. 치열 교정을 할 수 없는 시대에 살았거나 경제 상황이 좋지 않은 집에서 자랐다는 증거이다. 미국 배우들은 하나같이 잇속들이 고르다. 치열 교정이 평준화된 사회에서 자랐기 때문이다. 서구인들은 손이 예쁘질 않다. 드라마에서 손이 클로즈업 되는 장면이 종종 있는데 아름다운 여배우의 손이 투박한 경우를 자주 본다. 실생활에서도 흔히 관찰된다. 한국 사람들은 일반적으로 손이 섬세하고 잘생겼다. 그래서 한국 수술의나 기능공들이 손재주가 좋은지도 모를 일이다.

미국인의 일상에서 배울 점 하나는 낯선 사람에게도 인사를 잘 하는 것이다. 습관적으로 하는 것 이외의 다른 뜻이 없지만 길을 가다 낯선 사람에게 하이! 하고 날씨가 좋다는 둥 인사를 건네는 것은 한국 사회에서 보기 어려운 일이다.

동서양의 다른 점이 어찌 이뿐이랴만 사람 사는 속은 기본적으로 다를 게 없으니 그나마 이 낯선 땅에 와서 버티고 잘 살아온 것 아니겠는가?

"아이구 저 사람 별걸 다 관찰했답시고 그 잘난 얘기를 썼네그려."라고 하실 독자들도 있겠다. 또 이미 많은 분들이 알고 있는 얘기이기도 할 것이다. 그저 생각나는 대로 소소한 이야기를 써 보았다.

◆

5장

코로나의 봄

음식 이야기

미국에 산 세월이 쌓이고 나이 들어 갈수록 한국 음식 쪽으로 치우치게 되는 것은 나만의 경우일까? 그 많고 많은 음식 중에, 또 식당 중에서 특별한 경우 아니면 그저 한식 쪽으로 밀고 가게 되니 이건 뭐지? 미국에 이토록 오래 살아도, 또 미국 음식이나 다른 문화권의 음식들에 제법 익숙해 있어도 그저 아무리 먹어도 속 편하고 질리지 않는 건 한식이니 죽어도 미국 사람 되기는 그른 모양이다. 하긴 미국에 무슨 미국 음식이라고 있기나 한가? 스테이크나 햄버거, 샌드위치 아니면 우리 일상에서 이렇다 하게 미국 음식이라고 마주칠 일이 없으니. 중국, 일본, 월남, 태국, 멕시코 음식 등이 기세등등하게 미국 50개 주를 휩쓰는 것이 이 나라의 외식 문화이다. 미국 어디를 가도 구석구석 태연자약하게 뻗치고 있는 프랜차이즈 식당들. 하기야 다른 나라들이라고 외식문화 양상이 많이 다른 것도 아니니 그건 접어 두고 집밥이라고 하는 것에 대해 얘기해 보자.

집밥이라고 하면 우선 어머니의 손맛 이야기를 빼놓을 수가 없겠다. 누구나 자랄 때 어머니가 해 준 음식 맛을 제일로 치고 살 것이다. 어머니가 음식 솜씨가 좋은 분이었을 수도 있고 그렇지 않았을 수도 있지만 어머니의 음식은 사람 누구에게나 추억의 음식이고 고향의 맛인 까닭이다. 외지에 나가 있다가 오래간만에 집에 돌아가 먹는 어머니의 음식 맛을 무엇에 비교하랴? 나의 어머니는 손맛이 좋은 분이었다. 우리가 자라던 시절은 한국이 워낙 어려웠던 시절이라 식재료나 양념 등이 귀하던 시절인데 무슨 음식을 하시던 맛깔스럽게 해서 푸짐하게 밥상을 차리는 재주가 있으셨다. 별안간 손님이 들이닥쳐도 후다닥 부엌에 들어가 짧은 시간에 술상이나 밥상을 먹을 만하게 차려 내오시곤 했다. 그 시대의 어머니들이 대개 그랬듯이 된장, 고추장, 간장은 반드시 절기에 맞추어 담그셨고 온갖 김치, 장아찌, 젓갈 등도 솜씨 있게 담가서 비축해 놓고 있다가 밥상을 허전하지 않게 꾸미곤 하셨다. 워낙 제사가 많은 집이었기에 시시때때로 제사상을 보는 것도 큰일이었는데 하긴 제사 때나 불고기 맛도 보고 생선전 맛도 보는지라 어머니는 힘드셨을지라도 우리는 제삿날이 가까워지면 모두 은근 신나고 약간은 흥청거리는 기분이 되곤 했다. 제삿날 4, 5일 전부터 마당에 가마니 펴 놓고 기왓장 가루로 놋 제기 닦기 시작하고 장 보러 가고 하는 일이 너무 많아 남자만 5형제였던 우리는 자연 조금씩은 거들게 되었다. 놋그릇 닦고, 맷돌 돌리고, 전 부치고 밤 까는 일, 향나무 깎는 일 등을 분담하였던 기억이 난다. 제사장은 볼 게 많아 동네장으로 가지 않고 동대문시장까지 전차를 타고 다니셨다(그게 언제 적 얘기야?). 막내인 나는 종종 어머니를 따라 장에 가서 장바닥에서 파는 막국수를 얻어먹었는데 그래 그런지 지금도 몹시 국수를 좋아한다.

티브이나 유튜브에서 음식 쇼와 먹방 쇼가 넘쳐 나는 시대를 살며 우리는 셀 수도 없이 많은 음식 전문가들이 내어놓는 레시피와 쿠킹 북 등의 홍수 속에 떠밀려 가며 살고 있다. 웬 놈의 이름도 모를 양념들은 그리도 많은지? 무슨 20분 후닥닥 메뉴라고 쿠킹 쇼에선 쉽게 보여 주어도 막상 해 보려면 한 시간은 걸리기가 다반사인 간단한 음식들. 그런 쇼들에서 조금씩 아이디어를 얻을 순 있지만 궁극적으로 음식은 내입에 맞게 응용을 하고 조리 과정이 단순해야 한다는 것이 나의 생각이다. 음식도 손맛을 타고나는 사람이 있어 같은 재료로 해도 사람에 따라 음식 맛에 차이가 있는 것은 분명하고.

바야흐로 현대 사회는 전통음식이라는 것이 모두 소멸하여 가는 과정이라는 생각이 들 정도로 창의적인 음식들이 넘쳐 난다. 이름하여 퓨전 아무개라고 하는 것들이겠는데 요즘은 개량한식이라는 것도 많고(한식의 세계화라는 명목으로), 특히 뉴욕 쪽에서는 한식이 많이 떠서 김치나 고추장을 살짝 차용해서 쓰는 미국 셰프들도 드물지 않게 있다. 정통 불란서 요리라는 말이 그토록 고급스럽고 비싸게 들리던 시절이 언제였나 싶게 요즘 시각적으로나 맛으로나 정통 불란서식 저리가라고 할 음식들이 유명 셰프들 손끝에서 디자인 되어 돈 많은 고객들에게 서브 된다. 패션 디자이너들이 철저히 유행을 선도하듯이 톱 랭킹에 있는 셰프들은 자기 브랜드라고 해도 좋을 음식 철학과 창의력을 가지고 무슨 공예품 만들듯이 음식을 만들어 일반인들은 놀라 자빠지게 비싼 가격으로 음식을 내어놓는다. 많은 유명 셰프들이 아시아의 전통 음식에서 아이디어를 차용하는 것은 어제오늘의 일이 아니다. 사람 머리라는 것이 거기서 거기인지라 순도 100%의 창작이라는 것이 쉽지가 않고, 더구나 아시아에 비만 인구가 흔치 않은 점에 착안하면 영양 과잉의 미국인들에게 먹히는 아이디어 아니겠는가?

기가 질리게 고급스러운 인테리어에 우아 넘치는 식기에 흔치 않은 재료로 한껏 추상화처럼 세팅한 음식을 아주 조금씩만 담아 내밀며, 메뉴도 없이 그날 들어온(셰프가 직접 재배하는 농장에서 보내온) 신선한 재료만을 선별해서 디자인하여 내어놓는 식당들이 드물지 않게 여기저기 솟아나고 있다. 사람 사는 게 워낙 층이 많아 그런 식당 문전에도 못 가 보고 사는 사람들이 대부분인데 돈 많은 분들은 새 옷 사 입듯이 유유히 출입들을 하신다고 들었다.

그런데 왜 나는 묵은간장에 온갖 양념으로 재어서 숯불 풍로 위에 석쇠에 끼워 구워 먹던 그 옛날 어머니의 불고기와 동네 시장에서 해 질 무렵, 떨이로 사다 구워 먹던 꽁치와 갈치가 더 생각이 날까? 그 오만한 1인당 $300의 코스 요리보다 작년, 서울 연대골목에서 먹었던 300원짜리 멸치국수도 새록새록 생각나고…. "아이구 팔자하고는, 생전 소원이 시래기죽이라더니, 아니 그 맛있는 것 다 제쳐 두고?" 어른들이 우스갯소리로 빗대어 하시던 말씀이 생각난다.

코로나의 봄

　'코로나의 봄'이라고 하니 마치 남유럽 어디의 풍광 유려한 관광지 같은 느낌이 든다. 그랬으면 얼마나 좋을까?

　그러나 코로나 바이러스에 점령된 2020년의 봄, 4월은 적막하고 을씨년스럽다. 텅 빈 거리, 공원, 식당, 카페 등, 어디를 가나 분주하고 활기찬 계절이어야 하는데 바쁜 움직임이 사라진 세상은 생명체가 없는 우주의 어느 혹성처럼 괴괴하고 낯설다. 어쩌다 잠깐 거리에 나가면 마치 적군이 후퇴한 도시에 무혈입성하는 것처럼 휑하니 거칠 것 없는 느낌이다. 간간이 마주치는 사람들이 미처 피난을 못 간 낙오자들처럼 웅숭그린 모습으로 비쳐지는 것은 그럴싸해서 그런 것일까? 식품점들만 속수무책으로 문을 열고 손님들을 맞는다. 생명 유지에 가장 기본이 되는 것이 음식이니 아니 열 수가 없는 것이다. 온 종업원들이 마스크를 쓰고 장갑을 끼고 계산대에는 플랙시 글라스로 방패 막을 치고 손님과의 거리를 유지한다. Costco 같은 대형 매장은 아예 한 번에 입장할 수 있는 손님 수를 150명으로 제한해 놓고 있어서 입장 순서를 기다리는 사람들이 기다란 줄을 이루고 있어 마치 전시에 식량 배급을 타려는 사람들을 연상시킨다.

　과거 인간 사회가 겪은 수많은 전염병들과 가축들이 겪은 괴질들이 별반 다르지 않다는 생각이 든다. 괴질의 원인은 제각각이었지만 좁은 축사에 갇혀 사는 가축들이 순식간에 전염되어 떼죽음을 당한 전례를 우리는 수없이 보았다. 주로 닭과 돼지들이었는데 그나마 넓은 공간에서 풀을 뜯는 소들은 이런 괴질에 전염된 적이 많지 않았던 걸로 기억된다. 그러니 정부나 공공 기관에서 강조하는 개인 간 거리 두기, 개인 위생 운동이 현재로선 최선의 예방책이라는 것을 인지하고 잘 따라가는 것이 타당한 일이겠다. 게다가 방역 일선에서 위험을 감수하고 일하는, 의사, 간호사, 경찰, 식품점 종업원 등 우리 주위에 감사해야 할 사람들이 너무도 많다. 혼자 사는 노인들, 외로운 처지의 지인들에게 전화 한 통이라도 해 주는 배려가 필요한 때이다.

집 안에만 머무르려니 답답하고 지루하고 디프레스가 되기도 하는데 가벼운 운동이라도 꾸준히 하고 집 주변 산책이라도 할 일이다. 세상에 영원히 지속되는 일은 없으니 언젠가는 이 어려움도 지난 얘기가 될 것이다. 한 가지 분명한 것은 바이러스가 아무리 기승을 해도 봄은 이미 찾아와 우리 주위에 틀거지를 잡고 있다는 것이다. 이미 곳곳에 개나리가 만개하고 내 집 뒤뜰엔 제비꽃, 수선화, 히아신스가 피고 목련과 철쭉 봉오리들이 마냥 부풀어 오늘내일하고 있으니 봄의 온전한 모습이 그 화려한 자태를 펼칠 날들이 목전에 와 있는 것이다. 겨울내 흙빛이었던 잔디밭도 서서히 녹색의 머리를 밀고 올라오는 중이니 머지않아 진녹색의 카펫이 펼쳐질 것이다. 생의 끈질김을 끈질기게 보여 주는 것이 이 초봄의 생명력이다. 제일 먼저 삐져나오는 것이 잡초과의 풀들로 민들레, 쑥, 돗나물, 냉이, 질경이, 씀바귀 등 우리가 어렵던 시절 한국에서 먹던 봄나물들이다. 그다음에 나오는 것이 자잘한 풀꽃들인데 고 작은 잎들이 꽃을 달고 아직 쌩한 바람 속에 버티고 있는 것을 보면 세상 잡사에 어지러웠던 마음이 한결 위로가 된다. 4월이 가면 신록의 계절 5월이 올 것이다. 온갖 나무와 식물들이 연초록의 새잎들을 내밀고 꽃이란 꽃들은 저마다 나대어 온 세상이 삶의 희열로 빛날 테고 6월이 되면 주위가 진초록으로 물들어 여름의 문턱을 넘을 테니 그때쯤은 바이러스들도 한풀 꺾이지 않겠는가?

어렵사리 구한 마스크를 나누어 보내온 샌프란시스코의 고교 동문들, 수십 군데 가게를 돌아다니며 어렵게 마스크를 찾아 사다 준 조카 사위, 장을 보아다 부엌 문밖에 놓고 가는 아들, 화상 통화가 잦아진 딸 내외와 손주들, 카카오, 인스타그램을 통해 유익한 정보를 보내오는 지인들, 모두 함께 견뎌 나가자는 배려가 아니겠는가? 코로나 바이러스를 겪어 내며 주위 사람들과 물리적인 거리는 멀어졌어도 이 기회를 통해 오히려 주위 사람들과 우의와 정, 사랑의 감정 등이 강화되는 느낌이니 전화위복이라고 해야 할까?

얼핏 눈을 들어 밖에 펼쳐지는 봄의 행진을 관람해 보자. 독립 기념일 퍼레이드처럼 힘차게 나팔소리, 북소리를 내며 다가오지 않는가. 이 세상에 그리 오래도록 지속되는 것이 어디 있던가? 아무리 어려운 일이라도 참고 버텨 내면 종국엔 끝이 오지 않던가? 이 황당한 코로나 바이러스도 결국은 지나갈 것이니 닥친 시간 속에서 현명하게 대처하며 견뎌 볼 일이다.

댄과 제니퍼(Daniel and Jennifer)

'댄'은 이민 와서 만난 나의 첫 번째 미국인 친구이다. 1978년, 이민 온 이듬해 입학한 실내디자인 학교에서 만났다. 42년 전의 일이다. 댄이 22세, 내가 32세였으니 꼭 10년 차이가 나는 친구이다. 한국 같으면 10년 차이에 친구일 수가 없겠으나, 미국 사회에서 친구 사이에 나이 차는 별 의미가 없다. 한 살만 차이가 나도 형, 동생인 한국 문화와는 비교불가한 괴리가 있는 것이 미국 문화이다. 처음 학교에 입학해서 강의를 알아듣기가 너무 어려워 어쩌다가 아는 단어가 귀에 들리면 짐작으로 내용을 때려 잡곤 했는데, 그 때려 잡은 내용들이 실제와 거리가 멀어 낭패한 적이 많았다. 주어지는 다음 시간 예습과제도 무엇인지 알아듣질 못해 이 사람 저 사람 붙들고 물어보았는데, 대개 한두번 말해 주고는 그래도 못 알아들으면 슬그머니 자리를 비키는 다른 급우들과 달리, 댄은 끈기 있게 이리저리 다른 표현을 써 가며 끝까지 알아듣게 해 주었다. 그러구러 한 6개월 지나니 막막하던 강의 내용이 조금씩 들리기 시작했는데 때로, 그날 수업이 끝나면 여럿이 학교 근처의 바에 들러 맥주 한 잔씩을 나누는 사이가 되었다. 각자 저 먹은 건 제가 계산하는 더치페이였는데 동전 한 잎도 각각 철저히 세어서 내곤 하였다. 때로 강사나 교수가 합석을 하여도 깔축 없이 그들에게 계산을 하게 하였는데 그런 계산법을 처음 대하는 나에게는 몹시 낯설고 야박하게 느껴져 한동안은 잘 이해가 안 되고 혼란스러웠다. 대개 낮에 일들을 하며 커리어 변경을 해 보려는 사람들이 모인 이브닝 클래스였는지라 나이들이 20대 초반에서 40대 초반까지 다양하였다. 댄은 그중 가장 나이가 어린 축이었는데 타고난 재능이 남달라 한 학기에 두 번 하는 디자인 프레젠테이션에서 타의 추종을 불허하는 작품을 내놓곤 하였다. 내심 저런 재능은 어디서 나오는 걸까? 놀랍기도 하고 부럽기도 하였다. 핸디캡이 많았던 나는 수업을 따라가느라 주말을 포함, 하루에 4시간 이상을 자 본 일이 없었다. 24명이 한 반이었는데 3년 후 졸업식에 남은 사람은 13명이었다.

댄과는 졸업 후에도 때때로 만나 식사도 하고 맥주도 마시고 하였는데, 유독 동양 문화에 관심이 깊어 한국에 관해 많은 것을 알고 싶어 하였다. 특히 스시를 좋아하여 없는 돈 털어 Clark Street에 있던 일본 식당들을 찾아다녔던 기억이 있다. 학교 시절부터 둘이 맥주를 마시면 내가 먼저 계산을 하고 한국에선 큰돈 아닌 이상 각자 계산을 하는 법이 없다고 하였더니 그 후로는 만날 때마다 번갈아 계산을 하게 되었다. 시간이 흐르며 댄의 가족도 만나게 되고 나의 집에 초대도 하게 되었다. 보통 미국 영화나 드라마를 보면 그들의 감정에 자연스럽게 이입을 하게 되지만 실제로 미국인들과 부딪치게 되면 표피적인 것 이상으로 들어가기가 어렵다는 것을 알게 된다. 그만큼 문화적 차이가 큰 것이다. 그러나 댄이 가지고 있는 겸손, 질박한 성격과 젊은 시절 학교에서 만나 같이 지낸 시간들이 댄과 나의 우정을 키워 주었다.

졸업 후 유명한 디자인 회사에서 일을 잘 하던 댄이 느닷없이 회사를 그만두고 Illinois Institute of Technology 대학원으로 진학을 한다고 알려 왔다. 공업 디자인 공부를 하고 싶다고 하였다. 그 후 여기저기 세계적인 공업 디자인 콘테스트에 출품도 하고 박물관 전시회 디자인 등 활발한 활동을 하던 그가 IIT에서 만난 이태리계 아가씨와 결혼을 하더니, 스위스의 어느 회사와 연계가 되어 같이 모터보트 엔진 디자인을 한다고 하였다. 그러면 그렇지 그 재능이 어디 갈까 싶어 마음이 기쁘고 댄의 장래가 탄탄대로일 것이라는 믿음이 생겼다.

첫 아들을 나이 40에 본 그의 Northbrook 집으로 집사람과 찾아가 아기 선물을 전해 준 것이 24년 전이었다. 그 후 때때로 궁금하면서도 서로 각자의 삶에 휘둘려 못 보고 살면서 해마다 그저 크리스마스카드나 교환을 하였는데, 10년쯤 전 어느 날, 전화가 와서 한 번 만나자고 하였다. '대북경'에서 만나 점심을 먹었는데, 얘기 끝에 요즘 생명보험을 팔고 있다고 하면서 회사 책자를 내놓는 것이었다. 너무 뜻밖이어서 뭐라고 할 말을 잊은 나에게 부담 갖지 말라고 하면서, 그 사이 두 살 터울의 딸을 하나 더 낳은 그는 아이들은 커 가고 디자인 쪽으로 하던 사업들이 잘 풀리질 않아 생활을 위해 무엇이든지 해야 한다고 하였다. 당시 내 나름으로 디자인 사무실을 잘 운영하고 있던 나는 이 재능이 만개하던 친구의 갑작스러운 추락이 충격으로 다가왔다. 예술이나 디자인 계통이 먹고살기 어렵다는 사회적 통념을 확인시켜 주는 것 같아서 마음이 아팠다. 연극한답시고 내가 살며 겪었던 어려움들도 생각이 났다.

그 후 꾸준히 크리스마스카드를 주고받으면서 때때로 한 번 가족 모임을 갖자고 문자를 주고받긴 했는데 이 일 저 일로 이루어지질 않다가, 지난주 문자로 부부가 함께 꼭 한 번 만나자고 연락이 왔다. "이 코로나 팬데믹 와중에?"라는 생각이 들었으나 오랫동안 서로 미루어 왔던 이 만남을 더 이상 연기하고 싶지가 않아 지난 주 금요일 집사람과 함께 나갔다. 수염을 덥수룩하게 기른 64세의 댄과 흰머리가 무성한 제니퍼를 만나니 반가움과 함께 우리네 삶의 덧없음에 가슴이 아려왔다. 아버지는 파킨슨병이고 어머니는 뇌가 건강하질 않아 아버지를 돌볼 수가 없다고 하면서 간병인이 드나든다고 하였다. 24세의 아들은 대학 졸업 후 콜로라도에서 일을 하고 있고 22세의 딸은 대학 졸업반이라고 하였다. 우리 손주들 사진을 보여 주니 펄쩍 뛰며 기뻐하였다. 매일 만나는 사람들같이 격의 없는 대화를 나누며 즐거운 시간을 보냈다. 살면서 누구나 겪는 한동안의 슬럼프를 극복하고 아이들을 다 키웠으며, 다시 일어나 열심히 사는 댄과 제니퍼가 자랑스러웠다. 부부가 부동산 개발과 매니지먼트를 한다고 하였다. 제니퍼는 예나 지금이나 생활력 강한 여자의 꿋꿋함을 유지하고 있고, 댄은 여전히 낙천적이고 특유의 유머 센스를 발휘해 좌중을 즐겁게 하였다. 좋은 친구는 오래 묵은 와인 같다고 하지 않던가?

시카고의 봄

유행

2021년 새해가 밝았어도 코로나19는 더욱 기승을 하고 백신이 나왔어도 언제 차례가 올지 감감하다. 정치판은 아직도 개발도상국같이 돌아가고 미국 민주주의는 시험대에 부딪쳐 있다. 그동안 몹시 궁금했던 조지아의 상원의원 재선거 결과를 오늘 아침 접하고 안도의 한숨을 쉬었다. 두 민주당 후보가 접전 끝에 공화당 의원들을 물리치고 당선되어 상원에서 다수가 된 것이다. 바이든의 대통령 취임식까지 2주가 남은 상태에서 일부 공화당 상원, 하원 의원들이 트럼프와 보조를 맞춰 선거결과에 승복하지 않는 작태를 보며 어쩌다 미국이 이 지경으로 정치 후진국이 되어 가는지, 짜증 나는 꼴을 잊어 보려고 유행 이야기를 소재로 선택하였다.

전염력이 강한 것이 유행이다. 가장 쉽게 인지가 가능한 분야가 패션이겠다. 한 번 불이 붙으면 코로나19같이 순식간에 전 세계로 확산되는 것이 패션의 유행이다. 특히 요즘같이 인터넷이 세계인들을 하나로 묶는 시대에는 더욱 그렇다. 하이패션은 아직도 파리, 밀라노, 뉴욕이 경쟁을 하고 있지만 대중 패션은 미국이 주도하고 있는 것이 사실이다. 세계인의 유니폼이라고 해도 과언이 아닌 청바지의 종주국이 미국이다. 서부 개척 시절, 광부들의 작업복에서 시작해 세계인의 일상복이 된 청바지는 부자나 빈자나 인종을 불문하고 세계의 모든 문화권에서 입혀지고 있다.

나의 젊은 시절, 전 세계를 휩쓸었던 나팔바지와 쫄티 유행에서부터 최근 몇 년간 세계적인 유행이 된 슬림 핏 청바지에 구멍이 숭숭 난 청바지까지. 신축성 있는 청바지 천이 개발되면서 다리에 꼭 끼는 스키니 청바지가 유행하기 시작했는데 남녀노소를 불문하고 자신의 다리 모양은 아랑곳없이 모두 모두 입어 제끼는 일상 아이템이 되었다. 곧고 쭉 뻗은 다리를 가진 사람들이 입으면 보기 괜찮은 것이 사실이다. 그러나 최근 들어 이 꼭 끼는 모습에 식상한 사람들이 반세기 전에 유행한 나팔바지를 방불케 하는 통바지를 입기 시작하여 미구에 통바지 시대가 도래할 조짐이다. 특히 유명 연예인들이 그 물결의 앞장을 서고 있는데 그런대로 새롭고 신선한 느낌을 준다. 못생긴 다리들도 감춰질 테니 눈도 덜 피곤해질 것 같다. 이 모든 유행의 변덕이 디자이너들과 패브릭 업계(Fabric Industry)의 공조로 이루어지고 하이패션의 선두에 서 있는 부유층과 연예인들이 남다른 패션을 선보이려는 과시욕에서 시작되어 결국 일반 대중들에게 전염된다는 것을 부정할 수가 없겠다.

한때, 유명 디자이너나 유명 메이커의 로고가 찍힌 티셔츠나 폴로셔츠가 유행이던 때가 있었다. 하긴 나의 타계한 형님이 가끔 미국을 방문하면 꼭 아울렛 몰에 가서 경마 로고가 수놓아진 Ralph Lauren의 폴로셔츠를 다즌으로 사 가던 시절이 있었다. 20여 년 전 이야기이다. 그때는 아직 한국에 외국 브랜드를 취급하는 Outlet Mall이 없었는데, 미시간 아베뉴의 정품 가게 가격에 비해 절반이나 싼 데다가 한국에 가지고 가면 너도나도 명품 선물이라고 기다리고들 있으니 탓할 수도 없는 시절이었다. "아니 이 잘난 셔츠 입지 않으면 다 죽는데?"라고 한마디 하면 "야 이거 안 입으면 어디 가서 행세를 못 해. 지금 한국이라는 나라가 그래."라고 하는 형님의 대꾸에 어이가 없으면서도 더 이상의 군말을 꿀꺽 삼키곤 했었다. 무슨 유달리 반골 기질이 있어서 가 아니라 "왜 내가 그 재주 부리기 하는 디자이너 브랜드 광고 보드가 돼야 해?"라는 불편한 심사에다 남들과 똑같은 걸 입기 싫어하던 고집이 있어 차라리 로고 없는 흰 티나 검정 티를 입었던 시절이었다. 또는 아직 이름이 알려지지 않은 떠오르는 디자이너들의 옷을 찾아 입기도 했다. 그나마 사람 만날 일이 많은 젊은 시절이었고 패션에 아주 무관심할 수는 없는 직업이었기에 그랬었다. 세월이 흘러 요즈음에는 그렇게 명품 브랜드 로고에 집착들을 하지 않는 듯하고 돈 많고 세련된 사람들일수록 브랜드 로고 보이는 옷을 촌스럽게 여기는 풍조도 생겨서 그 거셌던 로고 열풍이 많이 잦아든 것이 사실이다. 그러나 오랜 세월 여자들 사이에서 유행하는 로고 명품백 들기는 아직도 건재해서 라면으로 점심 때우고 스타벅스 커피 마시듯이 몇 달 월급 모아 명품백 하나 사고 다른 지출을 줄이는 여자들도 많다고 들었다. 연전 한국에서 왔던 집사람의 친구 딸이 그랬고, 실제로 그런 자기 친구들도 많다고 하였다. 유행이라는 대세에 떠밀려 가는 사람들인 것이다.

또 하나의 대유행은 운동화(Sneakers)이다. 날렵한 양복 정장에 구두 대신 운동화를 신거나, 우아한 드레스에 운동화를 신는 유행이 벌써 수년째 지속되고 있고, 그래서 유명 디자이너 운동화 가격이 수백 달러씩 하는 것이 예사이다. 그러나 유행이랍시고 항공모함같이 둔탁한 모양에 바닥높이가 2인치는 될 것 같은 운동화를 꿰고 다니는 사람들을 보면 디자이너들이나 메이커들의 농간에 휩쓸려 미적 감각을 상실한 사람들 같은 생각이 드는 것을 어쩌랴?

미국의 한인 사회가 조금씩 경제적 안정을 누려가며 골프가 유행이 되어 골프 치지 않는 사람들이 정상에서 벗어난 것같이 보이던 시절도 있었다. 취미생활이라는 것이 다변화되지 못하고 골프 일변도로 흘러간 이유는 우선 골프 자체가 갖는 스포츠로서의 매력이 첫째이겠지만, 그에 더해 한국에서는 부유층이나 할 수 있는 운동이라는 고급스런 이미지가 한 뼘을 더했다고도 보여진다.

2년 전 한국에 갔다가 이곳저곳에서 술자리를 할 기회가 있었는데 한국 사람들의 와인에 대한 관심과 외제 맥주에 꽂힌 새로운 풍속도를 근접해서 보고 그들의 그 강대한 외래문화 흡수력에 내심 놀라움을 금치 못하였다. 이를테면 와인과 외래 맥주의 유행 시대가 도래했다고 해야 할까? 소주, 막걸리, 과일주, 한국 전통주를 뛰어넘는 외국 술에 대한 관심이 그토록 강렬해진 것은 역시 살기가 좋아진 탓이겠다. 유행이란 시간이 흐르며 바뀌게 마련이다. 유행 따른다고 개성을 잃거나 지나친 낭비를 하는 것은 삼가는 것이 현명한 생활인의 태도 아니겠는가?

"아이구 별 잔소리 다하네."라고 누군가 외치는 소리가 들려온다.

옛날 짜장

코로나 팬데믹 전, 가끔 한국을 방문하면 하남시에 사는 형님댁에 머물렀는데, 서울 시내로 나가는 버스를 타면 항상 지나쳐야 하는 오르막길 옆에 '옛날 짜장'이라는 간판을 내건 중국집이 있었다. 식당이 있기엔 주위가 적막해서 장사가 될까 싶었는데 일단 그 '옛날'이라는 제목에 홀려, 내려서 한 번 먹어 볼까 하다가 "아이 귀찮아 뭘 일부러 내려서 혼자 그걸 먹으러 들어가" 싶어서 그냥 지나치곤 했다. 한국 갈 일이 여간해 생기지 않는 지금 작은 후회가 되어 남는다.

하기는 거기뿐이 아니고 서울에서나 지방에서나 옛날 짜장, 옛날 통닭, 옛날 수제비 등, 옛날을 가져다 붙인 식당들을 많이 보았는데 실제로 들어가 먹어 볼 기회가 없었다. "생전 소원이 우거지 죽이라고 야 무슨 짜장면이야 다른 것 먹을 것 많은데."라고 핀잔을 주며 맛집 순회를 시켜 주는 이정섭 선배의 독불도 한몫을 하였다. 가면 항상 맛있다는 곳으로 끌고 다녔으니까. 돌아오는 비행기에서 문득 "참 그걸 먹어 봤어야 했는데." 하다가 "그게 그거겠지 뭐, 옛날엔 짜장 소스에다 비계 붙은 돼지고기에 양파, 감자를 넣어서 라드(돼지지방 정제기름)에 볶아 내었는데 요즘은 물자가 흔해 그런 짓을 할 필요가 없지 않아? 돼지고기는 먹지도 않으면서 웬 옛날 짜장 타령이야?"라고 작은 후회를 묵

살하였다. 어린 시절, 손님이 오면 동네 청요리 집에서 짜장면과 탕수육을 시켜 대접하는 바람에 맛본 짜장면, 학교 시절 무슨 모임 때면 으레 시켜 먹던 짜장면의 맛이 결국은 이토록 추억의 맛이 된 것일 것이다. 세상이 쏜살같이 빠르게 변해 가고 각종 먹을 것이 넘치는 시대가 되었는데, 구태여 '옛날'을 강조하며 음식을 파는 이유는 무엇일까? 하도 '퓨전 음식'이 넘쳐나 식상한 사람들을 위해 추억을 파는 것 일 게다.

그러고 보니 옛날 분위기와 맛을 파는 '마방집'이란 식당도 생각난다. 하남시와 서울 경계의 언덕바지에 있는 이 식당은 이조시대, 한양을 넘나드는 사람들이 말이나 노새를 묶어 놓고 묵어가던 객줏집이었다고 하는데, 대청과 온돌방들, 큰 마당에 평상들을 놓고 이 구석 저 구석에 걸린 청사초롱 하며, 단체 손님은 교자상, 개별 손님은 따로 일인상, 이인상, 사인상들을 옛날식 소반에 차려 머슴들이 들고 들어온다. 재래식 불고기와 나물, 젓갈, 반찬들이 맛깔나고 밥과 국에 놋그릇을 쓰는 분위기가 마음에 들어 한국에 갈 때마다 한 번씩 들렀다.

음식은 그렇다 치고 말 나온 김에 '옛날사람'은 어떠한가? 한국에 살고 있는 친척들과 친구들이 옛날사람일까? 공간적으로 멀어도 나와 같이 현재를 살고 있는 사람들이니 그건 아닌 것 같고, 혹시 나의 기억에서 멀어진 사람들이려나?

그보다 옛날사람의 참 의미는 생각성이나 사고방식이 구태에 머물러 있다는 뜻일 것이다. 아집스럽고 융통성 없고, 바람같이 돌아가는 현대 사회에 적응이 잘 안 되는 사람을 지칭하는 게 아니겠는가? 요즘 유행어에 '라떼'라는 표현이 있다고 한다. 우유를 많이 섞어 거품을 낸 부드러운 커피를 말함인데, 툭하면 "나 때는 말이야." 하고 옛날이야기를 꺼내어 자랑을 일삼아 분위기를 잡치는 사람을 두고 하는 말이다. 젊은이들이 만들어 낸 구세대의 '꼰대'에 해당하는 신조어이겠다. 사람이 늙으면 추억만 남고, 왕년에 한가락 했다는 허풍만 남는다는 말이 있다. 군대에서 남자들이 "고향에 금송아지 매어 놓고 왔다."라는 허풍과 일맥상통한다고 보아야겠다. 때로 자랑도 필요하다. 그러나 습관적으로 옛날이야기를 꺼내거나 자기자랑을 일삼으면 라떼가 되는 것이다. 무슨 '추억 전문가'인 양, 소재가 빈곤해지면 옛날이야기들을 끌어대니 나야말로 라떼가 아닐는지?

두 배의 시간

뒤뜰에, 거리에 봄이 자욱이 내려와 앉는다. 꽃을 피우는 나무들은 이미 피고 졌는가 하면 늦되는 꽃나무들은 이제 한참 봉오리를 터뜨리고 있다. 내 집 뒤뜰의 백목련이 그 늦되는 나무이다. 그 은은한 흰빛이 오래도록 물 빨래를 해 입은 흰 셔츠처럼 살짝 빛바랜 느낌이어서 더 정이 간다. 5월의 신록이 그득 차오르기 전의 이때가 연중 가장 아름다운 계절이다. 동네의 장대한 고목들이 연녹색의 어린잎들을 떠밀어 내보내기 시작하는 모양이 마치 능란한 화가의 '점묘화'를 보는 듯해 벅찬 희열을 느낀다. '두 배의 시간'을 제목으로 정해 놓고 웬 계절 이야기로 이리도 서두가 길다지? 정말 그러네요. 그냥 팬데믹 와중에도 아랑곳없이 찾아온 봄이 예뻐서, 고마워서 그냥 지나칠 수가 없었다고 해야겠네요.

늙는 것이 무엇이길래 이 나이가 되고 보니, 무엇을 하든지 젊은 시절에 비해 두 배, 아니 때로는 세 배의 시간이 든다. 무얼 좀 하려면 안경 찾다가, 연필 찾다가, 필요한 서류들 찾다가 시간을 허비하고, 막상 눈앞에 서류들이 있어도 다 그게 그것 같아서 한참을 주의 깊게 보아야 분간이 간다. 아래층에 둔 물건을 위층에 올라가서 찾고 거기도 없어서 혹시 지하실에 있나 싶어 거길 가도 없어, 제기랄 못 찾겠다 싶어 포

시카고의 봄

기하면 느닷없이 차고 안에서 발견을 하게도 되니 이 무슨 난리란 말인가? 필요한 물건 찾는 데 드는 시간에다 막상 하려고 했던 일을 하는데도 전과 달리 많은 시간이 든다. 이거 혹시 치매의 전조 아니야? 싶기도 해서 주위 사람들에게 얘기하면 "나도 그래요." 소리를 하는 사람들이 의외로 많아 위로를 받기도 한다. 나보다 나이가 한참 아래인 사람들이 그렇다고 하면 은근히 기쁘기도 하다. 아이구 뭘 기쁘기까지? 그놈의 못돼먹은 성질하곤.

100세 시대라고 하니 온갖 늙은이들이 다 나와 무엇무엇 한답시고 설치는 시절이 되었다. 60, 70대 시니어 모델에, 70, 80대 늙은이들이 육체미 운동한다고 매스컴을 타질 않나, 세월이 좋아져도 눈부시게 좋아진 것이다. 옛날 같으면 주책이라고 눈치를 줄만도 한데 사회 분위기가 격려하는 쪽으로 변해서 다행이라는 생각이 든다. 은퇴라고 하는 것이 젊어서 평생 열심히 일했으니 노년에 좀 마음 놓고 쉬라는 얘기일 터인데, 그렇다고 손 놓고 마냥 편히 쉬면 한동안은 괜찮아도, 결국은 일상이 무료하고 삶의 뜻이 없어질뿐더러, 묘지에 입주할 날이나 기다리며 생을 낭비하는 꼴이 될 터이니 오늘날 주름투성이 늙은이들이 젊은이들의 성역이라 여겨졌던 각종 사회 활동을 할 수 있게 변화된 시대가 고맙기는 하다. 하기야 어디 피부 팽팽하고 생기 넘치는 젊은이들만 인생을 즐기란 법 있던가? 세월 가면 젊은이가 늙은이 되고, 젊어서 못 해 본 일들을 후회하며 노년을 보낼 수도 있으니 젊은이들이여, 하고 싶은 것 하고 젊어 노시게. '노세 노세 젊어 노세'란 우리 전래의 민요가 있지만 아닌 게 아니라 젊어서 열심히 노는 것도 중요하다. '논다'는 것의 의미를 따지자면 여행을 많이 하여 견문을 넓힌다는 뜻이겠는데 여행 경험이 삶을 윤택하게 하고 인생의 굽이굽이에서 긍정적인 역할을 하기도 한다. 많은 노인들이 은퇴한 후에 여행을 다니는데 실은 '갔다 보았다'라는 사실 이외에 별 뜻이 없다고 생각된다. 살날이 얼마 남지 않은 노인들에게 여행 경험은 그저 단순한 구경으로 남을 뿐이다. 물론 젊어서 시간 없었고 가족들 뒷바라지하느라고 여유가 없었으니 은퇴 후라도 여행을 다닐 수 있으면 더할 나위 없이 좋긴 하다. 현재를 잘 살고 즐기는 것이 최선이 아니겠는가?

자꾸 뭘 잊어버리고, 떨어뜨리고, 툭하면 여기저기 부딪쳐 멍이 들고 하는 자신에게 짜증이 나, 때로는 스스로 소리를 질러 야단을 치기도 한다. 그러다간 "야 권희완, 너 늙느라고 그런 거야. 네 나이가 옛날 같으면 관 속에 있을 나이야. 진정해."라고 스스로 달래기도 한다. 젊은 시절에 비해 무얼 하려면 두 배 이상 시간이 걸리니, 두 배, 세 배 더 열심히 해야지나 이 풍진 세상을 따라가며 살지 않겠는가? 죽을 때 죽더라도 오늘은 열심히 살아야지.

백 번째의 수필

2017년 7월 21일, 「시카고 타임스」에 첫 번째 수필 「여름 정원」을 게재하고 어느덧 4년이 지났다. 4년 동안 쓴 글들이 모여 이번 글이 100번째가 된다. 우연히 한 모임에서 만난 「시카고 타임스」의 김영훈 대표가 권유하여 쓰기 시작한 수필은 이제 나의 일상이 되어 아무리 바빠도 거를 수 없는 일기처럼 되었다. 2주에 한 번씩 쓰던 첫 3년은 그런대로 숨 돌릴 여가가 있더니 매주 쓰기 시작한 일 년쯤 전부터는 그야말로 '없는 집 제삿날 돌아오듯 한다'는 우리 옛말이 생각난다. 가난한 집에 제사가 잦으면 없는 살림에 제수 마련이 보통 일이 아니듯이 소재의 빈곤이야말로 글쓰기를 어렵게 하는 첫 번째 걸림돌이다.

연전 타계한 박완서 작가의 작품들을 좋아하여 그분의 소설들과 산문들을 거의 다 읽었는데, 살아가며 글감이 될만한 경험들은 잊지 않고 메모하여 두었다가 언젠가는 써먹는다는 글을 읽은 적이 있다. 글의 소재를 평소 비축해 놓았다가 때가 되면 자신의 글 속에 녹여 낸다는 얘기이겠는데, 필자의 경우는 시공을 초월하는 소설이 아니고 주간지에 실리는 수필이다 보니 현재성이 중요한지라 시기에 맞는 소재의 빈곤으로 항상 전전긍긍하게 된다. 살아온 세월이 오래다 보니 자신의 과거 이야기를 자주 하게 되는데 유명인사도 아닌 사람의 과거사에 누가 관심이 있을거라고. 수필 쓰기에는 특별한 형식이나 제재가 없다고 하지만 글은 읽히자고 쓰는 것이고 그림은 보여지고자 그리는 것이니 독자들이 읽었을 때 가히 공감이 가고 재미있어야 하지 않겠는가?

처음 한동안 글을 쓰며 자신의 글이 제대로 된 글인지에 대한 의구심이 문득문득 들 때가 있었다. 그러다가 2018년 연말쯤에 당시 「시카고 타임스」의 편집장이었던 배미순 시인의 권유로 LA에서 발행되는 「해외문학지」에 수필을 몇 편 보내었는데 「시카고의 봄」이라는 수필로 뜻밖에 그 부문 신인상을 받게 되었다. 2019년 8월 31일, LA에서 있었던 '제21회 해외 문학상' 시상식에 참석하여 그쪽에서 활동하는 많은 선배 문인들을 만나게 되었던 것을 뜻깊은 추억으로 간직하고 있다. 이후 글 쓰는 데 조금씩 자신감을 가지게 되었고, 때때로 필자의 글을 꼭 챙겨 읽고 좋아한다는 분들을 만나게 되었는데 더없이 커다란 격려가 되었다. 지난 4년 동안 나의 글을 꾸준히 읽어 준 분들이 계시다는 것을 알고 그분들과 무언의 소통을 하고 있었다는 사실에 마음이 따뜻해진다.

글쓰기 작업은 봉제공장의 작업 과정과 닮아 있다. 20대 후반에 연극을 하며 생활 문제를 해결하려고 서울 충무로 1가에서 맞춤 옷 가게를 한 적이 있는데 따로 떨어져 있는 봉제공장을 뻔질나게 드나들어야 했다. 손님이 주문한 완제품을 납기에 대령하려면 여러 절차를 거쳐야 했는데, 첫째는 소재를 구하는 과정이었다. 동대문 시장과 평화시장에 있던 원단시장에 가서 '아라비안나이트'의 '바그다드' 시장같이 좁은 미로들을 후비고 다니며 원단과 부속을 사는 일이었는데 잽싸게 시장을 누비며 눈썰미 있게 소재들을 집어 내야 했다. 좋은 소재를 많이 보유하고 있어야 다양한 손님들의 기호를 충족시킬 수가 있었으니. 손님이 원단을 고르면 치수를 재고 디자인을 의논 결정하고 봉제공장으로 보내는데, 재단사가 디자인대로 커팅을 해서 봉제 팀에 넘기면, 분야별 봉제사가 자기가 맡은 부분의 박음질을 하여 다음 사람에게 넘기면서 각자 부분 점검을 하고 자투리 정리와 실밥 등을 떼어 낸 다음 다림질을 하고, 마지막 점검이 끝나면 완제품을 가게로 보내는 것이다. 글쓰기의 과정은 이 봉제 팀의 여러 사람이 나누어 하는 협업을 혼자 하는 것과 같다.

소재의 선택, 글 내용의 구체적인 구상, 평소 모아 놓았던 여러 조각의 작은 소재들을 글 속에 녹여 내면서 문장의 순서를 바꾸기도 하고 이미 쓴 글을 지우고 덧대기도 하며 요리조리 글 전체의 모양새를 보아 가며 한 편의 글을 완성하면, 다시 띄어쓰기, 맞춤법, 구독점 등을 재확인하고 글이 제법 마음에 들게 반듯해졌다고 생각될 때 신문사로 보내는데, 이 모든 과정이 옷 한 벌을 만드는 전 과정과 흡사하다는 생각을 한다. 일단 글을 신문사로 보내고 나서도 이 구석 저 구석 미흡하다는 생각이 드는 것은 연극 무대에서 내려와 어느 장면에서 더 잘할 수도 있었다는 후회가 드는 것과 닮아 있다. 창작에 완성이라는 것이 있겠는가? 이럴 수도 저럴 수도 있는 표현과 묘사 중 어떤 것이 가장 타당한지를 판단하고 결정해야 하는데 노련한 작가들도 항시 겪는 어려움이라고 하지 않는가? 때로는 마감 시간이 그 망설거림을 가차 없이 끊어주기도 한다.

애초에 필자에게 글쓰기를 권유한 김영훈 대표와 '해외 문학상' 수필 부문 당선에 등단의 길잡이가 되어 준 배미순 시인께 감사를 드린다.

견공 세상

아들 내외가 사는 다운타운 콘도엘 가면 엘리베이터 안에서 개를 동반한 거주자들을 자주 만나게 된다. 개들의 종류와 크기도 다양하지만 때로는 60, 70파운드는 될 법한 큰 개들이 타는 수도 있는데 그리 편안한 느낌을 가질 수가 없다. 엘리베이터 안에 항상 개 비린내가 배어 있어 나같이 애완동물에 관심이 없는 사람에게는 썩 유쾌한 느낌이 아니다.

혼자 사는 사람들이 많다 보니 일과 후, 텅 빈 아파트에 들어서는 느낌이 황량해서일까? 너도 나도 개를 기르는 것이 유행의 도를 지나 요즘 사람들의 Life Style이 된 느낌이다. 하긴 미국 사람들이 개를 사랑하는 것이 어제오늘의 일이 아니지만, 다운타운 상주인구가 많아지면서 개를 허용하지 않는 콘도나 아파트가 거의 없다시피 한 게 오늘의 부동산 시장이다. 고층 아파트마다 근처에 개의 용변을 처리할 수 있는 Dog Park들을 마련하는 데 노력을 기울이고, 그런 여건이 되지 않으면 건물 안에 그런 시설을 마련하기도 한다. 개들의 존재가 그냥 애완동물의 범주를 벗어나서 가족의 일원이라는 개념이 형성된 것이다.

개들을 위한 온갖 고급 사료와 장난감, 개옷, 겨울엔 털 코트, 양말, 신발에 사치스러운 개 목걸이, 하다못해 개 유모차에 개를 싣고 다니는 사람들도 가끔 본다. 방금 용변 치르고 온 개가 냉큼 소파에 올라가 엉덩이를 문지르는 것은 물론이고 잠자리에까지 같이 드는 사람도 있는 지경이니 나같이 애완동물과 먼발치에서 살아온 사람에게는 이해가 불가한 세태이다. 인간의 외로움이 어디까지 치달았길래 저토록 짐승이 인간의 자리를 대신하게 되었을까?

아들 사는 콘도 빌딩 바로 옆에 Dog Park가 있는데 날씨 좋으면 개들과 노는 사람들로 북새통을 이룬다. 개가 예쁘다고 하며 이름과 나이를 물으면 아주 기분 좋아하면서 고맙다고 한다. 미국 가정의 60% 이상이 어떤 형태로든지 애완동물을 기르고 있다고 하는데 그중 가장 인기 있는 동물이 개이고 미국 전역의 가정에 4천6백만 마리의 개가 있다고 한다. 하긴 나의 아들과 딸도 개를 기르고 있어서 때로, 개를 보아 달라고 맡기면 먹이를 챙기고 데리고 나가 용변을 보게 해 주어야 하는데, 일 자체가 어려워서가 아니라 내 성식에 안 맞는 일을 하려니 완전 군일이 되어 즐겁지가 않은 것이 사실이다. 내 집 구석구석을 돌아다니며 부르르 몸을 떨어 털을 날리거나, 가고 난 다음에 뜬금없이 여기저기서 나오는 개털도 성격에 맞질 않는다. 때 되면 데리고 나가 걷다가 어디든 개가 원하는 장소에서 소변, 대변을 보게 하고, 떨어진 대변을 집을라치면 얄팍한 플라스틱 봉지 너머로 느껴지는 그 뜨뜻하고 뭉클한 느낌도 별로이다. 그러나 아이들이 어쩌다 하는 부탁이고 개 호텔에 드는 비용도 만만치가 않다고 하니 군말 없이 해 준다.

그런데, 딸 내외가 뉴욕에서 두 살, 네 살짜리 손주 아이 둘에 '나쵸'라는 이름의 16파운드 되는 개와 함께 이사를 오고, 최근 딸아이가 일을 시작하면서 두 아이의 베이비시터를 하게 되었는데, 아침이면 아이 둘과 개를 들이밀고 직장으로 간다. 아이들이 반갑기는 말할 것도 없지만, 같이 쫓아 들어오는 개는 완전 군식구 같은 생각이 들고 부담이 된다. 뉴욕에 살 때부터 가끔 방문하면 치다꺼리를 해 버릇해서 개도 반가워하며 앞다리를 치켜 올려 예뻐해 달라고 달려드는데 형식상 몇 번 쓰다듬어 주곤 아이들한테 집중을 하게 된다. 개의 심리도 사람의 심리와 같아서 사람 먹을 때가 되면 무엇 좀 주지 않을까 주위를 서성거리고, 때때로 와서 무릎에 앉으려고 들이대는 것도 그렇고, 소파에 앉는다고 야단을 치면 슬그머니 제자리에 가서 웅크리고 있는 것 하며. 처음에는 개를 부엌 안에서만 있게 했는데 아무리 짐승이라지만 그도 못할 일이라 리빙룸까지 허락했더니 제 집에서 하듯이 날름 소파에 가서 앉기 시작을 하였다. 사람이나 짐승이나 푹신한 자리를 좋아하긴 마찬가지 아니겠는가? 소파에 앉지 말라고 푹신한 방석 두 개를 겹쳐 리빙룸 한쪽에 놓아주고 여기가 네 자리라고 일러 주어도 기회만 있으면 소파에 가서 앉으니. 그러던 어느 날 외출을 하고 돌아왔는데 부엌에 똥을 싸 놓은 게 아닌가? 한 번도 그런 일이 없었고 아무리 혼자 오래 두어도 반드시 대소변은 주인이 돌아올 때까지 참는 걸로 훈련이 되어 있는 개가 이 무슨 실수란 말인가? 한 번 실수니 보아주었는데 그 얼마 후 외출 후에 돌아오니 또 안방 침대에 똥을 쌌다고 하였다. 이 층에 있는 침실까지 가서 문은 어떻게 열었는지? 딸아이에게 그 얘기를 하니 깜짝 놀라서 그다음부터는 개를 집에 두고 아이들만 데리고 오게 되었다. 개가 매일 아침 오지를 않으니 개 때문에 받는 스트레스가 말끔히 사라지고 아이들에게만 집중을 할 수 있게 되었다. 개 좋아하는 분들은 인정머리 없다고 하겠지만 털 가진 짐승에 애착이 없는 내가 개를 보아주며 받는 스트레스는 어쩌란 말인가? 세상이 좋아 개가 사람의 친구가 되고 가족의 일원이 되어 누리는 21세기 '미국의 개 팔자'를 보며 '답 사리 밑의 개 팔자'라는 우리 옛 속담이 생각난다.

◆

6장

이민자

폭동

엎친 데 덮친다는 말이 있다. 어려운 일을 겪고 있는데 또 어려운 일이 생겨서 상황이 몹시 힘들어진다는 말이겠다. 어찌어찌 코로나 사태가 정점을 찍고 아슬아슬하게 숨을 돌리나 싶은 차에 미네아폴리스에서, 수갑을 찬 흑인 용의자를 8분 이상 무릎으로 목을 눌러 죽인 백인 경찰의 모습이 인터넷과 미디어를 통해 퍼져 나가면서 흑인 폭동이 미 전역에서 일어나고 있다. 애초에 평화적인 시위로 시작된 것이 누구의 주동인지 모르게 약탈과 방화와 훼손으로 번지게 되어 미국 대도시마다 약탈당한 상점들과 깨어진 유리조각들이 난무하는 현장의 모습을 중계하는 방송들이 뉴스 시간을 메우고 있다. 경찰차를 불태우고 공공기물들을 훼손하고 무작위로 깨부수고 들어가 약탈을 하고 거기에다 최루가스를 발포하는 경찰의 모습을 보며 이게 미국의 모습이라는 것에 아연하였다. 그동안 이민 와 살며 역사의 모서리 여기저기에서 독재에 대항해 싸운 한국 국민들의 모습을 미디어를 통해 보며 저 나라는 언제나 저 세월을 면하려나 하였었는데 자유세계의 지도자요 민주주의의 수호자인 미국이 왜 이 지경이 되었을까 답답하였다.

그동안 수없이 백인 경찰들의 흑인 용의자 과잉진압 문제로 위기가 있은 적이 있었지만 이번같이 전국적인 규모로 대도시마다 시위가 벌

시카고의 봄

어진 적이 없었다. 시작 때와는 달리 지난 삼사 일간은 시위대들도 약탈이 본 궤도에서 이탈한 위법이라는 점을 인지한 모양인지 약탈과 훼손은 많이 수그러든 모양새이다. 그러나 시위는 수그러들 기미가 안 보인다. 분명 평화적 시위가 필요한 시점이 되었다. 흑인들이 겪어 온 오랜 세월의 차별과 냉대가 이번 사건이 기폭제가 되어 터진 것을 누가 비판할 수 있겠는가? 그러나 폭력과 방화와 약탈이 그 시위의 당위성을 희석시키고 있는 것도 사실이다. 군중심리라는 게 있어서 누군가 상점의 유리를 깨뜨리고 들어가 물건들을 약탈하기 시작하면 너도나도 질세라 그렇게 하게 되어 있다. 더구나 코로나 사태로 경제가 악화되어 주로 저소득층인 흑인들의 일상이 몹시 어려워졌으리란 것은 불문가지의 사실이다. '사흘 굶고 도둑질하지 않기 어렵다'는 우리 옛말이 생각난다.

미국이 이민으로 이루어진 나라임에는 틀림없다. 그러나 17세기에 시작된 최초의 이민자들이 대부분 영국계였으며 18세기, 19세기를 거치며 농장 일꾼으로 이민 온 사람들도 서유럽과 북유럽 사람들이었고, 20세기 초에 남유럽과 동유럽에서 온 이민들도 모두 인종적으로 백인들이었다. 그들이 주체가 되어 쌓아 올린 것이 오늘의 초강대국 미국인 것을 부정할 수 없겠다. 1965년의 이민법 개정으로 들어온 우리 같은 아시아계나 중동, 남미 계통의 후발 이민들은 미국이 이미 백인들에 의해 쌓아 올린 번영의 기틀에 편승했다고 보는 것이 옳겠다. 3억 2천의 미국 인구 중 이미 35프로가 비백인계라고 하나 아직 이 나라는 백인의 나라이다. 백인들이 기득권을 가지고 있고 백인의 모습을 가지지 않은 사람들은 정서상 스스로도 미국인이라는 자의식이 부족하고 백인들은 그런 사람들을 자신과 같은 미국인이라고 인식하질 않는다.

영화나 드라마 등에 역할의 경중은 차치하고 흑인들의 모습이 없는 곳이 없다. 사회 각 분야에서 성공, 출세한 흑인들이 부지기수다. 특히 연예계와 스포츠 분야에서 두각을 나타낸 사람들이 많다. 티브이 앵커들도 많다. 그들은 눈에 띄는 분야라서 그렇다지만 다른 전문 분야에서 크게 성공한 사람들도 많다. 대기업의 중역 내지는 사장, 회장인 사람들도 이 사회의 곳곳에 폭넓고 깊게 퍼져 있는 것이다. 그런데 이토록 성공한 흑인들이 차지하고 있는 위치가 아직까지 소수의 교육받은 흑인들에게만 편중되어 있다는 것이 문제이다. 대다수의 흑인들이 아직도 가난하고 교육을 포기하고 사회보장 제도에 의존하고 살아간다. 흑인 지도자들은 흑인 귀족으로 살면서 자기와 자기 가족들의 안위와 미래가 더 중요하다. 자신의 동포들은 자신들의 입지를 굳혀 주는 발판일 뿐이다. 물론 일부의 지도자들 이야기이다. 흑인 폭동을 보면서 문득 백인들이 자신들의 조상이 저지른 죗값을 치르고 있다는 생각이 뇌리를 스쳐 갔다. 광활한 아프리카 대륙에서 아무 생각 없이 평화롭게 자신들의 생활을 영위하고 있던 흑인들을 짐승 포획하듯이 잡아끌고 와 노예시장에서 팔고 사며 목화농장에서, 사탕수수 밭에서, 담배농장에서 혹사시키고 온갖 잡일에 짐승처럼 부려 먹어 백인 농장주들의 부를 쌓아 올리는 데 절대적 몫을 하게 하였다. 인간의 말을 습득할 줄 아는 짐승인 것이 흑인 노예들이었다고 해도 과언이 아닐 것이다. 조선시대의 관료와 양반들이 집안의 노비들을 사고팔고 대물림을 하며 부려 먹은 것과 일맥상통하는 면이 있다. 그러나 그보다 훨씬 잔혹했던 것이 흑인 노예들의 대우였다. 툭하면 채찍으로 때리고 목매달아 죽이고, 달아나다 잡히면 족쇄를 채워 감금하고 굶기는 등, 그런 장면들을 적나라하게 보여 주는 흑백 문제를 소재로 한 영화들도 많이 있었다. 그런 영화들이 평론가들의 극찬을 받고 상업적으로 성공하기도 하였다. 성공의 이유는 그런 영화들의 주제가 궁극적으로 흑인들을 옹호하는 편에 서 있고 관람객들이 거기에 동감하기에 가능한 일이었다. 수적으로 우세한 백인 관람객들이 동감을 하고 그런 작품들이 백인들이 주도하는 오스카상 후보에 오르고, 작품상을 수상하고 하는 것은 그것이 인간적이고 옳은 가치라는 기준들을 많은 백인들이 가지고 있기 때문이겠다.

그러나 작금의 폭력과 방화 약탈을 하는 일부 흑인들의 모습이 그나마 인간적인 기준을 가진 사람들이 등을 돌리게 만들어 미국이 분열하는 계기가 되지 않을까 염려가 된다. 아시아계 이민으로 그저 불구경이나 하는 주제에 흑백 문제에 대해 무슨 할 말이 있을까만 미국 대통령의 대통령답지 않은 언행이 이번 문제에 전혀 도움이 되지 않을뿐더러 오히려 사태를 악화시키는 모양새라 더욱 안타깝다. 미국의 백인들이 내놓고 말은 안 해도 흑인들에게 가는 사회보장 혜택의 많은 부분을 자신들이 내는 세금에서 충당한다는 사실에 못마땅해하고 범죄자들의 태반을 차지하는 흑인들의 모습을 달가워하지 않는 것을 누가 부정하랴? 밤에, 혹은 으슥한 곳에서 느닷없이 흑인 남자를 마주치면 내심 소스라치고 경계가 되는 것이 미국의 현실이다. 어느 유명한 흑인 남자 배우가 틴에이저인 아들과 함께 밤늦은 시간에 택시를 잡으려고 하였는데 지나가는 택시마다 휙 한 번 보고는 그냥 지나쳐 갔다고 하여 어느 인터뷰에서 술회하였던 적이 있다. 백인 조상들이 끌어와 싼값에 부려 먹고 학대한 흑인 노예의 후예들이 오늘날 이 땅에서 백인들의 발목을 잡는 사회문제로 떠오른 것은 어찌 보면 사필귀정이라는 생각이 든다.

오바마가 대통령에 당선되었을 때 미국이, 아니 전 세계가 깜짝 놀라며 이것이 바로 미국이라고, 미국이기에 가능한 일이라고 미국 사람들의 용기와 결단을 높이 평가했던 기억이 난다. 그런데 그 이후 트럼프 같은 자격 미달의 대통령을 선출한 것도 미국인들이다. 고교 시절, 뒷자리에 앉아 교모 찢어 삐딱하게 쓰고 집에 돈 좀 있다고 약한 급우들 괴롭히고 공부는 낙제라 유급을 했던 급우가 생각난다. 그런 사람이 대통령이 된 것이다.

고대 로마나 왕조시대의 중국이 그 융성하던 문화와 경제를 망가뜨리고 추락하게 된 것은 복합적인 이유들이 있지만 궁극적으로는 잘못된 지도자들 때문이 아니었겠는가? 미국 땅에 사는 아시아계 미국인의 한 사람으로 미국의 번영과 평화가 어찌 바람직하지 않겠는가? 코로나 사태에 대응하는 미국 정부의 태도가 잘 정리되어 폭동의 뒤처리가 현명하게 판단되고 정당한 쪽으로 진행되어야 미국의 장래가 긍정적인 방향으로 펼쳐지지 않겠는가? 부디 그러하기를. 마음을 다하여 빌어 본다.

시카고의 봄

미국은 지금

어디로 향하고 있는 것일까? 흑백 갈등이 나날이 증폭되고 있는 지금, 시계가 뚜렷하지 않다. 코로나 팬데믹으로 이미 어려울 대로 어려운 상황에 흑백 문제까지 불거져 미국 사회는 소용돌이 속에 있다. 석달 전, 조지 플로이드(George Floyd) 사건으로 전국에서 시위와 소요와 약탈이 일어났었는데, 그 후 세인트 루이스 총격사건, 시카고의 미시간 아베뉴 약탈 사건, 8월 23일, 위스콘신 케노샤의 총격 사건과 그에 따른 흑인들의 계속되는 시위와 난동이 전국적인 소요로 확산될 조짐을 보이고 있다. 비무장 흑인에게 7발의 총격을 가한 백인 경찰에 대한 항의로 경기를 보이콧한 NBA 선수들, 수그러들 줄 모르는 코로나 팬데믹으로 미국은 지금 총체적인 어려움 속에 있다. 일부 인사들이 NBA 선수들의 경기 보이콧을 두고 말이 많았는데 선수들의 태반이 흑인들인 NBA농구팀의 보이콧은 자신들의 생존권이 달린 문제이니 누가 옳다 그르다 말할 수가 없는 사안이라고 생각된다.

비유가 극적이긴 하지만 흑인 인기 스포츠 선수들은 어찌 보면 로마 시대의 검투사들 같다. 경기장을 메운 수천, 수만의 군중들 앞에서 죽이고 죽임을 당하는 혈투를 벌였던 검투사들은 대부분 노예들이었다. 그들에게 그것은 생명을 건 싸움이었다. 지면 죽는 것이고 이기면 인기 검투사의 타이틀을 누리고 때로는 노예의 신분을 벗어날 수 있는 기회였다. 다른 점이 있다면 검투사들과 달리 흑인 스포츠 스타들은 천문학적 연봉에 인기가 하늘을 찌르는 스타들인 점이다. 스타 반열에 들지 못하는 선수들도 일반인들이 상상도 못 할 고소득 연봉을 받는다. 그들은 현대 미국 사회의 흑인 귀족들이다. 대부분 가난과 차별 속에서 고군분투하여 운동으로 성공한 입지전적인 사람들이다. 미국 사회는 이들에게 열광한다. 농구, 야구, 미식축구 등, 미국인들이 사랑하는 스포츠에서 단연 두각을 나타내는 흑인 스타들은 노예의 후손에서 존경받는 명사가 된 사람들이다. 미국 사회가 이들을 인정하고 그들에게 아메리칸 드림의 기회를 인정했다는 표징이다. 스타디움을 꽉 채운 관객들을 즐겁게 하는 것이 이들의 직업이다. 그 현대의 검투사들을 발탁하고 길러 내고, 스타디움에 세워 막대한 수입을 올리는 것은 백인 구단주들이다. 백인과 흑인들이 섞여 지낼 수밖에 없는 자본주의의 당위성이 여기에 있다. 선수들 인종 차별하고 관객들이 내는 입장료를 흑인 돈이라고 거절하면 어떻게 돈을 벌겠는가? 돈벌이 앞에선 인종 차별이 없어지는 것이다. 이 자본주의의 속성을 가장 잘 아는 사람이 트럼프일 것이다. 그런 그가 인종주의자인 것은 세상이 다 아는 사실이다. 한 나라의 대통령으로 내놓고 말할 수 있는 사안이 아니니 직접적인 표현을 하지 않을 뿐이지 그동안 흑인 소요가 일어날 때마다 보여준 그의 냉담한 태도를 보면 알 수 있는 일이다. 필요 이상으로 냉담한 모습을 보여 흑백 간의 간격을 넓히는 것은 미국을 위해 바람직한 일이 아니다. 흑인 소요가 일어나면 경찰력을 강화해야 한다는 소리가 높아진다. 어찌 보면 이 사고방식은 한약과 양약의 차이 같은 것일 수도 있다. 양약은 문제 있는 부분에 직접적인 치료를 하고, 한약은 원인에 의거한 치료를 한다. 별안간 경찰 수를 늘린다고 문제가 해결이 될까? 그보다는 흑인들의 경제 문제를 해결해야 할 것이다. 대를 이은 가난이 흑인 범죄의 원인이다. 긴 안목에서 흑인 경제를 살릴 수 있는 장기 정책이 필요하다. 그것은 그들에게 동등한 기회를 주는 것에서 시작해야 한다.

일선에서 일하는 경찰들이 항상 말썽의 선두에 서 있는 흑인들이 밉고 지겨워 지나친 단속을 하는 것도 이해가 가지 않는 것은 아니지만, 무기가 없는 사람에게 뒤에서 총격을 7발씩이나 가한다는 것은 이해 불가이다. 게다가 차 뒷좌석에 어린아이들이 셋이나 있었다고 하니 총에 맞는 아빠의 모습을 지켜본 아이들의 놀람이 어떠했을까? 플로이드의 경우, 8분 이상 목을 짓눌러 죽음에 이르게 했다는 게 상식적으로 이해가 가는가?

40여 년 전 이민 왔을 때만 해도 미국은 평화롭고 번영하는 나라였다. 중산층이 두텁고 신규 이민자들에게 너그럽고, 공장 잡이라도 쉽게 얻을 수가 있어서, 사회와 경제가 안정되어 있는 나라였다. 이후 겪은 몇 번의 불경기와 13년 전의 금융대란을 겪고도 잘 버텨 온 미국의 저력에 기대를 걸면서도, 미국이 그동안 누려 온 초강대국의 자리에서 차츰 쇠락의 길을 걷기 시작한다는 느낌을 지울 수가 없다. 부자가 망해도 3대를 간다는 말이 있듯이 당장 어찌 되지야 않겠지만 우리 다음 세대들이 어떤 세상에서 살게 될지는 미지수이다.

그러나 한 가지 분명한 것은 아주 천천히라도 인종 화합의 날이 올 것이라는 것이다. 50년 전의 미국과 오늘을 보면 흑인들이 차지하고 있는 현재의 위치가 괄목하게 개선되었다는 것을 알 수 있다. George Floyd의 죽음이나 Kenosha에서 7발의 총을 맞고 불구가 된 Jacob Blake같이 눈에 보이는 희생이 있을 때마다 격렬한 시위와 소요가 일어났었고 그때마다 정책이 개선되고 흑인들의 위치가 일보 전진했다는 역사를 돌이켜 볼 때, 흑백 간 공존의 시대는 올 것이고 무엇보다 자본주의의 속성과 대다수 미국인들의 이성적인 판단이 그렇게 흘러갈 것이다.

트럼프의 말대로 '미국은 위대한 나라'이니까.

미국인의 권리

　우선 미국인의 정의는 무엇일까? 미국 시민권을 가진 사람들은 당연히 미국인인 것이다. 인종에 관계없이, 합법적으로 미국에 이민 와서 일정 기간을 거주하며 열심히 일하고 세금 내고 범죄에 연루된 사실이 없으면 미국 시민권을 신청할 자격이 생기고, 이민국이 요구하는 소정의 테스트를 거쳐 인터뷰에 통과하면 미국에 충성하겠다는 선서를 하고 미국 시민이 되는 것이다. 이렇게 끊임없는 이민의 유입으로 생성, 발전해 온 나라가 미국이다. 백인의 모습을 가진 사람들만 미국인이 아닌 것이다. 물론 건국 초기에 이민 와서 미국의 기초를 다지고 발전시켜 온 사람들이 영국계 백인들이었고 이후, 수많은 타 유럽계들이 이민 와서 미국의 번영에 일조를 했다는 것은 부정할 수 없는 사실이다. 그래서 이 나라는 아직도 백인들이 다수이고 그들이 많은 기득권을 누리고 있는 것이다.

　후발 이민들인 아시아계 이민들이 자국에서 받은 높은 교육 수준과 특유의 성실, 부지런함으로 짧은 시간 내에 안정 기반을 닦는 것은 인정할 만한 사실이나 아직도 우리 아시아계 시민권자들은 스스로 미국인이라는 자의식이 부족하다. 시민권자로서 받는 각종 혜택에는 민감해도, 권리 주장에는 둔감한 것이다. 하긴, 매스 미디어나 영화, 드라마에 때때로 비치는 아시아인들이 흰쌀 속에 어쩌다 섞인 팥알처럼, 우리 아시아인의 눈에도 생뚱맞게 보이는 것은 부정할 수가 없다. 백인, 흑인들이 휩쓸고 있는 미디어나 영화, 드라마 속에서 동양인의 얼굴이 낯설게 보이는 것은 그만큼 우리 아시아계가 아직도 소수라는 얘기이다. 자주 보이질 않으니 낯설 수밖에 없는 것이다. 그러나 소수라고 잠잠히 숨어서, 나 먹을 것이나 챙기고 있는 것은 아시아계의 장래에 도움이 되지 않는다. 그런 의미에서, 이번 선거에 젊은 한인들이 각종 정치 분야에 출마한 것은 분명 고무적이고 발전적인 현상이다. 시작은 미미해도 꾸준히 밀고 나가면 좋은 결과가 있을 것이다. Kamila Harris 같은 흑인과 인디아 이민의 딸도 부통령 후보에 오르지 않았는가? 세상이 변해 가는 것을 누가 멈출 수 있겠는가? 이 급변하는 시대의 물결 속에서 우리는 더 이상 우리가 한국인이라는 것에만 초점을 맞출 수가 없다. 그리하면 우물 안의 개구리밖에 더 되겠는가?

우리 눈에 다양한 유럽계의 미국인들이 모두 백인일 뿐인 것처럼 한국인이나 다른 아시아계 미국인들은 백인들의 눈에 그저 모두 동양 사람들일 뿐이다. 한국인만의 힘은 미약하나 전체 아시아계의 힘은 보다 크고 강해지는 것이다. 아시아계가 아직도 숫자에서 미미하나, 소수의 의견도 중요한 것이 민주주의 사회이다. 다수의 횡포를 막으려면 소수의 의견을 확실하게 보여 주어야 한다. 그 확실한 방법이 매번 선거 때마다 투표를 하는 것이다. 미국인으로서의 권리 주장을 가장 명확하게 할 수 있는 것이 투표이다.

미국 대통령 선거일이 4일 남았다. 조기 투표나 우편 투표를 한 분들도 있겠지만, 아직 안 한 분들은 선거 당일, 분명히 투표를 해서 아시아

시카고의 봄

계들의 숫자도 무시할 수 없다는 통계를 보여 주어야 한다. 그것이 다양한 이민들이 모여 세운 이 나라의 국민으로서 해야 할 의무이며 권리이고 우리의 이익을 극대화할 수 있는 첩경인 것이다. 바이든을 찍든 트럼프를 찍든 투표장에 나가 동양인의 모습을 보여 주는 것이 중요하다. 당장 큰 효과가 없더라도 꾸준히 투표장에 모습을 보이는 것이 중요하다.

시카고의 북쪽 끝, Sauganash라는 동네에서 35년을 산 우리 부부는 시민권을 딴 이래 한 번도 거르지 않고 투표장엘 나갔다. 아시아계 인구가 희박한 이 동네에서 투표장에 나가는 것은 동양인의 모습을 보여 주자는 뜻이었다. 지난 3월 17일, 선거 때는 선거 당일 봉사 요원으로 참가하였다. 투표하러 온 사람들의 안내가 어려운 일은 아니었지만 마지막에 투표함에 든 투표지들을 정확히 관리, 패킹하여 집기들과 함께 선거구에서 보내온 대형 캐비닛에 넣고 Seal을 하기까지의 과정이 만만치 않아 현장에 있던 봉사자들이 모두 10시나 되어 귀가할 수 있었다.

"코로나가 이리 기승인데 투표장에 가는 것도 내키지 않고, 귀찮기도 하고, 나 하나 빠진다고 무슨 영향이 있을려고?"라는 생각은 나의 권리를 포기하는 일이다. 2016년 선거도 그랬고, 이번 선거와 같이 결과를 예측할 수 없는 막상막하의 선거에서 소수계의 투표는 더없이 값진 것이다. 누구를 지지하던 상관없이 투표를 하는 것이 중요하다. 아시안들의 숫자가 늘어난다는 것을 보여 주어야 한다. 이 나라에서 오랜 세월 살아야 하는 우리의 2세와 3세들을 위한 작은 노력이라고 생각하고 투표장엘 나가야겠다. 미국 시민으로서의 권리를 확실하게 주장해야 하지 않겠는가?

이민자

　미국에 이민 와 43년의 세월을 살면서 개인적으로 특히 큰 문제나 이
슈를 겪지 않았다. 이민 초기에 누구나 겪는 어려움, 빈손으로 와 어떻
게든 자리 잡고 살아 보려는 치열한 노력은 누구나 하는 것이니 구태
여 거론할 필요가 없겠다. 돌이켜 보면 이 나라에 살며 이룬 작은 열매
들은 미국이기에 가능했다는 생각이 든다. 1965년 이민법 개정으로 비
백인계 이민이 허용되면서 봇물 터지듯이 쏟아져 들어온 이민자들에
게 이 사회가 준 많은 혜택들을 생각하면 미국이 분명 이민으로 이루
어진 나라이고 관대한 나라라는 사실을 인정하지 않을 수가 없다. 한
국에서 살며 겪었던 사회적 제약과 수많은 시빗거리들이 이곳에는 없
었다. 자유로왔다. 법에 저촉되는 일을 하지 않는 한 어항 속의 금붕어
처럼 유유히 살게 내버려 두는 미국의 제도가 고마웠다. 한국동란 후
의 어려운 시기에 청소년 시절을 보낸 내게 한국은 가난하고 짜증 나
는 나라였다. 어디를 가나 널려 있는 가난의 모습, 융통성 없는 사회,
독재체제, 힘 가진 사람들의 횡포 등이 꼴 보기 싫어, 김포를 떠나며 마
음속으로 다시는 이 나라에 발을 들이지 않을 것이라고 맹세했었다.
아마도 그 맹세가 이민 생활을 하며 겪었던 어려운 시기를 뚫고 나갈
수 있는 원동력이 되었던 것 같다. 미국 사회의 저 깊숙이 숨어 있는 인

종 차별의 문제도 직접 부딪칠 일이 없었고 그저 내 개인과 가족들의 안위와 발전을 위해 매진할 수가 있었다. 그렇게 살도록 허용해 준 게 미국 사회였다.

미국 어디를 가나 한인들이 살고 있고 한인 사회가 형성되어 있다. 어느 나라 이민들이나 이민 세대가 자기들만의 사회를 형성하고 사는 것은 마찬가지이다. 언어와 풍습의 다름, 사고방식의 차이가 당대에 쉽게 해결되는 것이 아니다. 다른 아시아계도 그렇고 유럽계도 다르지가 않다. 2세와 3세로 내려가며 차츰 동화가 되는 것인데 아시아계는 아직도 극소수인데다가 생김새가 주류인 백인들과 달라 느낌적으로 외국인 대우를 받기가 일쑤이다. 이민 세대는 살기 바빠서, 또 언어 장벽으로 인종 차별에 대한 민감한 문제들을 눈치채지 못하거나 알아도 모른 척하고 살아왔지만 영어 세대인 2세들은 일상생활 속에서 겪는 차별을 훨씬 더 민감하게 느끼는 것이 사실이다. 그러나 최소한 아시아계들은 성공한 이민자들로 미국 사회가 인식을 하고 있으니 미세한 차별 문제는 무식한 백인들의 시기심에서 나오는 것이라고 차치해 버리는 것이 개인 건강에 좋을 것이다.

그에 비해, 한국 땅에 사는 외국인 수가 현재 250만을 넘는다고 하는데, 백인들이 받는 우호적인 대우에 비해 비백인계 거주자들과 특히 동남아 노동자들이 받는 홀대의 이유가, 생김새의 다름과 그들의 모국이 대부분 가난하다는 것이 이유이다. 그와 비교해 백인 체제자들의 모국이 대개는 곧잘 사는 나라들이고, 게다가 한국 사회를 풍미하는 비주얼 우선의 풍조가 그런 면에서는 한국 사람들 우위에 서 있는 그들에게 무언의 크레딧을 주기 때문이 아니겠는가? 잘생긴 사람들이 무의식중에 우월감을 갖게 되고, 잘사는 사람들이 무언중에 못사는 사람들을 깔보게 되는 것은 인간의 본성(Human Nature)이라고 하는 것이다. 그런 측면에서 보면 미국에서 아시아계나 다른 소수계가 당하는 무언의 차별도 이해 못 할 바가 아니다. 그러나 미국이 한국과는 다르게 본래 이민으로 이루어진 나라이고 후발 이민들이 힘들고 더러운 일들을 도맡아 하며 발전해 온 나라인 것을 잊어서는 안 되겠다. 예를 들어, 요즘 집집마다 스스로 뜰의 풀을 직접 깎는 사람들이 드물다. 남미계 이민들이 싼값에 풀을 깎아 너도나도 그들에게 맡기는 것이 일상이 된 지가 오래되었다. 20여 년 전까지만 해도 한인 인구와 비즈니스가 많아 공식적으로 시카고의 한인 타운이었던 '로렌스 거리'가 이제는 모두 후발 이민인 아랍계와 동남아계로 탈바꿈을 하였고, 한인 비즈니스는 좀 더 부유한 지역으로 옮겨 갔다는 사실이 그것을 말해 준다. 사람 사는 곳이라면 어디에나 텃세라는 것이 있다. 선발 이민들이 닦아 놓은 바탕 위에 후발 이민들이 들어와 혜택을 받는 부분이 있으니 어느 정도의 텃세는 인정을 해 주어야 하지 않겠는가? 흑인들을 노예로 잡아다 혹사하고 원주민 인디언들을 학살해 가며 백인들이 쌓아 올린 미국의 부와, 전 세계를 석권하는 미국 문화 속에서 후발 이민인 아시아계들이 누리는 혜택이 없다고 말할 수가 있겠는가? 최소한 미국은 인종 차별이 법으로 금지되어 있는 나라이니 직장이나 일상생활 속에서 차별 문제로 억울한 일을 당하면 법정에 가 싸울 수라도 있다지만, 일본같이 한인들을 끌어다가 무법적으로 혹사하고 해방 후, 어쩔 수 없이 그 땅에 남은 재일 한인들을 그 사회의 천덕꾸러기로 대우하는 일본의 편협한 사회 제도와 비교해 볼 때 미국의 인종 차별 문제는 시간 속에서 차츰 해결

될 것이라고 보여진다.

　이민은 제가 낳고 자란 나라를 떠나 타국으로 이주해 새롭게 그 나라에 뿌리를 내린다는 뜻이다. 30년, 40년 자란 나무를 뿌리째 뽑아 기후와 토양이 다른 땅에 옮겨 심어 다시 번창하려면 긴 시간과 끊임없는 노력이 필요하다. 그나마 미국이라는 비옥한 토양에 옮겨 심어져 그럭저럭 뿌리를 내렸다고 하겠다. 내가 이 나라에서 '권'씨 성을 퍼뜨리는 시조가 되는 것이다. 내 아이들이 이곳에서 태어났고 손주들이 태어났다. 생긴 것이 주류와 달라도 나는 이 나라 사람이고 내 후손들도 이 나라 국민들이다. 여기에서 자손대대 번영하고 잘 살아야 하지 않겠는가? 그러려면 이 나라 정치에 관심을 갖고 선거 때마다 철저히 투표권을 행사해 아시아계의 위상을 높이는 데 한몫을 해야겠다. 흑인들과 달리 아시아계는 극렬히 싸우고 외칠 필요도 없다. 각자 자기 하는 일에 충실하고 되도록 많은 2세, 3세 젊은이들이 정계로 진출하도록 격려하고 그들을 지원해 주면, 천천히 그러나 확실하게 우리의 입지가 개선될 것이다. 이 나라 정치에 관심을 가지고 옳은 판단을 하는 것은 이 나라에 이민 와 미국 국민이 된 사람들이 분명히 갖추어야 할 권리의식이 아니겠는가?

봄은 여기에

3월도 막바지를 향해 간다. 뒤뜰엔 이미 크로커스가 앙증맞은 보라색 꽃들을 피우고, 수선화 줄기들이 껑충 밀고 올라와 있는가 하면 양귀비, 접시꽃 잎새들이 몰려나와 곧 텃세를 부릴 양이고, 목련 봉오리들도 팽팽하게 모양을 다잡고 있다. 봄은 분명 잊지 않고 찾아와 저리들 꽃 피울 채비들을 하고 있는데 인간 세상은 끝없는 문제들로 한가할 날이 없다. 팬데믹으로 얼룩진 일 년이 지났다. 그동안 전 세계가 당한 어려움을 새삼 말해 무엇 하겠는가? 그나마 백신 보급이 속도를 내고 있어 다행이긴 하지만, 변종 바이러스가 여기저기서 발견된다고 하니 아주 마음을 놓을 수는 없을 듯하다. 백신을 맞지 못해 안달하는 사람들을 위해 뒷돈을 받고 먼저 놓아 주었다는 경우도 있고 구태여 맞지 않겠다고 버티는 사람들도 놀랍게 많다. 마이애미 비치에서는 Spring Break를 만난 학생들이 쏟아져 나와 마스크도 쓰지 않은 채 마시고 춤추고 뒤섞여 놀아 경찰에 연행된 학생들이 천여 명에 달한다고 한다. 특히 흑인 학생들을 경찰이 과잉 단속을 하고 백인 학생들에겐 그렇게 하지 않았다고 말들이 많은 모양이다. 근본 원인은 주지사가 플로리다주의 비즈니스를 완전히 오픈한다고 발표한 탓이란다. 오랫동안 억눌려 있던 학생들과 여행객들이 마이애미 비치로 몰려가 마구잡이 파티를 벌인 것이다. 경제를 살려 보자는 주지사의 일방통행식 결정이 그나마 가닥이 잡혀 가던 팬데믹에 기름을 들이붓는 격이 되지 않길 바랄 뿐이다.

　미국과 멕시코 국경지대에서는 미국에 망명 신청을 하려고 매달 수천 명씩 몰려오는 중미의 이주자들이 죽음을 무릅쓰고 들이닥쳐 처리 문제로 골머리를 앓고 있다고 한다. 게다가 어린아이들을 어른의 보호 없이 보내, 국경 수비대의 미성년자 수용소가 넘쳐 나고 열악한 수용소의 시설이 매스컴에 공개되는 것을 꺼리는 바이든 행정부가 비난의 소리를 듣고 있다. 휴머니즘이 국시의 하나인 서방의 부유한 나라들도 외면할 수 없는 문제인데, 독일의 메르켈 총리가 시리아 난민들을 130만이나 받아들여 인도주의와는 별개로, 난민들을 먹여 살릴 일과 자신들의 일자리를 걱정한 저임금 노동자들의 반대 시위가 극렬해, 그녀가 여론의 표적이 되었던 것이 오래전 일이 아니다. 미국이 현재 겪고 있는 중미의 이주자들 문제도 별반 다르지 않다. 바이든 정부가 이 복잡한 문제를 어떻게 해결할지 주목된다. 도대체 그 많은 가난한 나라의 위정자들은 정치를 어떻게 하길래, 자신들이 저지른 부정과 독재의 부산물들을 남의 나라에 떠맡기고 있는 것일까? 국가와 국민의 안위에는 일도 관심이 없고 자신의 권력 보존과 제 가족의 안전과 안락만을 추구하는 그 인간들이야말로 쓰레기 처리장으로 가야 마땅하지 않겠는가?

　아시안 증오 범죄는 범죄대로 꺾일 기미가 보이지 않는다. 성공한 이민 그룹으로 불리며 눈에 보이지 않는 소수계였던 우리 아시아계 이민자들에게 닥치는 각종 크고 작은 증오 범죄가 불안감을 증폭시키는 요즘이다. 드디어 여기저기서 크고 작은 시위가 벌어지고 바이든 행정부까지 아시안 대상 증오 범죄를 규탄하고 나섰다. 그러나 대통령의 격앙된 말 한마디와 법령의 제정이 일시에 증오 범죄를 종식시키지는 않을 것이다. 주류 사회에서 성공한 아시아계들이 목소리를 내고 일반인들도 힘을 합쳐 소리를 내야 하지 않겠는가? 아시아계 이민으로 미국 땅에 산 세월이 44년이 되는데, 뒤돌아보면 이렇다 하게 기억에 남을 만한 인종 차별을 겪어 본 적이 없다. 말이 짧았던 시절에는 당했어도 모르고 지났을 수도 있고, 말문이 터진 후에는 내 나름의 자부심과 자존감이 있었기에 직장에서 설사 어떤 낌새를 눈치챘어도 마음속으로 깔아뭉갤 수가 있었다. "야 너보다 내가 더 잘하고 있어. 백인종에 여기서 낳고 자란 너보다 내가 못할 것 없다구. 이 인간아."라는 자부심 같은 것이 있었다고 해야 할까?

그러나 최근의 아시안 증오 범죄를 보고 딸아이가 '인스타그램'에 올린 글을 읽고 마음이 아팠다. 초등학교와 중고교를 천주교계의 학교에서 마친 아들아이와 딸아이가 열 살 안팎일 때, 하굣길에 골목에 숨어 있다가 길을 막고, 습관적으로 괴롭힌 두 명의 백인 아이들이 있었는데, 칭크니 납작 얼굴이니 하는 정도를 떠나 밀고 때리고 악의에 찬 욕설을 퍼부으며 괴롭힌 아이들이 있었다는 것이었다. 고교 시절, 어느 급우의 하우스 파티엘 갔다가 조롱과 욕설을 당했다고도 술회하였다. 뉴욕에 살 때 지하철 안에서, 거리에서 당한 모욕의 기억도 가지고 있었다. 당해도 아무도 나서서 도와주는 사람이 없었다고 한다. 딸아이가 항상 겉보기에 씩씩하고 당당해 감감히 모르고 있었는데 인스타그램을 통해 어제 알게 된 사실이다. 60여 명에 이르는 친구들이 "얘기해 줘서 고맙다, 용감하다, 너와 함께한다, 사랑한다."는 댓글들을 올려 위로가 되긴 했지만 딸아이가 혼자 말없이 겪어 낸 세월들이 안쓰러워 가슴이 먹먹하였다. 차라리 아시아계가 많은 공립 학교를 보냈더라면 동아리 속에서 보호를 받았을 수도 있었으련만. 아들아이도 때때로 초등학교 시절에 겪은 이야기를 내비치며 왜 자신이 백인들에게 전적인 신뢰를 느끼지 않는지를 말했었는데, 그런 건 이 나라에 살며 알게 모르게 겪는 일이니 네가 당당하고 대범하게 대응을 하라고, 위로가 아닌 충고를 해 주었던 나의 무지가 기억난다. 그러나 딸아이의 증언은 처음 대하는지라 마음이 너무 아프다. 게다가 이젠 노년이 된 제 부모가 혹시 당할지도 모르는 증오 범죄가 염려된다고 해서 더 마음이 쓰라렸다. 우리 같은 이민 세대들은 두고 온 모국이 정체성의 뿌리가 되지만 여기서 낳고 자란 아이들이 외국인 취급을 받을 때 느끼는 황당함과 박탈감은 무엇으로 설명할 수 있을까?

  그러나, 사람 사는 세상이 아무리 시끄럽고 말썽 많아도, 봄은 저리 소리 없이 찾아와 소근소근 새싹들을 밀어내고 있으니, 이 복잡한 심사, 꽃 피는 봄날을 기다리며 가다듬어 볼까나?

◆

7장

브루클린 뉴욕

도어 카운티 로드 트립(Door County Road Trip)

지난 토요일, 아주 오래간만에 '도어 카운티'로 단체 로드 트립을 나갔다. 도어 카운티는 애들이 어렸을 때 해마다 여름이면 갔던 곳이다. Wisconsin주의 동북쪽으로 길게 뻗은 반도인 이곳은 시카고 인근에서 여름 휴양지로 인기 있는 곳이다. 인근이라고 해도 카운티의 입구까지만도 차로 4, 5시간이 걸리는 만만치 않은 거리이지만 워낙 가깝게 갈 만한 곳이 많지 않은 시카고에서 이 정도면 준수한 거리가 아닐까? 아주 가깝게 Lake Zeneva도 있고 Galena같이 3시간 정도면 갈 수 있는 곳도 있지만 Door County만큼 다양한 모양새를 갖추고 있지는 않다. 카운티의 초입에 있는 Sturgeon Bay에서 시작해서 반도의 서쪽 Green Bay 호안을 따라 Egg Harbor, Fish Creek, Ephraim, Sister Bay, Ellison Bay, Gills Rock까지 북쪽으로 올라가면, 거기서 다시 페리를 타고 건너가야 하는 반도의 최북단 Washington Island까지 저마다 다른 분위기의 이들 작은 타운들은 여름철이면 넘치는 관광객들과 휴양객들로 북적거려서 매일이 축제 같은 분위기이다.

야외 음악회, Art Fair, 체리 축제 등, 때마다 무슨 건수가 그리 많은지. 대단한 볼거리가 있는 것은 아니지만 미국의 작은 시골마을들이 대개 그렇듯이 예쁘고 아기자기한 가게들과 식당과 카페들이 즐비하고 어디에고 꽃이 흐드러지는 거리 모습과 창의력이 풍부한 쇼우윈도들, 중심도로와 나란히 가는 호수, 거기 떠다니는 돛단배 등 휴양지의 여름이 갖는 캐주얼하고 편안한 분위기가 사람들을 끌어모으는 이유라고 보여진다. 인근의 과수원에서 나는 체리, 붉은 것, 하얀 것, 노란 것 등, 체리 고장으로도 유명하다. 체리철이면 애플피킹같이 체리피킹도 있다. 그 비싼 하얀, 노란 체리들을 따면서 마구 먹는 재미도 있고. 그래서 포도 대신, 체리 와인이 유명하다. Cherry Winery에 들러 Free Sampling을 하는 재미도 있고 Farmers Market을 두리번거리는 재미 등, 특별히 무엇을 해야 한다기보다 느릿느릿 시간 재지 않고 느시적느시적 하는 재미가 도어 카운티의 작고 개성 있는 마을들이 주는 여름의 선물이다. 어느 핸가 Egg Harbor의 한 영롱한 유리 공예품 가게에서 세상 처음 듣는 아름다운 선율에 꽂혀 도대체 이게 무슨 음악이냐고 주인에게 물으니 New Age Music이라고 하였다. 맑고, 고요하고, 샘물을 뚫고 나오는듯, 사람의 영혼을 어루만지는 듯한 그 음악을 발견하게 해 준 곳이 도어 카운티였다. 이후 나의 가장 좋아하는 음악 장르가 되었다.

이번에 간 곳은 반도의 최남단이면서 도어 카운티로 들어가는 관문이고 반도에서는 가장 큰 타운인 Sturgeon Bay와 반도의 중간에서 약간 남쪽에 위치한 Egg Harbor라는 빌리지였다. 일일 관광인 고로 더 북쪽으로 가기엔 시간이 허락지 않았기 때문이다. 우리 부부에게 낯익고 정거운 마을들이 옛날 그대로 거기에 있었다. 아이들과 보낸 시간들이 오롯이 추억으로 남아 있는 변함없는 마을들. 어쩌면 미국은 이렇게 변함이 없을까? 그 변함없음이 나는 좋다. 여기서만 맛볼 수 있는 Fish Boil을 먹었던 식당도 고대로 있고 카페, 갤러리, 선물 가게들도 고스란히 거기에 있었다. 참, Fish Boil이란 도어 카운티의 명물로, 인근 호수에서 잡히는 물고기들을 커다란 솥에 넣고 장작불로 끓여서 버터와 감자를 곁들여 내어놓는 음식이다. 별 양념도 없이 내어놓는데 워낙 생선을 끓여 먹지 않는 미국인들에겐 일종의 새로운 경험이라고 할까? 식당 뒤켠에 있는 뒷마당에 솥을 걸고 삶는 과정을 구경시키는데 한참 타는 장작불에 소금을 한 줌 휙 뿌리면, 빙 둘러서서 보다가 휘익 하고 불길이 치솟는 재미와, 다 되면 손님들 앞에서 생선을 건져 주방으로 들어갔다가 손님상으로 바로 나오는 그 현장성이 사람들을 매료시키는 것이다. 우리같이 온갖 매운탕에 익숙한 사람들에겐 맛도 그렇고 별 신기할 것도 없건만 구경거리는 구경거리인지라.

이번에는 특별히 Trolley Tour를 주선하여서, 전에 못 본 Green Bay 쪽 숲속 길을 달리며 가이드로부터 도어 카운티 역사를 배울 수 있어서 좋았다. 전망대에서 호수에 떠 있는 섬들, 아스라이 보이는 대안의 경치 등을 바라보니 속이 탁 트이는 느낌이었다. 예정에 없던 카운티의 동쪽, 미시간 호수 쪽을 보기 위해 반도를 횡단해서 Baileys Harbor를 거쳐 돌아오려니 예정보다 시간이 많이 늦어졌다. 달리는 버스 창밖으로 어둑해지는 회색 하늘 아래 펼쳐진 추수를 마친 황량한 들판, 노인의 성근 머리같이 잎새를 잃어 추워 보이는 활엽수 무리들, 떼 지어 길게 날아가는 철새들, 시월의 끝자락에 아직도 버티고선 끝물의 단풍 등을 내다보며 사는 것에 대해서, 살아온 날들에 대해서 생각해 볼 수 있는 시간을 가질 수 있었다.

시카고의 봄

겨울 여행

11월의 끝자락에 유럽 여행을 하였다. Amsterdam과 Brussels, Bruges 그리고 Paris를 거치는 7일간의 단체 관광이었다.

제일 북쪽에 위치한 네덜란드에서 바로 남쪽으로 Brussels, 거기서 더 남쪽의 Paris 순으로 4개 도시를 거치는 일정이었다. 미국의 각지에서 각자 네덜란드로 날아온 41명의 여행객들이 지정된 호텔로 모여 수인사, 오리엔테이션을 하고 다음 날부터 코치 버스로 암스테르담 시내 관광에 나섰다.

네덜란드는 튤립과 풍차로 우리에게 잘 알려진 인구 1,800만 정도의 작은 나라이다. 잘 알려지긴 했지만 실제로 잘 가지지는 않는 나라? 영국, 프랑스, 이태리, 스페인 등 관광객들에게 가장 인기 있는 나라들 축에는 끼이지 못하는 탓일까? 그러나 이 작은 나라가 서유럽에서 가장 부유한 나라들 중 하나이고 국민들의 행복지수가 항상 최상위권을 유지한다는 통계가 나와 있다.

네덜란드에서 가장 크고 부유한 도시인 암스테르담은 한마디로 도시 전체를 골목골목 연결시키는 운하와 끝없는 자전거의 행렬로 이루어진 도시이다. 네덜란드 특유의 요란한 장식이 배제된 고풍스럽고 아름다운 건물들 사이로 끝없이 이어진 운하들에는 백조와 오리들이 유유히 헤엄을 치고 운하 양쪽 도로에는 어디를 가나 자전거들이 빽빽이 주차되어 있고 자전거를 탄 사람들이 부지런히 어딘가를 향해 달려간다. 도착한 첫날부터 틈틈이 흩뿌리던 가랑비가 이튿날부터는 지속적인 겨울비가 되어 외투와 우산과 비옷이 필요한 날씨로 변해 있었다. 겨울비가 종일토록 내리는 암스테르담의 거리는 음울하고 차가웠으나 17세기 네덜란드가 융성하던 시기에 이루어진 고풍스러운 자태의 구시가지는 관광객들로 넘쳤다. 보트 투어로 운하를 돌며 요소요소를 안내하는 현지 가이드의 익살이 그나마 추운 날씨를 잊게 해 주었다. 그 다음 간 곳은 근교의 Volendam이라는 작은 어촌마을이었다. 700년 된 풍차가 아직도 힘차게 바닷물을 퍼내는 모습을 보니 이곳 사람들의 든든하고 꿋꿋한 기상이 부러웠다. 알다시피 이 나라는 국토의 3분의 1이 해수면보다 1미터 이상 낮은 나라이지 않은가? 거친 기후와 악조건을 피해 다른 곳으로 이주하지 않고 그 악조건과 싸우며 굳건한 생활 터전을 이루어 낸 그들의 고집과 의지와 역사가 작은 감동으로 다가왔다. 어촌은 아직도 고깃배가 들고나는데 그보다는 관광객들이 떨어트리고 가는 돈이 더 큰 수입원일 것 같았다. 식당과 카페, 선물 가게가 즐비한 예쁜 다운타운이 관광객들로 제법 붐비고 있는 걸 보니.

그날 저녁 식사 후, 별로 내키어 하지 않는 집사람과 그 유명한 Red Light District를 찾아갔다. 이 도시의 커다란 관광자원 중 하나인 공창이 밀집해 있는 지역이다. 역시 운하를 사이에 두고 양안의 오래된 건물들 사이사이 골목 속에 자리한 윈도우 속에 살짝 가릴 곳만 가린 여자들이 짙은 화장과 요염한 자태로 밖을 내다보며 손님들을 유혹한다. 이 지역 역시 관광객들로 메어져서 이런 골목길들을 지나면서 밀치고

시카고의 봄

부딪혀야 했다. 이 나라는 세계에서 가장 성적으로 개방된 나라일 뿐 아니라 마약도 법제화되어서 여기저기 골목마다 Coffee Shop이라는 게 있다. CAFÉ라고 간판이 붙은 집이 진짜 커피나 차를 파는 곳이고 Coffee Shop에서는 마리화나를 종류별로 판다. 카운터 위에 종류별 가격 사인이 붙어 있고 Gram이나 Joint 몇 개에 얼마라고 되어 있다. 그냥 사 가도 되고 거기서 피워도 된다. 물론 미성년자는 신분증을 제시해야 해서 들어갈 수가 없다. 그곳도 현지인들과 관광객으로 만원이다. 관광사업이 얼마나 국익에 도움이 되는지를 철저히 알고 있는 나라이다.

셋째 날 간 곳이 벨기에의 수도 Brussels이었다. 군데군데 아름다운 사적지들이 있긴 하지만 주로 현대식 건물들이 밀집한 이 도시는 지리적으로 유럽의 중심에 위치한 고로 유럽연합의 본부가 자리 잡고 있어 중요한 도시이다. 시카고 근교의 Rosemont Horizon 같은 느낌? 그러나 구시가지의 중심에 위치한 대광장은 광장을 둘러싸고 있는 중세의 건물들이 모두 금박을 입고 있어 눈부시게 찬란하고 아름다웠다. 그 유명한 '오줌 싸는 소년'의 동상도 멀지 않은 곳에 있었는데 생각보다 아주 작았다. 전 세계에서 기증받은 옷들이 천여 벌이나 되어서 여름 아니면 발가벗고 있을 새가 없다고 한다. 그날은 무슨 삼총사의 달타냥 같은 옷을 입고 있었다.

그다음 간 곳이 Bruges였다. Brussels로부터 한 시간 반 남짓, 중세의 작은 도시가 700년 전의 모습을 그대로 간직하고 있었다. 용인의 민속촌같이 인위적으로 조성된 옛 마을이 아니라 700년 전의 건물들, 교회당들, 수도원, 마켓 플레이스 등이 그대로 살아 있어 주민들이 모두 중세기 속에 살고 있는 동화 같은 도시가 거기 있었다. 그곳 대성당에 안치되어 있는 미켈란젤로의 오리지널 조각, Madonna를 볼 수 있었던 것도 특기할 일이지만, 그 도시 전체가 발산하는 오래 묵은 아름다움, 수도원의 안뜰같이 묵직하고 고요한 분위기, 이끼 긴 동네를 휘돌아 흐르는 맑은 시냇물, 비 온 뒤끝같이 정결한 거리, 두 사람이 간신히 지날 수 있는 골목길 사이사이에 은은히 불빛을 내뿜으며 자리 잡고 있는 카페, 식당, 선물 가게 등 형언하기 어려운 느낌이 가득 차 있는 그 도시가 아직도 뇌리에 형형히 남아 있음은 나의 개인적인 취향이 그쪽이라서인지? 여행사 측에서 주선한 디너를 한 고색창연한 식당이 바로 아름다운 고성과 백조들이 무심히 노니는 호수 옆이었는데 어둠 속에 노니는 백조들의 모습이 아스라이 꿈속 같았다. 이 사람들은 어찌 이렇게 생활환경을 아름답게 가꾸었을까?

파리는 여전히 아름다웠다. 5년 전에 갔을 때보다 더 복잡하고 분주하다는 느낌 외에는. 파리의 건물들은 대부분 석조이고 섬세한 전면 장식과 창문 앞에 아름다운 디자인의 철 난간들이 어느 건물이건 빠짐없이 설치되어 있어서 고급스러운 느낌을 더해 준다. 그런 장식들이 생략된 암스테르담의 건물들과 비교해 보면 성장한 귀부인의 모습 같다고 할까? 파리는 어디를 가나 화려한 느낌을 준다. 박물관도, 팰리스도, 교회도, 콩코드 광장도, 샹젤리제 거리도, 가능한 무엇이던 섬세한 장식을 덧붙여서 귀티 나게 꾸미는 것이다. 그것을 프랑스인의 기질이라고 하지 않는가? 그 예술적인 기질이 그들로 하여금 세계인의 상찬을 받는 파리라고 하는 아름다운 도시를 건설하게 한 것이리라.

일주일의 관광으로 무슨 대단히 할 말이 있겠는가? 주마간산이라고,

달리는 말 대신 달리는 차창에서 바라본 4개 도시에서 내가 본 것은 유럽인들이 지난 수백 년 동안 쌓아 올린 엄청난 부와 세련된 문화와 아름다운 생활환경이었다. 그러나 어디에건 노숙자와 막일에 시달리는 노동자들이 보였다. 겉모습으로 본즉 대부분의 노동자들이 거무튀튀한 아랍계였다. 사회의 밑바닥에 처한 그들의 응집된 불만이 혹여 장래에 말썽의 씨가 되지 않을까 하는 기우가 생겼다. 파리의 곳곳에 들어서기 시작하는 스타벅스 커피, 이미 오래전에 자리를 잡은 맥도날드, 켄터키 치킨 등 미국 자본을 외면할 수 없는 그들의 고충, 자존심의 하락이 눈에 보였다. 스타벅스에 가득 찬 프랑스인들. 그들스러운 카페에 앉아 자그마한 잔에 독한 에스프레소나 카푸치노를 우아하게 마시며 커다란 머그에 멀건 커피를 마셔 대는 미국인들을 우습게 보던 프랑스인들이 미국 기업이 하는 프랜차이즈 커피점에서 아메리카노를 마시는 모습, 게다가 어디를 가나 무리 지어 몰려다니는 시끄러운 중국 관광객들. 프랑스인 현지 가이드의 말로는 현재 프랑스의 경제 사정이 매우 안 좋은 상태이고, 10여 년 전부터 중산층 중국 관광객들이 대거 밀려들어 오기 시작하면서 그들이 뿌리고 가는 돈이 막대하여 국가 재정에 큰 도움이 된다고 하였다. 역사는 돌고 돈다고 하지 않던가? 프랑스나 네덜란드, 심지어 벨기에까지 유럽의 많은 나라들이 흑인 노예 교역국이었고 동남아시아와 아프리카에 수많은 식민지를 가지고 침탈과 수탈로 부강하여진 것이 사실이다. 누가 알겠는가? 개인이나 기업이나 국가나 홀로 영원히 번영할 수는 없는 법이다. 이태리, 스페인, 그리스, 포르투갈 등, 한때 세계를 호령하던 남유럽 국가들이 쇠락의 길을 가고 있으니 서유럽 국가들의 장래가 탄탄대로 만은 아닐 듯한 이 느낌은?

그러나 한 가지 분명한 것은 이들이 옛것을 소중히 여기고 보존하는 정신이다. 구시가지에 새 건물을 억제하고 층수를 제한하여 수백 년 된 이 도시들의 역사와 전통과 아름다움을 지켜 내는 그 지혜는 꼭 관광 사업을 위해서가 아니더라도 배워야 할 덕목이 아니겠는가?

시카고의 봄

독일 기행

    3월의 끝자락에 7박 8일의 독일 여행을 하였다. 서유럽 3대 강대국 중의 하나인지라 한 번은 꼭 가 보고 싶었는데 어찌 기회가 되어 가게 되었다. Berlin과 Dresden, Nuremberg, Munich 등 독일 동남부의 4개 도시를 도는 코스였다. 말하자면 동독 여행을 한 셈이다. 베를린의 Tegel 국제공항에 도착해 내심 의아했던 것은 공항이 너무 작고 초라한 것이었다. 아니 유럽에서 가장 경제부국인 나라가 공항 꼴이 이게 뭐지? 나중에 알고 보니 새로 지은 방대한 규모의 Brandenburg 국제공항이 설계가 잘못되어 쓰질 못하고 계속 수리 개선 작업이 진행되고 있는데 2020년경에나 개통을 할 것이란다. 베를린의 첫인상은 이렇듯 구겨진 것이었는데 도시 전체를 둘러봐도 이렇다 하게 볼거리가 없는 것도 조금은 실망스러웠다. 날씨가 음산하고 회색인 것은 계절 탓이라 그렇다 치고 유럽의 다른 도시들같이 오래고 아름다운 건물들도 많지 않고 높아 봐야 6, 7층 규모의 우중충하고 별 특징 없는 아파트 건물들과 오피스 건물들로 가득 찬 거리들이 어찌 그리 볼품이 없는지? 물론 중심지역으로 들어가면 신구 건물이 조화를 이룬 잘 정리된 다운타운이 있는데 그 사이사이에 2차대전의 상흔이 그대로 남아 있는 옛 건물들이 여기저기 보였다. 알고 보니 2차대전 중 전 도시가 폭격으로 망

가져 거의 폐허가 되다시피 했는데 1960년대에 들어와 전후 복구 운동으로 대거 지은 건물들이 오늘날 베를린의 모양새를 이루게 되었다고. 어디를 가나 많은 건물들과 사적지들이 아직도 총탄 자국이 생생히 살아 있는 모습을 보니 독일의 역사도 아프고 힘들었을 것이란 생각이 들었다. 동서 베를린을 가르고 있던 장벽의 잔해도 여기저기 남아 있고 베를린의 대표적인 상징물인 Brandenburg Gate도 여기저기 총탄의 흔적이 남아 있어 히틀러의 독일과 연합군의 싸움이 얼마나 가열한 것이었는지를 짐작할 수 있었다. 대량 학살당한 유태인들을 기억하기 위한 기념관은 수없이 많은 장방형의 대형 시멘트 블록 조각품들이 크기와 높이를 달리한 모습으로 도시의 한 구획을 꽉 채우고 있었는데 이를테면 공동묘지의 비석들을 늪히어 놓은 것 같은 느낌이었다.

　베를린에서 한 시간 반 남짓한 거리에 위치한 Potsdam은 우리가 잘 아는 '포츠담 선언'으로 유명한 곳인데 2차 세계대전 후 연합국 대표 처칠, 트루먼, 스탈린이 모여 패전 독일의 처리 문제와 종전 후의 세계질서에 관한 회담을 하였던 곳으로 Havel강을 끼고 자리 잡은 동화 속같이 아름다운 인구 20만의 고풍스러운 도시였다. 베를린의 위성도시로 유명 인사들과 전 세계의 부호들이 별장을 가지고 있는 이곳은 최근 들어 영화 산업이 번성하게 되었다고.

　베를린을 떠나 3시간가량 남쪽으로 내려가니 중세의 풍모를 그대로 간직한 Dresden이라는 인구 50만 명의 도시가 나온다. 독일의 Florence란 별명이 아깝지 않게 아름다운 이 중세의 작은 도시는 독일에서 Hamburg와 함께 가장 연합군의 폭격을 많이 받은 곳이라고. 중심가의 90% 이상이 폭격으로 부서진 이 도시는 많은 사적지가 지난 70여 년간 복원되어 왔고 아직도 복원공사 중이다. 이 도시는 고급 도자기 생산지로도 유명한데 도시 전체가 바로크 스타일의 건물들로 채워져 있어 마치 18세기로 회귀한 듯한 느낌이었다. Elbe강을 사이에 두고 강 양안으로 생성된 이 도시는 2004년에 일부 지역이 유네스코가 지정한 사적지가 되었다.

나치 전범 재판으로 유명한 Nuremberg는 Dresden에서 한 시간 남짓인데 전범 재판소와 감옥 등이 아직 그대로 보존되어 있다. 교외 지역으로 나가서 히틀러의 나치당 열병식이 대대적으로 이루어졌던 옥외 열병장과 실내 열병식을 위해 짓다 만 원형의 거대한 벽돌 구조물이 (로마의 콜로세움을 본떠 설계를 했다고) 폐허가 되어 남아 있는 모습을 보니 '화무십일홍'이라는 우리의 옛 속담이 생각난다. 바바리아 왕실을 위해 11세기에 축조된 Imperial Castle이 도시의 한가운데 위용을 자랑하며 버티고 선 이 작은 도시는 나치 독일의 흥망을 적실히 보여주고 있었다. 거기서 2시간을 남향하니 독일의 남쪽 끝에 위치한 Munich으로 인구 200만인 독일 제3의 도시이다. 바바리아 지방의 수도인 이 도시는 크고 웅장하다. 많은 사적지들이 그대로 보존되어 있고 다운타운은 어디를 가나 관광객들과 현지인들이 뒤섞여 붐빈다. 올드타운에 위치한 시청사 앞의 Marienplatz 광장은 관광객들과 내국인들로 발 디딜 틈이 없다. 시청사 시계탑에서 중세의 모습대로 시간을 알리는 인형들의 행진이 시간마다 진행되는 것을 보려는 인파이다. 시청사 건물은 중세의 모습 그대로이다. 시청사에서 몇 걸음 안 되는 거리에 Viktualienmarkt라는 전통적인 저잣거리가 있다. 가운데 광장을 두고 둥글게 줄줄이 늘어선 작은 점포마다 먹을 것을 파는데 대부분 소시지, 치즈, 맥주 등이다. 만들어 놓은 음식을 계량이 확실한 컨테이너에 덜어 팔기도 하고 즉석에서 만들어 주는 음식도 있다. 깔끔하고 정돈된 장사 방식이 독일스럽다고 할까? 중간에 위치한 공터를 꽉 채운 테이블은 사람들로 꽉 차 맥주와 와인 치즈, 간단한 음식으로 점심을 때우려는 사람들로 그득하다. Munich에서 현지 사람들의 일상을 엿보기에 가장 좋은 곳이라는 현지 가이드의 말. 교외 지역엔 1972년 '뮌헨 올림픽'이 치러졌던 올림픽 파크가 보존되어 있고 멀지 않은 곳에 BMW의 Headquarter가 방대한 전시장을 거느리고 서 있다. 우주시대에 걸맞게 디자인된 광활한 전시장엔 최신형 모델의 차들이 관람객들의 시선을 강탈한다.

동독 여행은 다른 유럽 여행과 달리 단순한 관광 이외의 교훈을 주는 것이 있었다. 가는 도시마다 모두 2차 세계대전의 흔적들이 생생하게 남아 70년이 지난 지금도 뼈아프게 전쟁의 참혹함을 일깨워 준다. 독일이라는 나라의 과거가 주는 교훈이라면 어느 특정한 한 나라도 영원히 파워게임에서 이길 수가 없다는 것이다. 그릇된 지도자로 인해 국민들이 겪어야 하는 참담한 고생과 인명의 손상 등을 무엇으로 보상받을 수 있겠는가? 독일이 통합된 것이 1920년이라고 하는데 아직도 동서독 간의 소득 격차가 높다고 한다. 독일은 일단 브란트 총리 재임 시절 유태인들의 죽음에 무릎 꿇어 사죄하고 현 엥케르 총리도 정중히 사과하는 모습을 보여 대국다운 면모를 보였다. 일본과는 분명 다른 모습이다.

브루클린 뉴욕(Brooklyn New York)

　8일간의 뉴욕 방문을 마치고 돌아왔다. 정확히 얘기하자면 '브루클린'에 사는 딸아이 내외와 이제 16개월 된 손녀딸과 시간을 보내고 왔다고 해야겠다. 아이는 낳아 놓으면 잠깐이라더니 아장아장 걷고 제법 말문을 연 아이가 할머니를 할미라고 똑 부러지게 부르고 대디, 마미를 정확히 발음하는 모양이 신기하고 사랑스러웠다. 유모차에 앉아서 지나가는 사람들에게 하이! 하며 손을 흔들고 예쁜 스마일을 선사하니 누군들 귀엽지 않겠는가? 옛 어른들 말로 눈에 넣어도 아프지 않다는 표현이 있는데 어떻게 그렇게 알맞은 표현을 생각해 냈는지? "아이구 여기저기서 돈 내고 손주 자랑하라는 아우성이 들리네. 그만해야지."

　뉴욕이라고 하면 누구나 우선 맨해튼의 장대한 빌딩 숲을 떠올린다. 그리고 맨해튼과 뉴욕을 동의어로 묶어 버린다. 그러나 맨해튼은 뉴욕주가 관장하는 총 5개의 관할 지역 중 하나일 뿐이다. 뉴욕주는 우리가 일반적으로 생각하는 것보다 훨씬 크고 복잡하다. 딸아이가 사는 브루클린은 그 5개 행정 독립구 중의 하나로 인구 2백70만의 방대한 지역이다. 맨해튼에서 Manhattan Bridge나 Brooklyn Bridge를 건너서 가게 되어 있다. 맨해튼의 남동쪽에 위치해 있고 북동쪽으로 Queens와 연결되어 있다. 퀸즈에는 한인타운이 있어 한국 식당들과 마켓들이 모

여 있다. 맨해튼의 살인적인 부동산 가격으로 수많은 사람들이 브루클
린으로 이주하면서 브루클린은 시쳇말로 아주 Hot한 지역이 되었다.
브루클린 안에서도 물론 부유한 지역, 중산층 지역, 가난한 지역이 있
지만 뉴욕의 특성은 대체로 어떤 지역이나 흑백이 평화롭게 공존한다
는 점일 게다. 시카고와 같이 흑백의 사는 지역이 뚜렷하게 구분되어
있지 않다는 말이다. 워낙 뉴욕이 인종 전시장 같은 도시인지라 그렇
기도 하지만 뉴욕 사람들의 사고방식이 타 도시에 비해 진취적이고 재
빠르고 첨단을 가는 도시의 사람들답게 인종 차별에 유난스럽지를 않
다는 말이다. 물론 멀찌감치 교외 지역으로 나가면 그렇지도 않다고
롱아일랜드에 사는 사촌이 귀띔을 하긴 했지만. 아들아이가 뉴욕에 살
때 브루클린의 좋은 동네에 아파트를 얻었는데 주인이 흑인이라고 해
서 공연히 마음이 불편했던 적이 있었다. 나중에 그곳을 방문했는데
아래층엔 주인이, 2층엔 우리 아이 부부가, 3층엔 주인의 아들이 살고
있었다. 아파트는 항상 고요하고 동네가 안존하고 깔끔하고 고풍스러
워서 우리 부부의 마음에 들었는데 주인아주머니도 점잖고 친절하였
다. 해 질 무렵이면 가스등이 켜지는 무드 있는 동네였는데 대부분의
주민들이 백인이었지만 심심치 않게 흑인 주민들이 섞여 있었다. 매일
총격전이 벌어지는 시카고 남부를 기준으로 생각하는 촌사람의 고정
관념이 깨어지는 순간이었다. 딸아이가 사는 Prospect Park 지역도 흑
백이 평화롭게 공존한다. 580에이커에 달하는 방대한 규모의 공원(맨
해튼의 센트럴 파크가 780 에이커) 서북쪽은 브루클린의 부촌인 Park
Slope이고 공원의 남쪽은 중산층들이 사는 Prospect Lefferts이다. 공
원의 동쪽 끝으로 브루클린 Botanic Garden이 있고 거기서 북쪽으로

한참 올라가면 120년의 역사를 가진 브루클린 공립도서관이 있다. 왜 이리 장황하게 브루클린 이야기를 꺼냈을까? 거기서 갔던 한 월남 식당 때문이다. 어느 오후 딸아이가 점심을 사겠다고 해서 따라나섰는데 한참을 살벌한 공장지대로 들어가길래 여길 지나서 가면 무슨 식당가가 나오려나 기대를 하고 있는데 아니 털썩, 웬 공장이 즐비한 동네에 차를 세우는 게 아닌가? 사위가 적막히 공장, 공장, 공장뿐인데 길 건너 웬 허름한 공장 건물에 'B'라는 깃발 스타일의 사인만 달랑 붙은 건물이 하나 보였다. 붉은 벽돌의 외벽엔 온통 Graffiti가 가득해서 식당이라기보다 폐쇄된 공장 같은 모습이었다. 정문으로 들어가는 길도 온통 편치 않은 낙서들로 그득하고 들어가니 웬 월남전 후의 피폐한 식당 같이 에서 제서 모아온 싸구려 자재들로 꾸민 내부가 을씨년스럽기까지 하다. 메뉴는 최소한 15불 이상이고 칵테일 한 잔에도 15불이니 뉴욕이라는 점을 감안하더라도 위치나 실내 꾸밈새에 비하면 그리 싼 가격은 아니다. 음식은 글쎄 뭐랄까? 우리 김치 속 같은 무채 범벅에 향신료를 뿌린 전채, 불어 터진 소면 같은 국수에 구운 왕새우 몇 마리 얹고, 상추와 오이 슬라이스 몇 조각 얹은 쌈 싸 먹는 요리, 각종 채소를 섞어 낸 국물에 말아 내온 쌀국수, 오클리를 잘게 썰어 다진 고기와 뒤섞은 요리, 또 몇 가지 이름도 모를 음식들을 맛보며, 주중 낮 시간에 절반 이상 들어찬 식당을 둘러보니 이 영양가 없는 음식들을 맛있게 먹는 사람들이 희한하게 보였다. 딸아이 말로는 처음에는 다른 위치에서 테이블 두 개의 목노 주점같이 시작을 하였다고 한다. 길게 길게 밖에 늘어서서 기다리는 월남 이민들이 많아져서 점점 유명해지다 보니 자연히 가게를 늘리게 되었다고. 이 식당의 이름이 Bunker이고 위치한 곳이 Bushwick라고 요즘 젊은이들에게 뜨는 지역이다. 주말에는 정말 바글바글하다고 한다. '벙커'라는 가게 이름을 생각해 보시라. 전화에 휩싸인 월남을 연상케 하고 여기저기 창이 깨진 공장 건물에 식당을 차려 손님을 끌어모으는 상술도 상술이려니와 그런 식당을 일부러 찾아 와서 매상을 올려 주는 사람들, 이 모두가 뉴욕이기에, 브루클린이기에 가능하다는 생각이 들었다. 새로운 것을 찾고 시도하고 맛보려는 뉴욕 사람들의 진취성이 이런 장사를 가능하게 하는 것이리라. 시카고에도 요즘 여기저기 월남 식당들이 심심치 않게 생기는데 몇 번 쌀국수를 먹어 보았지만 꼭 내 취향은 아니라서 자주 가게 되지를 않는다. 기름지고 칼로리 넘치는 음식에 지친 미국인들이 영양가 없는 음식을 찾게 되는 것은 어찌 보면, 갈 때까지 가면 결국 회귀하게 된다고 하는 세상의 이치 아니겠는가? 차라리 미국에서 요즘 이혼율이 감소하고 개도국이나 제3세계에서 이혼율이 상승한다고 하는 통계를 들이대면 내가 너무 제식으로 오버를 하는 게 아닐까 싶기도 하지만.

시카고의 봄

서커스의 기억

　지난 토요일(8/24), 「시카고 타임스」에서 기획한 일일 관광을 다녀왔다 우선 간 곳이 Wisconsin Dells에서 멀지 않은 Lost Canyon이라는 골짜기였는데 육중한 백마 두 마리가 끄는 마차를 타고 그 옛날 인디언들만 알고 드나들었다는 비밀의 골짜기를 들어갔다 나오는 것이었다. 마차 바로 앞자리에 앉아서 커다란 말 궁둥이를 지척에 두고 지켜보며 혹시 내 코앞에서 똥이라도 싸면 어쩌나 걱정을 하며 투어를 한 것도 흔치않은 경험이었고, 마부로 옆에 앉은 미국 청년의 농담과 수다스러운 안내도 즐거움에 일조를 하였다. 말 두 마리가 간신히 어깨를 비비며 통과하는 좁디좁은 협곡의 바위 사이로 난 길을 덜커덕덜커덕 달리며 옛날 사람들의 생활이 얼마나 불편하고 고단했을까 싶었다. 협곡 안의 장대한 바위벽과 아름다운 경치도 기억에 남는다. 그다음에 간 곳이 거기에서 멀지 않은 Baraboo라는 한적한 시골 동네에 위치한 Circus World Museum이었다. 2017년 5월, 146년의 역사를 뒤로하고 문을 닫은 그 유명한 Ringling Brothers and Barnum & Bailey서커스단(이후 링글링으로 호칭)의 헤드쿼터였으며 서커스단의 월동 체재지였던 이곳은 1959년에 링글링의 뮤지엄으로 개장되었는데 전체 캠퍼스에 10여 개의 부속 건물들이 산재해 있는 서커스 박물관 캠퍼스로

Wisconsin Historical Society가 소유하고 있다고 한다. 어쩐지 메인 빌딩 초입에서부터 링글링에 관한 사진 전시실이 있고 오리지널 공연 포스터들이 여기저기 붙어 있으며 깊숙히 들어가면 옛날에 실제로 단체 이동에 쓰였던 화려한 Wagon들과 서커스에 쓰였던 대, 소도구들이 고스란히 전시되어 있는 전시실이 있어 미국 서커스의 역사를 한눈에 볼 수 있게 해 놓고 있다. 캠퍼스 여기저기에 서커스를 운반했던 기차 차량들도 전시되어 있어 전성기의 모습을 짐작할 수 있었다. 링글링의 역사가 곧 미국 서커스의 역사이니.

1876년 4월에 Baraboo에서 독일계 이민 형제들에 의해 시작되어 2017년 5월, 뉴욕에서의 공연을 마지막으로 역사의 뒤안길로 사라진 링글링은 1950년대까지 80여 년간을 대중들의 열렬한 사랑을 받다가 TV와 다른 오락매체들의 출현으로 점차 관객들이 줄기 시작했는데 더구나 지난 36여 년간 계속된 동물 학대 방지 단체들과의 값비싼 법정 싸움과 계속 올라만 가는 유지, 경영비의 상승으로 채산이 맞지 않아 오랜 역사를 접게 되었다고 한다. 박물관 운영과 함께 실제로 옥외 공연장에서 실연하는 호랑이 쇼는 10마리의 어리고 늙은 호랑이들이 철책 안에서 조련사의 지휘봉을 따라 잘 훈련된 고양이들처럼 온갖 재주를 부린다. 문득 조련사의 안위가 걱정된다.

Big Top이라고 불리는 서커스 텐트 안에서 공연되는 세 마리의 코끼리쇼와, 외발 자전거쇼, 어릿광대쇼, 마술쇼, 공중곡예쇼 등 우리가 어린 시절 한국에서 접했던 곡마단쇼와 내용이 비슷한 버라이어티 쇼들을 진행해서 향수를 자아내게 하였다. 공연자들의 기량이 훨씬 화려하고 내용이 충실하다는 점은 인정을 해야겠고. 어린 시절, 서울 용두동

에 살 때 용두동 천변에 곡마단이 들어오면 몹시도 흥분되고 안 보곤
못 배겨서, 표 내고 들어가는 낯모르는 어른 옆에 붙어서 짜백이로 들
어갔던 기억도 난다. 곡마단이 들어오면 천변에 높직이, 널찍이 텐트
치고 울긋불긋한 깃발에 딴따라, 뿜빠라, 나팔소리 트럼펫 소리 하며,
어찌 그리 신기하고 가슴이 뛰던지? 그 멋들어진 공연자들이 못 견디
게 부러워서 한때는 곡마단을 따라 정처 없이 떠도는 생활을 몹시 동경
했던 때도 있었다. "에이구 타고난 딴따라 끼라니!"

화려한 서커스 텐트 안에서 미국 서커스를 보며 용두동 천변에 들어
온 '신국 서커스단'의 그 아슬아슬한 공중곡예들이 오버랩 되었다. 어
릿광대들의 우스갯짓과 숨 막히게 현란한 묘기를 펼치는 공연자들, 한
시간여의 공연 내용이 모두 깜짝 놀라게 즐거웠는데, 단지 세 마리 코
끼리쇼는 서글프고 가여워서 마음이 짠했다. 링글링을 대표하는 이미
지와 실제로 관객들을 불러 모은 티켓파워의 큰 부분이 코끼리쇼였는
데 2016년에 코끼리쇼를 완전히 공연 리스트에서 제외했다고 한다. 동
물 애호 단체들이 공연마다 쫓아다니며 데모를 해 견딜 수가 없었다
고. 거기서 물려받은 코끼리들일까? 너무도 늙고 기계적인 코끼리들의
재주 부리기가 애달픈 느낌으로 다가왔다. 동남아 어느 나라에선가 태
어나, 어찌어찌 태평양을 건너 팔려와 젊은 시절 미국 방방곡곡을 누
비며 수많은 관객들을 즐겁게 하다가, 늙바탕에 이 위스콘신 시골구석
까지 흘러와 저리 늙은 거구를 직경 2미터나 될까 말까 한 원형 탁자
에 올라, 네 다리를 모으고 앉았다 일어섰다 코를 치켜들었다 내렸다가
조련사의 지시대로 일사불란하게 움직이는 모습이 왜 그리 안쓰럽던
지? 극적인 표현을 빌리자면, 살기 어려워 고향 떠난 여자가 젊어 온갖

화려한 술집을 전전하다가 늙어 오갈 데 없어지자, 시골 동네 대폿집에 마지막으로 몸을 의탁하고 기계적으로 술을 따르는 모습이랄까? 코끼리들의 무표정한 작은 눈에 눈물이 고인 듯하여 서글펐다. 링글링이 결국 문을 닫은 결정적 이유 중 하나가 동물쇼를 하며 동물들을 지속적으로 학대한 사실이 몰래카메라로 세상에 드러나서였는데 여기선 아직도 동물쇼를 하고 있다니…. 흔치 않은 구경을 하면서도 마음이 편치 않았다면 나 혼자만의 오버였을까? 말 못 하는 동물들을 상품성 있는 Performer들로 훈련시키는 과정에 학대라는 당위가 어찌 없었겠는가? 동물 학대 반대 단체들이 들고일어난 것도 무리가 아니라는 생각이 들었다. 다행히 뮤지엄 측에서는 농림부가 고시한 법에 따라 동물들을 가장 인간적인 방법으로 대우하고 있다고 강조하였다.

위스콘신 시골구석에 도대체 무슨 서커스가 있을까? 하였는데 뜻밖에 재미있는 투어를 하였다. 아이들이 있는 젊은 부부나 조부모들이 같이 가 볼 만한 곳이라고 추천하고 싶다.

시카고의 봄

◆

8장

연극 인생

연극을 다시 시작하며

　　고교 시절 3년의 연극반 활동, 연극을 전공한 4년간의 대학 생활, 졸업 후 3년간의 군 생활 이후 미국에 오기 전까지 3년간 극단 생활을 하였다. 이민 전 나의 이력이 연극쟁이였던 것이다. 처음 이민 와서 다시 연극 공부를 해 볼까 생각하였으나 밥벌이가 안 될 것을 너무 잘 아는 터라 방향을 돌려 실내 디자인 학교를 다녔다. 10여 년간 미국 회사에서 디자이너로 일하면서도 연극에 대한 미련이 때때로 일어났으나 이미 아이가 둘인 가장이었고, 그 직업으로 먹고살고 있었다.

　　34년 전 몇몇 연극 전공자들과 애호가들이 모여 '시카고 한인 연극영화인 협회'라는 단체를 만들었다. 그 창립 공연으로 유치진 작,「춘향전」을 준비하고 있었는데 우연한 기회에 그 연습장엘 갔다가 이도령역에 발탁되어 자의 반 타의 반으로 그 작품을 하게 되었다. 교민 사회의 열렬한 반응이 있어, 이후 10여 년간 다시 연극을 하게 만든 기폭제가 되었다.「춘향전」이후「시집가는 날」,「땡큐 하나님」,「민들레 아리랑」,「방자놀이」등 4개의 장막극을 더 무대에 올리고 사이사이에 워크숍, 영화 세미나 등 활발한 활동을 펼쳤다. 그 10년 동안이 시카고 한인 사회, 연극영화의 황금기였다고 한다면 터무니없는 자만일까? 모든 회원이 각자 직장 생활이나 자영 사업을 하고 있었기 때문에 연습은 항상 저녁 시간에 모여서 하였다. 공연 날짜가 가까워지면 거의 매일 모여 연습을 하게 되는데 모두들 대단한 열정과 끈기를 가지고 임하였다. 기획 단계에서 공연까지 연극한 작품을 하려면 대개 4, 5개월을 잡아야 하는데 그 긴 시간 동안 이탈자 없이 진행이 되는 것은 그만큼 연극이 가지고 있는 마력과 흡인력 때문이라고 보아야겠다. 연극이라는 게 묘한 매력을 가지고 있어서 한 번 무대에 서거나 무대 뒷일을 경험하게 되면 계속하게 되는 게 일반적이다.

많은 사람이 모여 하는 일이 쉽고 간단할 수가 없다. 연극은 많은 인력과 공력과 물량이 필요한 작업이다. 그래서 종합예술인 것이다. 보통 일반인들은 연극이라고 하면 무대에 서서 연기하는 것만을 떠올리는데 과장을 좀 하자면 연기자들은 그저 빙산의 일각일 뿐이고 그 무대를 만들기 위해 일해야 하는 뒤 스태프들의 존재가 배우들 못지않게 중요한것이다. 기획자, 연출자를 비롯해서 조연출, 무대감독, 음악, 조명, 음향, 의상, 분장, 소품, 사진, 디자인, 인쇄, 홍보 등 많은 전문 인력이 모여서 한 편의 연극이 만들어지는 것이다. 그 복잡하고 힘든 연극을 다시 해야겠다고 마음먹은 것은 3년 전 한국에 나가 한 대학로 연극에 참여하고서 다시 불붙기 시작하였다. 두 달여 한국에 머물며 매일 연습에 참여하고 공연이 진행되는 동안 너무 행복하였다. "시카고에 돌아가면 어떻게 다시 연극 판을 만들어 보아야지"라고 생각하였는데 여건이 허락지 않다가 「시카고 타임스」 김영훈 대표의 격려로 마음을 추스리게 되었다. 시카고 한인사회에 연극 없다고 누가 뭐라겠는가? 그러나 은퇴 후 시간 여유를 갖게 되면서 내가 잘 아는 분야를 관심 있는 사람들과 나눠 보고 싶다는 생각이 꾸준히 마음속에 있었다. 미국에서 한국말로 하는 연극이 크게 성장할 가능성이 없다는 것은 자명한 일이다. 그래서 이민 사회에서 모국어로 하는 연극은 이민 세대를 위한 것이다. 연극에 관심 있고 관람을 하고 싶어도 주류 연극을 관람하기에는 여러 가지 제약이 따르는 것이 사실이다. 언어 장벽, 문화차이, 높은 관람료 등.

연극은 언어를 매개로 하는 예술이다. 2세들은 미국 문화에 익숙하고 언어 문제가 없으니 주류 공연을 보면 되지만, 이민 세대가 미국 연극을 즐기기는 어려운 일이다. 그래서 연극을 좋아하는 분들을 위하여 멍석을 깔아 보자는 것이 나의 생각인 것이다. 부차적으로는 2중 언어가 가능한 젊은 친구들이 한인 사회 연극을 통해 고무되어 주류 사회로 진출할 용기와 배짱을 얻는다면 더없이 좋은 일이겠다. 우리의 이민 역사가 이만하고 그런대로 안정 기조에 올랐다고 한다면 이제는 2세들이 주류 연극 영화계에 진출할 꿈을 가져 보는 것도 좋지 않겠는가?

연극의 추억 (1)

사람이 늙으면 추억밖에 남는 게 없다고, 아무리 잡아떼어도 "나 아직 안 늙었소" 할 수가 없는 나이가 되고 보니 결국은 또 추억 보따리를 헤집게 된다. 칼럼 타이틀이 '권희완의 연극 같은 세상'이 되고 보니 뭔가 파란만장한 얘기들을 해야만 될 것 같은 부담감이 생기기도 한다. 그렇다고 없는 얘기를 꾸며 낼 수는 없고 '연극인'이라는 호칭을 머리에 얹었으니 연극에 얽힌 나의 과거를 불러오는 수밖에 없겠다. 자의든 타의든, 연극이 나의 일생을 관통하는 화두가 된 데는 고교 시절 예민한 사춘기에 연극을 접하고 대학에서 전공을 하였으며, 졸업 후 잠시 극단 생활을 하다가 꿈을 접고 이민을 와, 생활인으로 전락한 아쉬움에서 비롯된 것이겠다. 고단한 이민 생활 10년 후, 시카고에서 다시 연극을 시작하여 10여 년의 세월을 보낸 것이 그것을 말해 준다.

서울 만리동 산꼭대기에 있던 양정 중고교를 다닌 나는 말수가 적고 수줍음이 많은 아이였다. 책벌레였고 국어와 역사 시간을 좋아하였는데 수학과 과학에는 젬병이었다. 중2 때 학교에 연극반이 생기고 개교 55주년 기념으로 예술제를 하면서 「유태인의 거리」란 연극을 고교 선배들이 하였는데 초보자들 같지 않게 연기들을 잘하였다. 소질과 끼가 넘치는 멤버들이었던 것이다. 그때 중3 학생이 하나 끼어 있었는데 극 중 유일한 여자 역이었다. 그 학생이, 아는 분들은 익히 아는 여성스러운 목소리의 연기자이고 '챔기름'이라는 서울 사투리로 알려진 음식 전문가 이정섭이다. 그 당시에도 목소리가 여자 같아 19세 소녀의 역할을 완벽하게 해내었는데, 그 연극 이후 학교에서 스타가 되어 선생님들과 전교생의 관심을 독차지하였다. 그 연극이 내게 준 인상이 강렬해 은근히 마음속에 연기에 대한 동경심이 생기고, 나도 하면 잘할 것 같은 막연한 자신감이 자리를 잡게 되었다. 그다음 해에, 「비는 행운을 싣고」라는 연극을 하게 되는데, 이정섭은 다시 27세의 여자 역을 하게 되고 역시 교내에서 큰 화제가 되었었다. 이듬해, 연극반 모집 공고를 보고 강당에서 하는 오디션엘 참석했는데 「전유화」라는 연극 대본을 30여 명의 학생들이 둥그렇게 모여 앉아 읽는 것이었다. 그해 '드라마센터'(현 서울예술 대학교 전신) 주최로 '전국 고교 연극 경연 대회'라는 행사가 처음으로 생겼는데 그 대회에서 지정한 남자 고교의 지정 작품이었다. 대회 참가를 목표로 하는 오디션인지라 연극반 담당 선생이 아닌 외부에서 모셔 온 지명도 있는 연출 선생이었는데 깡마르고 까다롭게 생긴 '최병기'라는 분이었다. 돌아가며 이 배역 저 배역을 읽었는데 내게 떨어진 역이 괴뢰군 2였다. 대사라고는 차렷, 열중 쉬엇, 같은 두어 마디였는데 내가 마음속에 숨겨 둔 자신감과 연기에 대한 열망을 단숨에 깨 버리는 실망스러운 것이었다. 그런 역을 하면서 여름 방학을 몽땅 보내야 한다는 것이 한심하였고 마음속에 끓어오르는 연기 열정을 식히기에는 말도 되지 않는 역이어서 오디션 끝에, 이런 역은 하지 않겠다고 얼굴을 붉히며 딱 자르고 나오는데 연출 선생이 다시 불러 세우면서, 너 가만히 보니 아주 성격이 섬세

246   시카고의 봄

해 보이는데 '천과부' 역할을 한 번 읽어 보라고 하였다. 한국동란을 무대로 한 작품이었는데 주인공인 박 노인과 17세의 손녀딸 향랑의 이웃으로, 난리 통에 과부가 되어 조금 모자라는 아들을 기르는 중년 여인의 역할이었다. 대사가 많은 조연이었는데 어딜 괴뢰군 2에 대랴? 있는 감정을 다 내어 읽었더니 이미 뽑았던 과부 역할의 선배를 괴뢰군으로 돌리고 내게 과부 역할을 하라고 하였다. 여자 역이긴 하였지만 대사 수가 많아 훨씬 마음이 가라앉았다. 그해 여름 방학 내내 강당에서 합숙을 하며 연습을 하였는데 연습 기간 동안 싹튼 연극반 친구들과의 우정, 동료애 등이 나의 사춘기 인격 형성에 큰 몫을 하였다. 단체생활에서 오는 친밀감, 유대감, 협동심이 바탕이 되어 내성적이고 수줍던 성격이 열리면서 좀 더 활발하고 적극적인 성격이 된 것이다. 단체상을 중동고교가 가져갔지만, 양정고교는 연극반을 좀 더 적극적으로 키우자는 쪽으로 학교 방침이 결정되어 그다음 해부터 계속 대회 참여를 하게 되는데, 무대에 서서 느끼는 희열에 눈을 뜬 나는 계속 고교 3년을 연극을 하게 되었다. 2년째에는 「황제 존스」라는 작품이었는데, 대사가 몇 개 안 되는 흑인 노파 역할이었다. 타입 캐스트라는 말이 있지만, 어떤 역할을 한 번 잘하면 계속 비슷한 역할만 들어온다고 배우들이 불평을 하는 경우가 있는데, 남자 고교에서 여자 역할을 한 번 잘하니 계속 여자 배역을 하게 된 것이다. 배역에 대한 욕심이 채워지지 않았던 나는 드라마센터 극장에서 오밤중에 총연습을 하며 흐느껴 울어 참관자들을 놀라게 하였다. 연극의 도입부에 잠깐 나와 벌벌 떨며, 채찍을 든 백인 주인 발밑에 엎드려 용서를 간청하는 흑인 노예의 역할이었는데, 겁에 질려 울음을 머금고 하는 대사 끝에 진

짜로 눈물을 흘리며 울었던 것이다. 모두들 "야 너 정말 감정 잘 살렸다."라고들 하였는데, 실인즉슨 이 같은 장막극에 온 여름을 다 바치고, 요 잘난 대사 몇 개를 하고 퇴장을 하나 싶은 억울함이 더 컸던 것이다. 내 울음의 진정한 의미를 간파한 사람이 이정섭이었다. '주술사' 역할을 한 그와는 같이 여자 역할을 하며 남다른 우정을 키웠는데 고1 때 만나 오늘까지 60년을 한결같은 지기이다. 밤새워 같이 의상을 만들고 생사를 검게 물들여 한 올 한 올 망사에 끼워 가발을 만들었던 추억도 있다.

그런데, 이 작은 역할로 뜻밖에 연기상을 받게 된 나는 '드디어 나의 갈 길이 이것'이라는 결론에 도달하게 되고 연극과로 대학을 가겠다고 선언을 한다. 당시의 사회상이라는 것이 연극영화 하는 사람들을 '딴따라'라고 곱게 보질 않고, 별종으로 치던 시절이어서 아버지의 강력한 반대에 부딪치게 된다. 아버지의 사업이 신통치 않게 돌아가던 시절이어서 더욱 그랬다. 그 잘난 걸 공부라고 돈을 처들여 대학을 가느냐는 게 아버지의 반대 이유였고, 그럴수록 나의 오기는 더해져 "연극 아니면 죽겠습니다."였다. 드디어 3년 전 타계한 나의 큰형님이 들어서서, "하고 싶은 거 하게 두세요. 학비는 제가 대 보겠습니다." 해서 동국대학교 연극과를 가게 되었다.

고교 3년 동안의 연극반 생활로, 나는 연극 전반에 관한 기초 지식과 훈련을 쌓았으며, 연극 한 편을 무대에 올리기까지의 그 세세하고 복잡한 공정, 연기자뿐만 아니라 무대 장치, 조명, 효과, 음악, 의상, 분장과 소품 등, 연기자들과 스태프들이 톱니바퀴같이 어우러져, 완성된 상품을 시장에 내놓듯이 관객들에게 감동을 선사해야 하는 그 치열한 전 과

시카고의 봄

정을 사랑하게 되었다. 연기자로서, 무대에 서서 조명을 받으며 어두운 객석의 관객들과 호흡을 공유하는 그 마약 같은 매력에 압도당하여 이 나이까지 연극을 껴안고 있는 것이다.

연극의 추억 (2)

동국대학교는 서울 필동의 남산 끝자락에 있었다. 학교 초입의 퇴계로 버스 정류장에서 내려 잡화 가게들과 분식점이 늘어선 차가 다니는 골목길을 지나 왼쪽으로 꺾어져, 제일병원을 끼고 제법 걸어 올라가면 학교 정문이 있었다. 정문에서도 한참을 걸어 올라가면 실내 체육관으로 쓰였던 '정각원'을 거쳐야 본관 건물이 있는 교정에 도착할 수가 있었다. 산비탈에 있는 학교라 교정이 넓지 않았는데 본관 건물과 부속 건물들이 교정을 둘러싸고 있어 아늑한 느낌이었다.

국어국문과에는 그 유명한 서정주 시인과 양주동 교수가 계셨고 연극영화학과에는 한국 연극계의 거목이신 극작가 유치진 선생님, 연기 교수로 이해랑 선생님, 무대장치를 가르쳤던 김정항 선생님, 영화과 교수로 유현목 선생님 등, 한국 연극계와 영화계에 뚜렷한 족적을 남긴 분들이 계셨다. 1960년에 생긴 연극학과가 1962년에 연극영화학과가 되면서 1965년에 입학한 나는 6기생이 되었다. 1961년에 생긴 문화방송에 이어 1964년에 개국한 동양방송 등, TV 방송국들이 생겨난 지 얼마 되지 않은 한국의 TV 업계는 재능 있고 전문 훈련을 받은 인재들이 절실히 필요한 방송 미디어의 태동기였다. 라디오에서 텔레비전으로 옮겨 가는 시기였던 것이다.

학교 교정의 서쪽 끝에 있었던 연극영화학과는 학교 카페테리아와 이웃해 있으면서 100석 규모의 소극장을 가지고 있어서 학기마다 워크숍을 통해 실기 연습을 할 수 있는 좋은 조건을 갖추고 있었다. 계단식으로 된 객석과 조명, 효과실, 분장실 등을 제대로 갖추고 있어서 연기뿐만 아니라 연출, 무대 장치, 조명, 효과 등을 실제로 실습할 수 있었고 교수진은 당대의 연극계 대가들이었다. 극작법을 가르치신 유치진 교수는 미국에서 귀국하고 얼마 되지 않아 드라마센터를 설립하고 동국대학교에도 출강을 하셨다. 연기법을 가르치신 이해랑 교수는 당시 연극계에서 유명한 배우셨다. 국립극장 무대 장치를 도맡았던 김정항 교수, 영화를 가르친 유현목 교수는 당시 「오발탄」이란 영화로 문제 의식을 가진 감독으로 주목받고 있었다.

　　연예계의 선후배 관계가 엄격하다고 하지만 우리 과의 선후배 관계도 엄격해서 평소 잘 지내다가도 트집이 생기면 무대 뒤 분장실에 모여 단체 기합을 받기도 했다. 엎드려뻗쳐를 시켜 놓고 야구방망이로 엉덩이를 때렸다. 분장실이 넓어 무대 장치를 거기서 만들었는데 어질러 놓고 제때 치우지를 않으면 성질 사나운 선배에게 맞은 것이다. 단체 기합을 받고는 인근 대폿집에서 막걸리 한 주전자에 김치 한 보시기로 기분을 풀었다. 좀 여유가 있는 친구가 오징어 물회나 양미리 구운 것 등을 시키면 모두들 기분이 좀 풀어졌는데, "야 시발, 군대도 아니고 대학에서 무슨 빳다야?"라고 불평을 하면서도 학교를 그만둔 친구는 없었다. 시절이 그랬던 것이다. 하긴 군대도 빡세게 36개월을 했고, 부대에서 초주검이 되게 맞아도 호소할 곳 없는 시절이었으니.

　　학기마다 한 편씩 해야 하는 습작 공연에 모두들 열의를 쏟았는데 연기 지망, 연출 지망, 영화 지망 등 제각기 관심 있는 쪽을 실습해 볼 수가 있었다. 내가 참여한 습작들은 「석학」, 「이민선」, 「산울림」, 「위험지대」 등으로 「석학」 공연을 보신 유치진 선생님께서 "아주 잘한다, 소질 있다"고 칭찬을 해 주신 반면, 「이민선」 연습을 참관하신 이해랑 선생님께서 "연기가 진실되지 않다, 대사를 왜 그리 떠벌리느냐"고 야단을 치신 기억도 있다. 무엇보다 기억에 남는 공연은 4학년 선배들의 졸업 공연이었던 Arthur Miller의 「세일즈맨의 죽음」에 특별히 발탁되어 출연한 것이다. 명동국립극장에서 공연된 이 작품에서 주인공 윌리 로먼의 아들 비프와 해피의 친구로, 어린 시절과 어른이 된 버나드를 연기한 나는 특히 어린 시절에서 관객들에게 많은 박수를 받았다. 이 연극이 진주시가 해마다 개최하는 '개천 예술제'에 초청받아 진주 시립극장에서 공연을 갖게 되는데 생전 처음 지방 공연을 갖게 되어 모두들 신나고 들떠 있었던 기억이 난다. 공연 자체도 뜻이 있었지만 인심 좋은 식당 밥도 맛있었고 분위기 쩌는 여관방 등, 진짜 '유랑극단'이라도 된 듯한 재미있는 추억으로 남았다. 지방 도시에서 느끼는 잔잔한 감성 등으로 대학 시절 추억의 한 페이지를 차지하고 있다. 단체가 모두 서울로 떠나고 부산이 고향인 윌리 로먼 역의 졸업반 선배를 따라 내친김에 부산 구경까지 가게 된 우리는 여관잠을 자며 부산 시내를 싸돌아다녔다. 서울을 떠나본 적이 없던 내게 출렁이는 파도와 막막한 바다의 모습, 영도다리와 자갈치 시장의 모습이 아련히 떠오른다.

그 2년 후 우리 6기생들의 졸업 공연이 명동국립극장에서 있었는데, 러시아 작가 Anton Chekhov의 「와아냐 아저씨」였다. 나른하고 신경질적인 은퇴한 교수 역할을 맡았는데 처음으로 하는 노역이었는지라 부단한 노력과 연습을 했었다. 교수들과 관객들에게 호평을 받은 이 공연을 끝으로, 졸업 후 바로 군대를 가게 되어 이후 36개월의 공백기를 거치게 된다.

나의 대학 시절과 군대 시절, 20대를 거치는 시기가 한국 연극계의 중흥기라고 해도 좋을 시대였는데 수많은 극단들이 난립하던 때였다. 여대생들 사이에 연극을 보지 않으면 시대에 뒤떨어진 취급을 받는 풍토가 조성되어 있었고 히트한 연극의 주연 배우들이 스타 대접을 받던 시기였다. 연극 무대에서 인지도를 쌓고 TV로 진출한 많은 배우들이 있었는데 오늘날 TV를 종횡무진하는 잘 팔리는 노역 배우들이 이 시대의 산물이다. 당시에 불붙은 드라마 경쟁으로 TV로 옮겨 간 연극배우들이 그나마 밥벌이를 하고 있었는데 방송국의 공채를 거쳐 선발된 인물이 뛰어난 젊은 탤런트들이 주인공이 되고 연극에서 연기의 기초를 쌓은 중견 배우 출신들이 든든한 조역을 하여 드라마의 재미를 더해 준 것은 우리가 익히 아는 사실이다.

연극의 추억 (3)

대학 졸업 후 서울 수색의 30사단에 입대, 나와 같은 때 입영 통지를 받은 이정섭 선배와 함께 훈련을 받게 되고, 대전에 있는 통신학교까지 같이 가게된다. 제대 후, 다시 연극할 기회를 찾게 되는데 수많은 극단들이 난립하던 시기였지만 막상 어디라고 들어갈 곳이 없었다. 대부분 학연, 지연으로 얽혀 누가 극단을 하나 만들면 이리저리 소개로 단원들을 모으던 시절이었는데 동국대학교 연극과 선배들 대부분은 방송국 피디나 연출자, 연기자로 활동을 하고 있어서 다른 학교 출신들이 만든 극단에 줄을 대기 힘든 시절이었다. 한동안 실업자 생활을 하게 된 이정섭 선배와 나는 때마침 한국을 휘몰아치기 시작한 일본인 단체 관광객들과 일본어 강좌의 대유행으로, 허송세월을 할 게 아니라 일본어라도 배워 보자고 같이 일본어 학원을 다니게 된다. 일 년쯤 하고 나니 대충 쉬운 의사소통은 하게 되어, 배운 게 도둑질이라고 일본 관광객들을 상대로 관광사진을 찍는 알바를 하게 된다. 그러면서 극단에 들어갈 기회를 찾게 되는데 대학 시절 친교를 맺었던 중앙대 연극영화과 출신 친구의 권유로 극단 '가교'의 연습장을 방문하게 된다. 중대 출신들이 주축이 되어 만든 '가교'는 거의 전 단원이 중대 출신이었다. 당시 모진 주라는 한국 이름을 가진 미국인 선교사의 헌신적인 도움을 받아 창단

시카고의 봄

된 가교는 마포에 있는 그녀의 집 지하실에서 연습을 하고 있었다. 예술을 사랑하고 핍박한 현실에 어려움을 겪는 젊은 연극인들을 돕고자 하는 그녀의 열정에 모두 의지하고 있었다. 그해 가교 창단 10주년 기념 공연으로 기획된 이근삼 작 「유랑극단」이란 작품을 연습하고 있었다. 10여 명의 출연자들이 모여 연습을 하고 있었는데 이승규 연출이 느닷없이 내게 주인공 이소공 역할을 읽어 보라고 하였다. 얼결에 대본을 읽었는데 대본 읽기가 끝난 다음 내게 그 역할을 하라고 하였다.

이때 가교의 주축 멤버들이 박인환, 최주봉, 윤문식, 양재성, 김진태 들이었는데 차츰 성장하여 드라마와 영화 등에서 많은 활약들을 하였다. 그들이 20여 년 전 시카고에 와 「홍도야 우지 마라」라는 악극을 공연하여 회포를 풀었다.

당시 극단에서 연습비로 하루 200원씩을 주었는데 아리랑 담배 한 갑과 짜장면 한 그릇, 왕복 버스비를 간신히 낼 수 있는 금액이었다. 「유랑극단」이 끝나고 서너 달 지나 「평화의 왕자」라는 성극을 하게 되었는데 모진주와 이승규의 공동작으로 예수의 일대기를 그린 그림자극이었다. 극계가 재정적으로 대부분 허약해 살아남으려면 스폰서가 있어야 했는데 선교사인 모진주 여사의 필요도 충족시켜야 했고 또 당시 대형교회들이, 성극을 하면 스폰서가 되어 주는 경우가 많아 극단의 존립을 위해 성극을 아니 할 수가 없었던 것이다. 소록도 공연, 재소자 공연, 천막 공연 등, 열정과 젊음에 기대어 연극을 하던 시절이었다. 그럴 즈음 친구의 소개로 만나게 된 집사람과의 결혼으로 한국을 떠나게 된 나는 아쉬움 반과 미지의 세계에 대한 기대와 호기심으로 연극과 작별을 하게 된다.

연극의 추억 (4)

　이민 초창기의 치열한 세월을 보내고, 학교 졸업 후 취직을 하게 된 나는 별생각 없이 회사 생활에 몰두하고 있었는데, 때때로 이정섭 선배를 통해 듣는 한국의 연극계 소식에 잠깐씩 동요하다가 다시 제정신을 차리곤 하였다.

　어느 날 보험을 하는 친구 이용수를 따라 「춘향전」 연극 연습 장소엘 가게 되었다. 당시 연출을 맡고 있던 권태영과 방자 역을 하고 있던 장도순, 그들의 친구였던 이용수가 중대 출신이었고 1986년 발족한 '시카고 한인 연극영화인 협회'의 회장 손만성도 중대 출신으로 컬럼비아 대학에서 영화 전공 후 영화 기재 사업을 하고 있었다. 극단 '가교' 때와 같이 중대 출신들과 인연이 이어진 것이다. 당시 박용수 장로, 루시아 리 등, 연극을 사랑하는 이들의 전폭적인 도움으로 「춘향전」을 기획, 준비하고 있던 대본 연습장에서 뜻밖에 이도령 역을 읽어 보라는 권고를 받게 되고, 대본을 읽은 후 연출로부터 그 역을 제안받게 된다. 이미 한동안 연습을 하고 있던 팀에 합류하게 된 것인데, 춘향 역의 김애경, 이도령 역의 권희완, 방자 역의 장도순 등 전공자들을 필두로, 변학도 역의 김주성(타계), 월매 역의 루시아 리, 운봉 역의 박용수, 향단 역의 박현주, 이웃 아낙 역의 김마르타, 행수기생 역의 육원자 등 총 20여 명의 주요 배역들과 단역들, 10여 명의 엑스트라와 '레인택 고교' 무용단이 찬조 출연한 이 대작은 당시 한인 사회에 큰 반향을 일으켰다. 이민 역사가 20년쯤 되어 어느 정도 안정을 찾아가던 시절, 문화 생활에 대한 향수가 솔솔 생길 즈음 한인 사회 최초의 연극을 볼 기회가 주어진 것이다. 사람 사는 곳에 문화는 필수이지 않은가?

김정교 화백의 광한루, 부용당, 동헌 등의 화려한 전통 무대 장치와 소품 등에 한국에서 직수입한 일습의 무대 의상들이 어우러져 당시 한국의 신문, 방송들까지 특별 보도를 하였다.

'춘향전 공연 후원회'가 발족해 물심양면의 도움을 받아 공연이 성공적으로 이루어졌는데, 기획을 맡았던 윤기원, 각색을 한 미쉘 박(타계), 안무의 은방초(타계), 무대감독 최창욱, 조연출 최현숙, 분장의 송혜숙 등 스태프들의 노고를 기록해 놓고 싶다. 1987년 5월, '매더 고교' 강당에서 이틀에 걸쳐 공연된 이 작품은 최초 연출을 맡았던 권태영의 도중 하차로 변학도 역을 맡은 김주성이 바톤을 이어받아 공연을 마무리하게 된다.

1988년 10월, 춘향전의 여세를 몰아 오영진 작 「시집가는 날」을 무대에 올리게 된다. 김정교 화백이 연출과 무대 미술을 맡은 이 작품은 전통 결혼식 장면이 볼거리였는데 전통 문화에 해박한 연출의 노고가 컸다. 이 작품을 차기작으로 선정하게 된 주요 이유 중의 하나가 기왕에 가지고 있는 전통의상을 잘 써 보자는 의도에 있었다. 연극 한 편을 무대에 올리려면 대관료, 무대 장치, 의상 등에 가장 많은 비용이 들게 되는 까닭이다. 「춘향전」의 주요 배역들이 다시 참여하게 되고, 20대 젊은이들이 출연진에 보강되어 활기차고 재미있는 공연이 되었다.

1990년 11월, Paul Simon의 「땡큐 하나님」을 세 번째로 무대에 올리게 된다. 윤기원이 기획하고 권희완이 연출을 맡은 이 작품은 현대인의 신앙에 관한 풍자 코미디인데 1974년 Broadway의 Eugene O'Neill 극장에서 초연되어 미국 연극계의 비상한 관심을 불러일으킨 작품이다. 장도순, 박태서, 권희완, 김주성, 김애경, 김마르타 등 「춘향전」과 「시집가는 날」에서 경험을 쌓은 출연자들이 다시 모여 좋은 앙상블을 보여 준 작품이다.

1993년 11월, 권희완, 김마르타 공동 기획으로 North Park College 강당에서 무대에 올려진 「민들레 아리랑」은 LA 폭동을 주제로 한 작품인데 LA 거주 장소현 작가의 작품으로, 김정교 연출이었다. 주인공 장동팔 역에 장도순과, 권희완, 김마르타, 심현정, 구혜숙, 김철기, 김용철이 출연했고, 김정교 연출이 무대 미술까지 맡아 수고하였다. 당시 시카고 「한국일보」 주필이었던 육길원씨가 공연 관람 후 게재한 칼럼에, 이민 사회에서 연극하기의 어려움과 그래도 끈질기게 공연을 해 나가는 '시카고 한인 연극영화인 협회'의 노력과 투지에 용기를 북돋아 주는 글을 읽은 기억이 난다.

1995년 4월, 권희완 기획으로 아문젠 고교 강당에서 무대에 올려진 김용락 극본의 「방자놀이」는 김정교 연출, 무대 미술로, 춘향 이야기를 상민인 방자의 시각에서 바라본, 양반 사회의 비리와 모순을 풍자와 해학으로 풀어낸 연극이었다. 춘향 역에 김여혜, 이도령 역에 김철기, 방자 역에 권희완과, 김혜숙, 이영로, 이경희 등 1.5세 연기자들이 참여한 흥겨운 무대였다.

이 연극을 마지막으로 에너지가 소진된 협회는 2년여의 공백기를 가지며 다음 작품을 계획하다가 결국 다시 일어나지 못하고 활동을 접게 되는데, 손만성 초대회장이 2년을 맡은 이후, 10년여를 회장으로 단체를 이끌던 본인의 개인 사정과 에너지의 고갈이 직접 원인이었다.

오늘 글을 마무리하며 특기할 것은 이제 90 노객이 되신 김정교 화백이 '시카고 연극영화인 협회'에 기여한 바가 크다는 것이다. 그리고 초대회장 손만성, 내내 물심양면으로 도와주시고 같이 고생하신 박용수 장로, 루시아 리, 다섯 번 공연에 참가해 주신, 일일이 이름을 열거할 수 없는 출연자들, 스태프들, 전적으로 후원해 주신 단체와 개인들, 시카고의 신문 방송들에 새삼 감사를 드리고 싶다. 이 글이 '시카고 한인 이민사'에 작은 기록으로 남기를 바라며.

'극단 시카고' 제2회 정기공연의 막을 올리며

2020년 2월 8일 창단 이후 바로 닥친 코로나 팬데믹으로 활동을 못 하다가 어렵사리 제1회 공연을 한 것이 작년, 2022년 4월이었다. 한국에서 인지도가 높은 극작가들 중 한 사람인 국민성 작가의 「여자만세 2」(부제 '마지막 하숙생')라는 작품이었다. 한국 사회의 뿌리 깊은 고질병, 고부간의 갈등과 전통적으로 눌려 살아온 여자들의 자아 발견을 주제로 한 이 작품은 연극 전편을 흐르는 유머와 감동적인 장면들로 관객들의 폭소와 눈물을 자아내게 하였다. 빠듯한 예산과 창단 후 첫 공연이라는 부담감으로 200석 규모의 교회에서 실험적으로 공연된 이 연극은 하필 억수같이 퍼부은 장대비 속에도 만석을 이루었다. 시카고 한인사회가 연극이라는 무대예술에 관심이 지대하다는 증거가 아니겠는가?

그렇다고는 하나 이민 세대에게 주류사회 공연예술이 쉽게 다가가지지 않는 것이 현실이다. 언어장벽과 문화의 차이, 높은 관람비용 등이 걸림돌이 되는 것이다. 시카고 한인사회가 정착기의 어려운 시간들을 보내고 안정기에 접어들었다고 한다면 이제는 적극적인 문화의 수용이 필요한 시점이 되었다고 보여진다. 김병석 대표가 10여 년에 걸쳐 키워 낸 '시카고전통예술원'이나 이애덕 단장이 15년 전에 설립하고 발전시켜 온 '시카고한국무용단'의 공연들이 많은 사랑을 받는 이유가,

그분들의 끊임없는 노력과 더불어 한인사회가 안정기에 접어들며 공연문화의 수요가 확장되었다는 것이 필자의 소견이다.

연극의 묘미는 배우와 관객들 사이의 소통이다. 같은 언어를 쓰는 사람들 사이에 오고 가는 친숙함과 내밀한 감정의 교류는 다른 무대예술에서 맛볼 수 없는 연극만의 매력이다. 배우나 관객으로 한 번 연극의 독특한 맛을 본 사람들이 지속적으로 연극과 인연을 맺게 되는 이유이다. 작년 공연에서 경험한 관객들과의 교감, 박수갈채가 우리 단원들에게 용기와 힘을 주었고, 그래서 다시 한번 같은 공연을 더 큰 장소에서 해 보자는 의견들이 모아졌다. 무대가 작아 무대장치를 거의 생략한 채로 했던 작년 공연을 보다 전문적으로 준비한 것이 이번 앵콜공연이다. 대학극장에서 풀스케일의 무대장치를 준비하였고 조명, 사운드 등 다른 조건들을 대폭 향상시켰다.

거기다 작년 공연에 참여했던 세 명의 연기자들이 교체되었는데 그래서 이번 공연이 작년과는 또 다른 새로운 느낌의 연극이 되었다고 한다면 연출을 맡은 필자의 '아전인수'격 자신감일까? 9개월여의 기나긴 연습 기간 동안 흔들림 없이 연습에 임해 준 여섯 분의 연기자들에게 깊은 감사와 사랑을 보낸다.

극단 시카고
단장 권희완

공연 책자에서
2023년 9월 17일

서울에서 온 편지

이정섭(배우, 서울 음식 전문가)

희완이가 책을 엮는다고 하면서 글 한 편을 쓰라고 한다. 쓸게, 써야지 하고 맘은 먹으면서 좀체 시작이 안 된다. 생각은 며칠째 잠시도 안 떠나면서도 그와 만난 60년 세월의 어디를 어떻게 건드릴지가 좀체 결정되지 않는다. 카톡 받은 게 지난달 30일. 오늘이 닷새째, 일단 펜을 잡았다. "우선 축하한다. 간간이 보내 준 네 글을 읽으며 평도 하고 이러면 어떨까? 의견 제시도 하면서 언젠가는 꼭 책으로 엮으라고 했던 나 아닌가. 네 일에 내가 빠지면 안 되지. 우리가 어떤 업으로 만난 인연인데…."

읽어 주시는 분들에게,

희완이와 제가 만난 건 열일곱 살 나이 때였습니다. 양정고등학교 연극반. 나는 삼년 차, 그는 신입반원으로 첨 만났습니다. 일 년 후배죠.

그때 희완이 동기가 여섯 명이었는데 그중 대사 분석과 연기 재능으로는 희완이가 제일 두드러졌읍니다. 노인 역, 청년 역, 여자 역 등을 배역 따라 대사를 읽는데 그럴듯하게 참 잘 읽었읍니다. 여름 방학 때마다 장기간의 합숙 연습을 했던 우리는 고교 시절 3년을 같이 연극을 했고 나는 한양대 64학번, 그는 동국대 65학번으로 연극영화과로 진학하게 됩니다. 대학 4년간은 자주 못 봤지만 가끔은 학교로 찾아가 만났고 그의 공연은, 특히 명동 국립극장의 동국대 대공연은 꼭 봤읍니다. 아서 밀러의 「세일즈맨의 죽음」에서 말더듬이 소년이었다가 청년 사업가로 변하는 버나드 역, 안톤 체홉의 「와아냐 아저씨」에서의 노교수 역, 손톤 와일러의 「우리읍내」에서 해설자 무대감독 역. 절친한 후배라서가 아니라 맺고 끊음이 정확한 그의 연기는 지금까지도 눈에 선하고 아깝고 그립습니다.

1968년 이맘때 양복점에서 최신 유행의 모직오바를 찾아입고 청계천을 걷는데 뒤에서 "형!" 부르더니 "와우 왜 이렇게 멋있어? 아주 그럴듯해." 하더니 밥먹고 헤어지자고 근처 식당으로 가서 찌개 백반을 시키고는 "나 군대 가" 하며 영장을 보여 주더군요. 헤어진 후 며칠 있다가 내 입영 통지가 나왔는데 입영 일시 1969년 1월 29일 8시, 입영 부대 제30신병대대로 그와 같았읍니다. 훈병 6주간, 또 후반에 특기병 교육인 사진병 9주간을 우린 같이 지냅니다. 키가 큰 난 구부리고 작은 그는 뒷꿈치를 들어 나란히 자리를 배정받은 내무반, 몰래 숨겨 간 조미료를 배식 때 살그머니 내 국에 넣어 주고, 몰래 PX에서 사 온 별사탕을 내무사열 때 관물대에서 통일화 속으로 빼돌려, 밤에 몰래 "먹어 봐." 하며 건넬 때의 겁없는 앙큼함에 지금도 생각하면 참지 못하고 웃게 됩니다. 피교육병 시절의 에피소드가 어디 하나둘인가요? 해동기가 돼서 동상 걸린 네 두 발이 몇 군데나 곯아서 의무대에 입실하게 되고, 교육 시간이 모자라면 유급된다기에 동기생들에게 업혀 야외촬영 다니도록 기간병들과 교관에게 부탁해서 허락을 받은 일, 참 우린 인덕도 있었 어 그치? 기간병 시절, 난 서울 육본 통신감실 사진과로 파견근무할 때 너는 대구 5관구 사진병으로 한 달에 한 번 정도 육본 영화제작소로 필 름 대여 출장 오면 의례히 밥먹고 떠들었지. 36개월 군 생활을 마치고 거의 매일이다시피 만나 직장을 얻기까지의 공백기를 같이 보낸 우리. 네가 내 집에서 잔 날이 일 년이면 3개월은 되리라. 그런 네가 시카고 로 떠나는 날, 네 집에서의 아침, 밤새 짐을 싼 너를 남기고 난 출근하 는데 웬 초여름비가 그리도 쏟아졌는지…. 내 눈물이 아니었을까? 점 심때쯤 비가 개고 해가 났는데 네가 회사로 전화했지. 출국 수속 다 밟 았다며 이제 비행기 타러 들어간다고. 그리고 두 달여 지나 첫 편지 왔 다. 유태계 미국인 옷가게에서 알바한다고. 그리고 또 한참 만에 아들 낳았다고. 또 한참 만에 이렇게 바닥 치듯 살 거면 왜 미국에 왔나 싶어 아내와 아기를 처가에 맡기고 너만 홀로 자취하며 일하면서 3년제 실 내디자인 학교를 다닌다는 신통한 답장이었다.

1982년, 그 뜨거운 7월에 미국 간 지 5년이 좀 지난 여름, 두 살도 안 된 아들을 안고 혼자 세관 출입문을 나서는 너를 악을 쓰고 불렀지 "희 완아!" 좀 촌스러웠지. 시절이 그랬잖니 그땐. 마중 나오신 네 형님을 붙안고 봇물 터지듯 울던 네가 생각난다. 그리고, 시카고 시간 1994년 10월 15일 아침 8시 오헤어 공항, "아휴 희완아 드디어 왔어 내가!" 얼 마 만의 재상봉이었니? LA에 드라마 촬영 갔다 네게 간 거였지. 양정

동문들을 만나 취하고 한밤중 돌아와서, 지나온 내 설움을 알아줄 네 앞에서 통곡을 했지. 너는 "울어 울어 실컷 울어, 말 안 해도 알아."라고. 쓰고 있자니 지금도 깊은 곳에서 그때 감정에 울컥거려진다. 이만 마쳐야 하는데 생각이 꼬리를 무니 어쩌니. 지면과 시간만 주면 몇 날 며칠 「숙향전 고담」보다 더 장황할 게다.

훌륭하다. 우리가 안 지 환갑 지나 진갑의 시간 중에 네 미국 생활이 46년! 그곳에서도 계속된 너의 끼(氣). 이민 10년 차에 시작한 10여 년의 한인극단 활동, 최근 다시 시작한 '극단 시카고'의 성황을 이룬 공연. 한국계 미국인으로 한인 입양인들을 인솔해 몇 번이나 고국을 방문한 '시카고 아리랑 라이온스 클럽' 활동. 참 자랑스러운 내 주위 넘버원 인사로구나.

이번에 엮는 이 책도 누군가에게는 성공한 이민 1세대의 성실한 기록으로 느껴질 게다 틀림없이. 지난 46년 세월 속에 너는 미국에서 나는 한국에서 각기 풍상을 겪으며 살아남아 자식들 결혼시키고 손주들도 보았지. 이제 우리는 네 글 중 하나 「코민스키 메소드」에 나오는 대사처럼 '종착지에 가까운 배'에 탄 승객이 아니겠니? 내일을 알 수 없는 노년의 삶을 걸어가며 너는 거기서 나는 여기서 삶이 허락하는 최후의 순간까지 열심히 살아 보자꾸나.

2024년 2월 4일

◆ 추천사

수묵화처럼 피어나는 수필들

배미순(시인)

권희완 씨에게는 직함이 많다. 연극배우에서부터 인테리어 디자이너, 시카고 단역 배우, 칼럼니스트, 수필가 등등이 그것이다.

양정 고교 시절 1년 선배로, 훗날 탤런트가 된 이정섭 씨와의 인연으로 연극반에 들어간 그는 동국대 '연극영화학과'를 거쳐 제대 후부터 극단 '가교'에서 활동하면서 본격 연극인이 되었다. 1977년 미국 이민 후에는 생업을 위해 인테리어 디자인 학교에 진학했고 이어 1990년에는 '권 인테리어'를 설립해 본격적인 인테리어 디자이너 겸 사장이 되었다.

그러나 평생 가슴속에서 용트림하는 연극배우로서의 끈질긴 끼를

시카고의 봄

숨기지 못해 1987년, '시카고 연극영화인협회'에서 공연한 「춘향전」에서 이도령 역을 맡게 되었다. 이후 「시집가는 날」과 「LA아리랑」 등에도 출연하며 동 협회 2대 회장을 역임하며 10년간 재임을 하기까지에 이르렀다. 그러나 "죽기 전에 내가 가진 끼를 써 봐야지." 하고 탤런트 에이전시에 등록, 오디션을 보러 다니기 시작했다. 일본인과 중국인 등 아시아계 배우들과 치열하게 경쟁하고, 시카고 지역에 배역 캐스팅이 있는 곳이면 할리웃영화, 대학영화, 드라마, TV, 프린트 광고 등 가리지 않고 10여 년 세월을 오디션을 다니며 많은 배역을 따내 이민 세대로서 그 분야의 개척자가 되었다.

그의 글쓰기에 바람을 불어넣은 것은 시사 주간지인 「시카고 타임스」에서 수필 연재를 하기 시작하면서 불이 붙기 시작했다. 계속 일취월장하여 드디어 「해외문학지」의 수필 신인상을 받게 되었고 칠순이 넘은 나이에 수필가로서 거듭나게 되었다. 전 세계에 팬데믹이 오고 시카고의 미디어들도 힘이 들었다. 버티던 신문사와 방송국이 줄줄이 문을 닫기에 이르렀다. 그러나 다시 도전했다. 2020년 2월 '극단 시카고'를 창단하고 단장을 맡으며 창단 공연을 하기로 했으나 팬데믹으로 2022년 4월에야 창단 공연을 겨우 치렀다. 이후 단원들과 합심하여 2023년 9월 17일, 국민성 작가의 「여자 만세 2」로 앵콜 공연을 마쳤다.

마침내, 신문 연재 4년 동안 쓴 120편의 글 중에서 63편을 골라 제 1장 '시카고의 봄'에서 제 8장 '연극 인생'까지를 좋은땅 출판사에서 『시카고의 봄』이란 제목으로 발간하게 되었다. 이 책의 발간으로 하여 시니어들의 찬란한 귀감이 되기에 충분할 것으로 믿는다.

섬세한 묘사력과 통찰력이 뛰어난 그의 글들은 칠순이 넘어 시작한

또다른 창작 생활에서 비롯되었다. 어린 시절부터 범상치 않게 시작되어 온, 영특한 소년의 '사물 바라보기'의 습관이 만들어 낸 결과이자 열매에 다름 아니었다.

 - 장례는 아름답다. … 고인이 묻히기 전 마지막으로 뿌려지는 성수와 조문객들이 바치는 붉은 장미송이들이 관을 뒤덮고 드디어 관이 내려지면 상주들의 흐느낌이 흘러내리고. 내 마음속엔 한 조각 파편같이 남아 있는 순간의 정지 영상 같은 이미지가 있다. … 호사를 다한 꽃상여에 시신을 모시고 베옷 굴건제복에 몸을 싼 상주들이 뒤를 따르고 출렁이는 만장을 따라 상두꾼의 요령 소리와 선 소리가 뜰 녘 가득히 울려 퍼지는 그 절절한 아름다움이 …. (떠남 보냄 중에서)

 - 새벽같이 소여물을 쑤어 여물통에 부어 주는 외삼촌, 그 구수한 여물 냄새와 배불러 흡족한 소 울음소리, 사립문 밖으로 나가 있는 초가 뒷간에서 나는 두엄 냄새, 때 되면 부엌에서 나는 형언키 어려운 밥 뜸 드는 냄새, 맨드라미 잎으로 끓인 구수한 된장국 냄새, 차가운 샘물에 자박자박 썰어 띄운 묵은 오이지에 무짠지, 손두부 조림, 들기름에 재운 김, 희완이 왔다고 옹기 보시기 달걀찜에 알밴 굴비구이가 상에 오르고, 샛참이 되면 소당 뚜껑에 지지는 수수부꾸미, 막걸리와 소다로 부풀려 가마솥에 찐 방석만 한 술빵, 찐 감자, 찰옥수수, 어쩔까 그 그리운 냄새들. … 떠날 때면 새로 친 인절미에 술빵에, 옥수수 찐 것을 보자기에 꽁꽁 싸 괴나리봇짐을 만들어 걸쳐 주며 "그려 어여 가아, 어여 가거라. 내년에 또 와아." 하며 치맛자락을 들어 눈물을 훔치던 외

숙모님. 그 훈훈함, 그 알싸하게 가슴 미어지는 느낌. 그냥 안기고 싶은 엄마 같은 푸근함. 그리고 그분의 빛바랜 광목 행주치마 냄새. 이 괴괴 잠잠 하고 한유한 미국의 여름 속에서 나는 그 독고개의 수묵화같이 안개 낀 아침과 여름 소리와 냄새들을 맥맥히 그리워한다. (여름 단상 중에서)

재미와 깨달음, 감동을 주는 문체로 이어지는 그의 글은 호흡이 넉넉하다. 난세를 거쳐 오면서 아버지는 난봉꾼이셨고 생모는 사변 통에 돌아가시고 키워 주신 어머니의 살림솜씨가 보통이 아니셨다. 어린 시절부터 예의 바르고 성실하게 살아온 작가는 그의 작은 온몸을 통해 체득해 온 것들을 버마재비 같던 이복 형제들과 바깥 세상과 따뜻이 소통하며 지냈다. 페미니즘도 그 시절에 싹 틔웠고 귀로 듣고 눈으로 보고 가슴으로 사람과 소통하며 익혀 온 것들을 수십 년이 지난 지금까지 그의 두뇌 속 문학의 연장 상자 속에 간직하고 있는 것이다.

- 아버지가 돌아가시고 나서 몇 년 후 한국을 방문했을 때 몹시도 늙고 쇠약해 부서질 듯한 어머니를 만나는 순간 복받치는 감정을 억제할 수 없어 오랫동안 그분을 껴안고 통곡을 하였었다. 참으로 신산하고 어려웠던 한 여인의 삶의 역정이, 일시에 포말처럼 떠올랐다가 스러지듯 산산이 부서지는 아픔으로 가슴을 저몄었다.
18년 전에 돌아가신 어머니의 초상에 다니러 나갔었다. 35년 전 돌아가신 아버지의 묘소 옆에 사변 통에 돌아가신 나의 생모, 경주 김씨 '김괴득'이 누워 계셨다. 그 옆에 나를 기른 어머니, 경주 김씨 '김옥분'이 모서졌다. 내 집안의 한 세대가, 일제 강점기와 한국동란을 처절히 겪은 세대가 종점을 찍은 날이었다. (나의 어머니 중에서)

－꽃과의 대화에는 계산이 필요 없다. 꽃은 주인을 반기는 강아지같이 순수하다. 어느 날 이른 아침, 정원에 나가 첫 꽃을 피운 도라지나 아니면 참나리나 양귀비꽃을 발견하고 느끼는 기쁨과 희열을 누가 어찌 알랴. … 와이어로 된 뒷담 너머로 어미 사슴 한 마리가 흰 점이 뽀르르 한 새끼 두 마리를 거느리고 먹을 것을 찾아 서성거린다. 경치는 좋은데 내 집 뜰에 들어오시는 건 사절이다. 먹을게 좀 많은가. 꽃에서 꽃으로 나팔나팔 옮겨 다니는 나비들, 윙윙거리며 겁을 주는 벌들, 호박꽃 접이나 좀 부쳐 주지. 우후죽순이라더니 비 끝에 정원을 둘러보면 요 틈새 조 틈새 웬 놈의 잡초들은 그렇게 기승을 하는지. "아이 모기 땜에 못 나가겠네." (여름 정원 중에서)

에세이의 시조는 몽테뉴이고 창작 에세이는 참스 램에서 싹텄다고 한다. 이제금 수필 문학은 제3의 창작 문학이 되어 있으며 두 장르가 함께 발전할 수 있기를 바랄 뿐이다. 작품 창작은 물론 이론 개발과 평론에도 힘을 쏟고 있으니, 시카고에서 배출한 권희완의 수필도 수묵화처럼 진면목을 보일 때가 되었다고 믿는다.

2024년 2월 10일

시카고의 봄

Jacket design by Alan Kwon and Sandy Ho